AUX ENDROITS BRISÉS

De la même autrice :

Moi les hommes, je les déteste, Monstrograph, 2020 ; Éditions du Seuil, 2020

Pauline Harmange

Aux endroits brisés

Roman

FAYARD

Couverture :
Conception graphique : © Le Petit Atelier
Motifs : © Mathilde Crétier

ISBN : 978-2-21372-095-1

Dépôt légal : octobre 2021

Le tatouage

(avant)

J'ai voyagé dans une Clio abîmée, avec un vieux couple abîmé qui tentait une escapade en bord de Loire pour recoller tout ça, pour repeindre la carrosserie peut-être seulement. Il a fallu partager avec eux des bribes éparses de ma vie, puis surtout de la leur. Au bout de cinquante kilomètres, ils avaient saisi l'ampleur du problème : je n'aime pas parler.

Je suis arrivée à Tours et il faisait beau. C'était l'été, un été insolent et flagorneur. J'avais trop chaud et je transpirais de partout, tant de ces températures outrancières que de l'angoisse qui montait dans ma gorge et qui menaçait à chaque instant de me submerger. Le couple abîmé, d'une gentillesse implacable, m'a déposée en face du studio qui se cachait élégamment dans une ruelle, à une dizaine de minutes de la Loire et du centre-ville. Il y avait un grand arbre en fleur et pas un chat – pas un être humain non plus, d'ailleurs. J'ai attendu.

Je n'avais aucune idée du protocole à suivre, devais-je m'annoncer ? À force de poireauter sur place comme un héron impatient, l'heure a fini par sonner au clocher de l'église d'à côté. J'avais envie de fuir à toutes jambes. De me noyer dans la Loire. Mais il était trop tard pour revenir en arrière.

Je suis entrée dans le studio où quatre barbus dessinaient, chacun assis à sa table d'architecte. Ma silhouette condensée et mon air perdu n'ont pas semblé les surprendre.

« Je cherche Yvain ? »

Ma voix sonnait faux, mais personne d'autre que moi ne pouvait savoir ça. On m'a indiqué un escalier s'abîmant en spirale dans les tréfonds du bâtiment, que ma mère m'aurait interdit de descendre. Mais je n'étais pas venue jusqu'à Tours pour laisser la voix agacée et hallucinatoire de ma mère me raconter des bobards.

Le tatoueur m'attendait. Il souriait, je l'ai trouvé très beau. *Typiquement mon genre* seraient plus tard les mots que j'utiliserais pour le décrire à ma sœur. Il était brun, quand il souriait une fossette creusait sa joue gauche, et il souriait beaucoup.

« J'attends Anaïs, c'est toi ? »

D'un hochement de tête fébrile mais maîtrisé, j'ai confirmé. Anaïs, c'est bien moi.

Yvain m'a tout de suite plu. J'avais pourtant débattu longuement l'idée de me retrouver seule dans une cave sans réseau avec un inconnu pendant plusieurs heures, mais face à lui, soudain j'étais sereine. J'étais bien.

Le dessin était prêt. Le tatoueur l'a posé sur la peau de mes côtes, j'ai senti chaque poil de mon corps se dresser. Quand il a retiré le papier et que l'ombre violette de la Daphné diaphane s'est détachée sur la pâleur laiteuse de mon épiderme, j'ai frémi. Voilà donc qui j'étais ? Qui je pouvais être, si je me l'autorisais ? J'avais du mal à y croire. En mon for intérieur, je priais le faiseur de miracles de ne plus tarder. Je voulais me transformer.

Il y a quelque chose de masochiste, d'un peu fou, dans le désir de tatouage. Je savais très bien que ça me ferait un mal de chien. Je savais aussi que je résisterais à la douleur sans rechigner. À l'origine de ce pari avec moi-même, il y avait une volonté ténue mais tenace de la contrôler, cette douleur. Parce que mon corps, loin d'être douillet, est sujet à toutes sortes de maux, et comme de bien entendu, je n'en contrôle aucun – même mes oreilles percées l'ont été à un âge trop tendre pour être volontaire. C'est une profonde lassitude mêlée d'un peu de fureur qui m'a conduite, moi, une jeune femme bien sous tous rapports, à m'infliger en toute conscience la douleur d'un tatouage.

Alors une fois allongée presque confortablement et la musique soigneusement sélectionnée, j'ai fermé les yeux et je l'ai attendue. Le dermographe s'est mis en route avec un bruit sourd. Les mains gantées de noir d'Yvain se sont posées sur moi, j'ai retenu un frisson et le jazz velouté qui coulait des enceintes dissimulées sous les poutres m'a mise en transe. Je flottais, hors du temps, hors de l'espace, en cet instant et pour les heures qui ont suivi, je n'étais qu'un bloc de marbre imparfait sur lequel on sculptait un destin qui ne m'appartenait plus.

Les yeux fermés, je voyais le visage du tatoueur flotter sous mes paupières, son sourire à fossettes, tandis que sa voix grave et un peu rauque de fumeur du dimanche se mêlait à la trompette de Chet Baker dans mon oreille.

Son toucher était doux. Quel genre d'amant était-il ? Une question sotte, s'il en est, mais dénuée de toute concupiscence. Une forme presque pure de curiosité, tournée vers la chair essentiellement parce que le mec était en train de palper-rouler la peau tendue de ma cage thoracique et qu'il faisait ça avec une douceur qu'on ne prête que rarement aux hommes et à leur virilité. S'il était aussi attentif à la peau d'une inconnue, que cela devait-il être de celle d'un être aimé ? J'ai pensé aux mains des quelques hommes qui avaient parcouru ma peau, aux rigueurs du froid qui rendaient les miennes bleues, à mes ongles rongés. Les mains du tatoueur imprimaient sous l'armure de mon corps des fragments d'éternité émaillés de mes faiblesses. Quelques instants, j'ai vacillé au bord de l'abîme en comprenant que mon tatouage survivrait à ma conscience. Quand je fermerais les yeux pour la toute dernière fois, la Daphné qu'Yvain vrillait près de mes os continuerait à regarder au loin.

L'histoire de Daphné est tragique, et symptomatique d'une fascination antique pour l'amour forcé. Cupidon, dieu des entremetteuses et des coups de foudre, transperce Apollon, dont on imagine bien qu'il n'était ni laid ni pied-bot, d'une flèche qui le rend fou amoureux de Daphné. Ce qui pourrait donner lieu à la plus divine des comédies romantiques tourne rapidement au vinaigre, parce que Cupidon n'était pas là pour rigoler, mais pour se venger : il transperce également la jeune femme d'une flèche, qui cette fois a pour effet de la dégoûter de l'amour à tout jamais. Apollon, qui comme tout dieu et peut-être comme tout homme, a du mal à prendre un non pour ce qu'il est, la poursuit frénétiquement. Épuisée d'avoir à courir par monts et par vaux pour échapper à son harceleur, Daphné demande à son père de l'aider. Le type pourrait faire tout et n'importe quoi – peu de choses l'arrêtent, puisqu'il est dieu, lui aussi –, mais il choisit de transformer sa propre fille en arbre. En laurier, pour que de sa fille émane toujours une odeur plaisante. On pourrait croire que l'histoire, déjà peu reluisante, s'arrête là. En effet, un être normalement constitué et correctement élevé cesserait toute tentative de conquête à partir du moment où l'objet de ses affections est transformé en buisson. Mais pas Apollon. En bon dieu grec, face au *non* monumental opposé par Daphné qui prend racine, il décide de faire du laurier son arbre préféré et le symbole du triomphe. Du *triomphe*. Je ne vois pas plus grand pied de nez.

Les histoires d'amour et de désamour me fascinent. Les histoires de femmes qui ont dit non et à qui on a répondu « Ton avis ne compte pas » me mettent en colère et me rendent lyrique. Quand je suis tombée sur ce dessin, sur cette histoire, j'ai pensé à tous ces mythes qui abritent des femmes qu'on brade et qu'on troque, qu'on tire et qu'on traque, je me suis dit que drame pour drame, celui-là valait bien tous les autres et qu'il pouvait devenir mien.

Pendant que j'entretenais toutes sortes de conversations mentales avec moi-même, Yvain transformait mon corps. Les tatoueurs se prennent-ils pour des pygmalions ? Pour ma part, je deviendrais insupportablement imbue de moi-même si des cohortes se bousculaient à ma porte pour porter sur eux mes œuvres. Mon tatoueur à moi (il est devenu un peu mien au moment où j'ai accepté de retirer des vêtements devant lui) a l'air d'avoir la tête sur les épaules.

Au bout d'un moment et d'un commun accord, on a fait une pause. Il m'a offert un café, il a eu la gentillesse de ne pas sortir fumer, pour ne pas me laisser seule et frissonnante dans la salle au plafond bas. J'étais fatiguée et des cernes mauves s'étaient creusés sous ses yeux foncés. Je ne me souviens pas de ce qu'on a dit, mais d'avoir été étonnée de trouver facilement les mots pour lui parler, moi qui d'ordinaire bafouille et m'emmêle, incapable de trier entre ce qui est à prendre et à jeter. Il y avait une intense simplicité dans cette relation vouée à l'éphémère autant qu'à l'impérissable. Les mains dégantées du tatoueur étaient élégantes et fortes, serrées autour de sa tasse comme autour d'une bouée. Je l'ai imaginé lutter pour trouver le sommeil. Il ne rongeait pas ses ongles, lui. Ils étaient soigneusement limés très court et d'innombrables anneaux d'encre entouraient ses phalanges à un rythme aléatoire. De notre conversation, je n'ai rien gardé de tangible, pas de longs dialogues à retranscrire fidèlement, je n'ai rien retenu qu'une seule phrase qui s'est imprimée en moi comme s'il l'avait tatouée à la lisière de mon implantation capillaire.

« De toute façon, Limoges, c'est une ville où l'on va pour mourir. »

Il y avait dans sa voix la longue traîne de l'humour débonnaire, il voulait dire que Limoges, c'était laid, que Limoges, c'était mort, que seuls les petits vieux pouvaient bien avoir envie de s'arrêter en gare de Limoges et de ne plus jamais en repartir sinon les pieds devant. Lui comme moi n'avions jamais vu Limoges.

L'encrage a repris, au bout de quelque temps les vibrations répétées sur mes côtes ont fait vaciller ma volonté de jouer les dures. On se croit tannée comme un vieux cuir parce que dos bousillé, bide retourné, seins douloureux sont notre lot quotidien, et puis viennent quelques aiguilles savamment plantées et une nouvelle douleur, jamais expérimentée. J'avais envie de serrer les dents et aussi, quand il coloriait les blancs avec son encre noire, de tout arrêter, j'avais mal et même si ce n'était rien, comparé à tant d'autres souffrances, j'avais cette possibilité de dire stop, d'appuyer sur l'interrupteur. Cela aurait été complètement con de repartir avec une moitié de Daphné, une moitié de courage, mais je pouvais le faire et l'idée me grisait. J'ai envisagé quelques secondes l'idée de garder l'autre moitié du courage, la moins glorieuse, et de rentrer chez moi à moitié transformée. C'était puissant et c'était tentant.

J'ai desserré les dents. Yvain a dit d'un air soucieux :

« C'est bientôt fini, promis ! »

J'ai souri bravement et j'ai pris de grandes respirations, histoire de ne pas trop bouger. Cette douleur épidermique était attrayante, inédite, alors je l'ai contemplée. Comme il existe des Histoires de la violence, des Histoires de la France et des Histoires du monde, j'entreprends une photographie mentale, une Histoire de la douleur, je répertorie, je cartographie des territoires qui me sont de plus en plus familiers. Et dans cette folie que je revendique et qui m'a menée ici, il y avait la curiosité de visiter de nouveaux paysages, d'expérimenter de nouveaux reliefs.

Bientôt, en effet, l'artisan avait terminé son ouvrage et l'artiste admirait son œuvre en la nettoyant consciencieusement. Chaque centimètre carré de peau touché à vif, chaque passage d'essuie-tout imbibé de lotion était à la fois une torture et une bénédiction. Mon corps était meurtri de l'extérieur, j'avais quinze centimètres de petites plaies ouvertes suintant la lymphe et le sang qu'Yvain n'a pas tardé à emballer dans de la cellophane mauve. Je me réjouissais, écorchée vive.

Il m'a serré la main d'une poigne douce et ferme, il m'a remerciée, moi je n'avais pas de mots assez puissants et assez beaux pour lui dire tout ce qu'il m'avait fait. J'avais envie de lui dire : *Merci de m'avoir transformée.* Les tatoueurs ne sont pas des psys, j'ai pensé. Si le mec avait voulu que je lui explique les tenants et les aboutissants d'un acte à la fois intime et extime, il aurait demandé. L'étrangeté de la situation m'a frôlée comme un voile : j'étais là, transfigurée, à la fois toujours la même et profondément différente, et pour lui c'était un jour de boulot comme un autre – il avait peut-être même traîné des pieds pour venir.

J'ai payé, j'ai souri, j'ai dit merci, et je suis repartie comme j'étais venue. Il était dix-neuf heures, j'avais une trentaine de minutes pour trouver le lieu où une autre guimbarde viendrait me chercher pour me ramener à ma vie normale. Ma vie, celle d'Anaïs Nollet, vendeuse de casseroles et de robots mixeurs, une petite femme insignifiante aux rêves pâles et aux ambitions restreintes, constamment au bout du rouleau. En marchant, j'ai pensé au qu'en-dira-t-on qui joue et déjoue les motivations des héros des films et des séries télé. Au regard éberlué de mon mec – qui n'était pas tellement mon genre au départ et qui partageait pourtant ma vie – quand je lui avais annoncé ce voyage. Je me suis demandé jusqu'à quand subsisterait cette sensation volatile, comme une vapeur d'alcool qui flottait dans mon sillage, d'avoir vécu quelque chose d'extraordinaire.

Les événements n'ont que la valeur qu'on leur prête. Il m'est resté de cet après-midi une femme-laurier blottie tout contre moi, l'impression parfois en la regardant de sentir à nouveau les doigts caoutchoutés d'Yvain tendre ma peau avant de la piquer, et cette phrase qui a continué de me hanter :

« Limoges, c'est une ville où l'on va pour mourir. »

Comme un mantra ridicule, qui me rappelait la force d'un désir de mort caché.

On a fait des choses bien plus stupides pour bien moins que ces quelques mots.

Famille

J'abandonne. La journée vient de commencer, mais déjà j'abandonne, je n'y arriverai jamais. Il restera toujours un jouet qui traîne et un morceau de carotte à moitié mâchonnée collé sous le plateau de la chaise haute. J'inspire pleinement, embrassant du regard la pièce dans laquelle je me tiens, trop rigide et essoufflée. Quand j'expire, j'essaye de faire sortir de moi le stress qui me paralyse depuis le réveil. Ma fille me sort de ma rêverie pétrifiée en tirant sur mon pantalon, un cri perçant déchire l'air. J'ai appris en devenant mère que tous les cris perçants n'étaient pas les signes d'un danger imminent, j'ai appris à aimer, parfois, sentir mes tympans vriller à cause d'un sursaut bruyant de joie. Je me baisse et je la cueille, ma fille, trop légère encore pour échapper à mes étouffantes démonstrations d'amour. Elle sent le lait, le sommeil et le bébé. Elle a un an.

Et elle s'en fiche, ma Ninon, s'il reste des moutons de poussière sous le canapé, si ma chemise n'est pas repassée. Son poing dans sa bouche baveuse, elle me regarde de ses grands yeux encore bleus. On sait bien, elle et moi, que d'ici quelques heures elle sera maculée de nourriture et que tout le monde trouvera ça adorable. Je me calme, un peu. Mes épaules se décrispent, mon visage se détend, je la serre contre moi et je respire encore son odeur d'insouciance.

Alors débarrassée d'un poids, me parviennent aussi les effluves du déjeuner à venir et la mélodie que fredonne Marc de sa voix grave depuis la cuisine. Ici, maintenant. Notre enfant dans les bras, je viens planter un baiser sur sa joue rasée de frais, là où il sent l'after-shave et en dessous le savon.

« Ça va aller, Camille », me dit-il, toujours rassurant, toujours calme.

Bravement, je hoche la tête, Ninon rit, et la sonnette retentit.

Il me faut rassembler toute ma force pour ne pas jeter un dernier regard dans le miroir – je n'y aurais vu que des cernes, des cheveux pas très propres et le col de ma chemise qui rebique – avant d'ouvrir la porte d'entrée.

*

Axel sourit et tapote le volant au rythme du tube pop qui résonne dans l'habitacle. Le chauffage est trop fort, j'ai la nausée, j'ai mal au ventre et je voudrais faire demi-tour. Je soupire encore une fois.

« Ça va aller », me dit-il, sa voix oscillant sur les modulations de la chanson.

Je laisse échapper un borborygme pas convaincu. À son tour de soupirer, il reprend, un peu exaspéré :

« Mets-y du tien, aussi, tu veux ? »

Ah, oui. Y mettre du mien. C'est vrai que c'est une qualité qui me fait souvent défaut – arrondir les angles, sourire au moment opportun, mettre de l'eau dans mon vin. Je me retiens quand même de rétorquer sèchement que c'est facile pour lui. Après tout, il n'est pas la fille de ma mère. Il peut respirer tranquillement, sans craindre qu'on lui vole l'oxygène sous le nez.

Je ne me mets pas vraiment dans les meilleures conditions, je le concède. Je regarde le paysage urbain défiler par la vitre de la voiture sans plus rien dire. Ce n'est qu'un mauvais moment à passer.

Enfin, Axel freine, se gare. Je claque la portière le cœur battant, des auréoles de transpiration se dessinant déjà sous mes aisselles, les mains moites. On devrait pourtant être plus sereine à l'approche d'une réunion de famille qu'avant un entretien d'embauche. Soudain, dans mon dos, on m'appelle :

« Anaïs, hé ho ! »

Interrompue dans mon élan, je manque de trébucher, me rattrape au bras de mon mec qui est en train de se retourner, déjà paré de son plus beau sourire. Il n'a même pas besoin de faire semblant, qu'est-ce que c'est agaçant. Il glisse sa main dans la mienne, je m'y accroche et je rassemble mon courage. Mes parents sont là. Mon père, en retrait, les mains dans les poches et son regard clair rivé au loin, fait semblant de ne pas exister. Il hoche la tête, ne dit pas un mot. Lui aussi est déjà fatigué d'être ici, je crois. Ma mère, ses cheveux blonds tirant vers l'acier et son foulard de soie couleur corail parfaitement noué autour de son cou à peine ridé, m'observe de haut en bas, puis de bas en haut. Elle hausse les épaules et colle sa joue contre la mienne.

« Alors, tu n'avais pas reconnu ta mère ?

— Je ne savais pas que vous étiez arrivés. Vous êtes venus ensemble ? » demandé-je, sournoise, sans pouvoir m'en empêcher.

Les cils de ma mère, empesés de mascara, papillotent lourdement. Elle sait que je guette la silhouette de son second mari, qui ne vient jamais aux repas de famille organisés chez ma sœur, parce que « ça ne se fait pas ». Elle ne se laisse pas démonter pour autant et répond avec panache :

« Ton père est venu me chercher. Toujours un gentleman, tu sais bien. »

Derrière elle, l'intéressé a un petit rire de connivence. C'est ma mère : être divorcée mais, quinze ans plus tard, toujours craindre les regards du voisinage – et même pas du sien, en plus. En tout cas, on ne peut pas reprocher à mes parents de s'être déchirés. D'ailleurs, elle glisse son bras au creux du coude de mon père, lequel se redresse un peu, de nouveau habité de la fierté d'avoir une si belle femme à ses côtés. Ils nous dépassent, me laissant dans leur sillage. Je me dégonfle comme une baudruche, le nœud d'appréhension qui se tordait dans mon ventre se détricote un peu. Axel entrelace ses doigts aux miens en geste de soutien. Peut-être que cette fois, ça ne sera pas si terrible.

*

Tout se passe. Sinon bien, du moins correctement. Peut-être parce que c'est l'anniversaire de notre petite personne préférée à tous ici, nous sommes toutes les trois déterminées à ne pas être celle qui brisera le fragile statu quo de notre entente cordiale. Notre mère n'a pas souligné le désordre que j'ai tenté de cacher, Anaïs n'a pas soupiré quand son mec a salué lourdement l'élégance d'une estampe japonaise accrochée dans l'entrée en étalant sa science à propos de Hokusai, et j'ai résisté à la tentation de la prendre à part pour la supplier de nous épargner la compagnie d'Axel à l'avenir.

Pendant que Ninon est au centre de l'attention, je peux me reposer. Tant que c'est à elle qu'on s'intéresse et pas à ce que Marc et moi faisons d'elle, je m'autorise même à siffler tranquillement mon gin tonic, puis le vin, le regard perdu dans le brouhaha des conversations. À l'apéro, j'ai noté la large main d'Axel posée sur le genou d'Anaïs, à l'aise et sûr de lui – ravi de faire partie de la meute. Il a complimenté notre mère qui a gloussé de plaisir. Un moment de flottement pendant lequel la tête brune de ma sœur s'est posée sur l'épaule de son compagnon et j'ai détourné les yeux, avec l'impression d'être témoin d'une vulnérabilité à laquelle je n'étais pas conviée. L'intimité, une douce fête.

Le déjeuner se termine, lisse et chaud comme la peau de mon enfant sous le soleil du printemps. En observant chaque personne attablée, accaparée par son morceau de fromage avant qu'on passe au dessert, au gâteau orné de son unique bougie que Ninon ne parviendra pas à souffler, avec ses minuscules poumons, je me dis : faire famille, c'est aussi ça.

Placer l'harmonie collective au-dessus des tensions qui troublent les relations en dehors de ces parenthèses où, tous réunis, nous essayons d'être moins rugueux, moins amers. Les efforts qu'on déploie me laissent songeuse. Pas pour la première fois, je me demande inutilement si toutes les familles sont comme ces lacs aux eaux dormantes dont il faut se méfier.

*

La présence d'Axel me permet de me fondre dans le décor. Lui n'a aucun mal à prendre de la place, à remplir le vide et à meubler les silences. Je disparais derrière le son de sa voix, je me fais toute petite et je rentre très profondément en moi. Je ne sais pas faire autrement, même pire, je me réjouis de pouvoir ainsi me camoufler, et que les regards scrutateurs qui attendent de moi un éclat se détournent le temps d'un repas. Mon éclat, c'est lui. Lui qui parle et se meut si bien, sans hachure, sans bavure. Quand il est là, ma mère n'a d'yeux que pour lui et me pardonne tout, même ma fadeur. Je n'ai pas réussi grand-chose : ni grande violoniste ni architecte, j'ai au moins trouvé un bon parti.

Il est mon excuse, mon pilier aussi. Contre lui, sa grandiloquence, sa tenue, je peux me reposer. La tête sur son épaule, je soupire presque d'aise. Tout se passe. Bien.

*

Ninon mange une cuillerée de gâteau, puis deux. Elle s'exclame : « Oh miam ! » C'est un gros gâteau plein de génoise, de ganache et de crème, décoré à son nom. Elle n'a pas réussi à souffler la bougie, mais c'était pour le mieux, car j'ai pu graver dans ma mémoire un tableau à la composition parfaite. L'enfant blonde et bouclée, son père aux yeux verts et aux cheveux fous, tous deux penchés sur le glaçage miroir, les joues gonflées, la lumière de la flamme inoffensive les nimbant d'or. L'amour a cette couleur.

On a coupé le gâteau, chacun sa part, et Ninon dévore la sienne comme une toute petite poule vorace. Ce n'est qu'alors qu'elle déballe son troisième cadeau – combien de nouveaux jouets une si petite créature peut-elle recevoir en une seule fois ? – que le drame frappe bruyamment. L'enfant s'arrête dans son geste et ses mains volettent jusqu'à son ventre tout rebondi. Elle commence à geindre, elle a mal, son visage est rouge et son front moite. Puis elle vomit, là, sur le tapis.

Elle n'a plus rien de mon bébé aux pépiements joyeux, soudain j'ai à mes pieds un petit être tourmenté qui hurle et se contorsionne dans une flaque de son propre repas à peine prédigéré. Ma mère, les yeux écarquillés, ne sait que faire : voler au secours de l'enfant malade, comme son instinct de grand-mère protectrice le lui intime ? Ou, au contraire, se tenir le plus loin possible de la substance malodorante et visqueuse qui jaillit maintenant en geyser de la petite bouche à peine dentée ? Ninon hoquette, Ninon pleure. Passée la surprise de la tournure que prend la fête, je me lève et mon alcoolémie n'a plus aucune importance, car l'adrénaline et le cortisol ont pris la relève. Marc sur mes talons, deux parents efficaces, nous gérons la crise. Sans un mot pour nos convives, nous disparaissons, l'enfant poisseuse collée contre la jolie chemise brodée de son père.

*

« Elle n'aurait pas dû manger tout ce gâteau, dit ma mère, brisant le silence d'un ton réprobateur.

— C'est son anniversaire, maman, réponds-je avec toute la neutralité dont je suis capable.

— Eh bien heureusement que je ne vous ai pas laissées vous empiffrer à votre guise à chacun de vos anniversaires, c'est tout ce que je dis. »

Je lève les yeux au ciel en même temps que je lève mon corps du canapé où la proximité hostile de ma mère ne peut plus être annulée par la présence imperméable d'Axel. Il est tendu, il regarde d'un œil dégoûté la tache orange et odorante qui commence à sécher en s'incrustant dans le tapis. Il n'aime pas trop les enfants, je l'ai compris assez tôt. Trop bruyants, trop salissants, impossible d'en enlever les piles quand on est fatigué de les voir s'agiter. Il a toujours essayé de donner le change face à Ninon, mais je soupçonne que Camille n'est pas dupe. Il aurait pu ne pas s'infliger la célébration du premier anniversaire d'une gosse dont il n'a cure, mais ça n'aurait pas collé avec son plan – le mien aussi, un peu – de paraître absolument parfait aux yeux de mes parents.

Mon père soupire et lance un « Bon, je vais m'en griller une, moi » en laissant tomber lourdement ses mains sur ses cuisses dans un claquement las. Je crève d'envie de le rejoindre. On pourrait fumer ensemble sous le porche, peut-être échanger plus de deux mots. Mais j'intercepte le regard de ma mère, noir de déception, attaché aux omoplates de mon père pendant qu'il sort son paquet de la poche de son jean. Il doit le sentir aussi, ce regard, mais il l'ignore gaiement : c'est la liberté qu'il a achetée avec son divorce. Si je le suivais, ma mère me ferait payer cette double sortie de scène, me ferait les reproches qu'elle rêve de faire à cet ex-mari qui n'a jamais voulu arrêter de fumer, qui a contaminé leur fille de son addiction vulgaire et qui s'est arrogé le loisir de s'en foutre. On ne divorce pas de sa propre mère. Alors je ronge mon frein. Le silence s'épaissit, on entend, étouffés à l'étage supérieur, les vagissements de Ninon qui s'apaisent à peine et les minauderies de ses parents qui contrôlent leur inquiétude, mais aimeraient bien comprendre ce qui se passe.

Tandis que je pense à la cigarette amplement méritée qui m'attend une fois rentrée, je frotte ma cage thoracique qui me démange, les yeux perdus dans la haie du jardin derrière la fenêtre. Axel sursaute :

« Arrête de te gratter, Anaïs ! »

Je me fige. Il a raison. Je ne veux pas abîmer mon tatouage qui cicatrise, enveloppé de baume gras, sous le coton de ma blouse. Ma mère saute sur l'occasion d'un sujet de conversation offert.

« Qu'est-ce que tu as, ma fille ? Encore ton eczéma ?

— Maman, ça fait bien dix ans que j'ai pas fait d'eczéma…

— Ça ne part jamais définitivement, ces choses-là », répond-elle d'une voix pointue. Je me retourne et ses sourcils froncés en accents graves me font sourire. J'ouvre la bouche pour la rassurer, mais Axel me devance.

« Ce n'est pas de l'eczéma, Catherine, c'est son tatouage tout frais ! »

Je me fige dans mon élan. Les lèvres de ma mère, impeccablement peintes, forment un O parfait strié de ridules, un masque d'horreur peint sur ses traits.

Axel prend un air penaud.

« J'ai dit quelque chose ? »

*

Je suis en train de fermer le body de ma fille quand Marc ouvre la porte de la chambre et s'y engouffre précipitamment. Je n'ai le temps d'entendre qu'un éclat de voix furieux avant que le son ne se feutre. Ninon s'est endormie, épuisée, et son sommeil est agité de sanglots fantômes qui secouent son petit corps fiévreux.

« Deux choses », dit mon mari d'une voix égale, son portable encore dans sa main.

Je hoche la tête tout en soulevant précautionneusement ma fille, prête à la poser dans son lit.

« Uno : le médecin a une place demain à la première heure...

— ... j'ai répétition, demain matin », dis-je avec regret.

Marc me regarde sans comprendre où je veux en venir.

« Je ne peux pas rater la répétition, chéri.

— Mais enfin, Camille. Je peux aller chez le pédiatre avec notre fille. »

Je sursaute, étonnée de n'y avoir pas songé. Nouveau hochement de tête qui veut dire bien sûr, suis-je bête.

« Deuzio, reprend-il, impassible, ta mère et ta sœur sont en pleine guerre froide, c'est la baie des Cochons dans le salon. »

*

Axel évite à tout prix mon regard venimeux. S'il pouvait siffloter d'un air innocent comme dans un cartoon, il le ferait. Mon père, lui, a passé une tête dans le salon et a immédiatement battu en retraite, prétextant une envie pressante. J'ai essayé de rester stoïque, mais rien n'y fait.

Ma traître moitié se dédouane d'un : « Tu m'avais pas dit que c'était un secret ! » un peu rigolard, peu soucieux de mon teint de plus en plus cramoisi. Ma mère passe de lui à moi, de moi à lui, incrédule. Enfin, elle retrouve la parole et lâche :

« Un tatouage. À ton âge. »

Ah, si j'avais dû parier, je n'aurais peut-être pas misé ma fortune sur cette réaction en particulier. Je suis prise de court. Ce ton ouvertement moqueur est un choix audacieux.

« À quel âge est-ce plus acceptable, dis-moi, maman ?

— À dix-sept ans, j'imagine, en pleine crise d'adolescence. Mais c'est vrai que tu n'as toujours pas fini la tienne. »

Axel laisse échapper un bruit qui se mue en toux malhabile. Je ne suis pas loin de croire qu'il a ri.

« Peut-être que si je m'étais fait tatouer à dix-sept ans, tu en aurais fait une crise cardiaque. J'ai clairement loupé mon occasion. »

Elle reprend son air scandalisé, je lève les yeux au ciel. Constatant que personne n'a encore sorti les couteaux, mon père revient dans la pièce à pas précautionneux.

« Ta fille s'est fait faire un tatouage, Philippe. »

Il reste interdit quelques instants, semble instantanément regretter sa décision, son regard fuit vers le jardin et le porche où se cache son cendrier.

« Elle est majeure, Catherine…

— Ah ! Merci ! », m'exclamé-je, triomphante.

Je commence à être agacée par l'expression qu'arbore mon mec : on dirait que rien n'est plus divertissant pour lui que la scène de famille qui se déroule sous ses yeux. Mon père reprend :

« Oui enfin, on a vu des manières plus intelligentes de dépenser son argent, tu ne crois pas ? »

Encore une fois, je suis surprise par l'angle d'attaque choisi. Ma mère opine du chef avec un air de royal mépris. Je ne trouve pas les mots.

« Je... mais hein, quoi ? »

Au moment où mes deux parents sont sur le point de repartir de plus belle, je suis sauvée par le gong : Camille et Marc font irruption, refermant la porte du salon avec infiniment de précaution.

*

« Shhhhh..., dit Marc, l'index posé sur la bouche pour appuyer son onomatopée. Ninon s'est endormie. »

Ma sœur bout de colère, notre mère est scandalisée, notre père arbore une expression dédaigneuse qui signifie qu'il vient de parler d'argent. Quant à Axel, il fait l'innocent, la pièce rapportée, celui qui n'a rien à faire là, qui est désolé d'être le témoin de ce déballage presque impudique. Il me lance un regard d'excuse exagéré. Je l'ignore et me tourne vers Anaïs, interloquée.

« Qu'est-ce qui se passe ?

— J'ai, euh... laissé échapper qu'Anaïs avait un tatouage, intervient Axel. Une petite bourde de ma part, je ne savais pas que c'était un sujet sensible. »

Cette fois, je lui tourne ostensiblement le dos. Ce n'est pas à lui que j'ai parlé.

« Tout le monde me prend la tête, voilà ce qui se passe », lance Anaïs, exaspérée.

J'entends notre mère lâcher une exclamation indignée.

« Anaïs, voyons ! », dit notre père d'un ton bourru.

Je décide que j'en ai assez. Je plante mes poings sur mes hanches et, sans même m'en rendre compte, je prends la même intonation que pour gronder Ninon.

« Vous réglerez vos histoires ailleurs et plus tard. J'aimerais bien que personne ne prenne la tête de personne sous mon toit, le jour de l'anniversaire de ma fille.

— Mais... », poursuit ma sœur.

Je lui fais face et la supplie du regard. Je n'en peux plus, je suis inquiète pour ma fille, je m'en fiche qu'elle soit vexée que son ridicule petit secret ait été dévoilé.

« Anaïs », dis-je seulement.

*

Je vois. Je vois qu'il est loin le temps où ma sœur prenait mon parti dans mes disputes adolescentes avec nos parents. Loin le temps où après un éclat particulièrement violent, elle m'accueillait dans sa chambre et me laissait cracher tout mon venin, ponctuant mes diatribes de « je comprends » qui m'apaisaient un peu plus chaque fois. Elle était la préférée, parfaite en tous points, mais elle était mon alliée.

J'ai perdu ça quand Camille est devenue mère, et que le silence est devenu si important. Pour ne pas faire peur à la petite, pour ne pas réveiller la petite, pour ne pas déclencher sa migraine. Il ne faut désormais pas dire un mot plus haut que l'autre.

Je comprends, oui, pourquoi pas. J'imagine que ça a du sens. Mais une fois que ma sœur m'a intimé le silence de sa voix grave et autoritaire, une fois que j'ai refermé la bouche, elle a fui du regard. Alors je ne peux m'empêcher de penser, quelque part d'un peu moche au fond de moi, qu'en devenant mère Camille a commencé à penser, comme notre mère avant elle, que j'en fais toujours trop.

Je me tais. Axel s'approche et veut glisser un bras autour de moi – je l'esquive d'un coup d'épaule. Il souffle et marmonne. J'exagère.

Ma mère s'éclaircit la gorge et son visage change, se réarrange comme de la cire fondue. Elle redevient joviale. Oui, bien sûr, c'est bête, on est là pour faire la fête, pas pour se disputer ! Je serre les dents. Mon père fait un pas de côté, décidé à terminer son sermon financier, mais Marc l'intercepte de justesse et l'aiguille sur un autre sujet moins sensible, me lançant un clin d'œil au passage.

Quand Camille a fini d'inspecter la tache de vomi sur le tapis, décrétant qu'elle s'en occuperait plus tard, elle revient vers moi et me glisse :

« Attends… un tatouage ? »

Je hausse les épaules et m'éloigne. Je vais la fumer maintenant, ma cigarette.

Rebondir

Ce matin, au réveil, même embrumée et pas coiffée, j'avais un travail. Ce soir, alors que ma queue-de-cheval est encore bien ficelée, je n'en ai plus. L'injustice de la chose ne m'a pas encore percutée. Le fait que j'aurais pu, que j'aurais dû le voir venir, non plus.

Il y a des jobs intéressants, d'autres qui le sont moins. Il y a des personnes qui ont une vocation et dont le travail donne un sens à leur vie, et il y a les autres, comme moi, pour qui un travail rapporte de l'argent, lequel permet de vivre correctement et de faire des plans sur la comète sans jamais vraiment s'attacher à les faire devenir réalité. Je n'aime pas particulièrement mon travail. Vendre des économes et des rouleaux à pâtisserie n'a rien d'une passion. Pas besoin d'être une très belle personne pour faire ça, et c'est peut-être pour ça que j'ai choisi ce boulot – ou qu'il m'a choisie.

Toujours est-il que ce matin, tout allait bien. À mon réveil, Axel était déjà levé et dans l'air flottait une odeur de café. Nous avons un accord tacite selon lequel personne n'ouvre la bouche avant huit heures. Il était sept heures quarante-huit, j'avais encore douze minutes de silence parfait et total devant moi, assez pour savourer mon café et la cigarette que je grille chaque matin à la fenêtre du salon.

« Je ne fume *jamais* en intérieur », dis-je toujours à qui veut bien l'entendre, comme si l'énoncer à haute voix annulait le fait que c'est un vilain mensonge. Je fume *tous les matins* en intérieur, à la fenêtre du salon. Qu'il pleuve, qu'il vente, qu'il neige, je suis trop paresseuse à la fois pour descendre sur le trottoir et pour arrêter de fumer. Mon mec a râlé trois fois, ou peut-être dix, et puis il a abandonné. Maintenant, le matin avant huit heures, il évite le salon.

Avant de partir, Axel et moi nous sommes embrassés. J'ai été agréablement surprise, tant cela est devenu rare. Je crois que l'expression adéquate est : *Nous avons des problèmes de couple.*

Je n'ai pas été une personne exemplaire récemment, quel que soit le plan étudié. L'endométriose qui me ronge le ventre s'est réveillée ces derniers mois. J'ai été incapable de sortir du lit, et encore moins de tenir debout. J'ai pris un arrêt de travail. Ce n'était pas le premier, loin de là, j'ai bien compris qu'ils avaient tendance à se multiplier et que je ne pourrais pas me payer ce luxe encore souvent. Je me suis dit que ce serait la dernière fois. On se dit toujours que c'est la dernière fois : la dernière cigarette, le dernier verre de vin, le dernier rail de coke... Ma came à moi, ce sont les arrêts maladie. Mon médecin, un type bonhomme, me regarde chaque fois avec un air un peu triste de ne rien pouvoir faire pour moi. Il remplit les formulaires sans même y réfléchir, il voit sur mon visage l'abnégation qu'il a fallu convoquer pour me déplacer jusqu'à son cabinet poussiéreux. Mon patron, lui, n'est pas d'aussi bonne composition, et je peux le comprendre. D'un autre côté, ces crises répétées ont creusé la tension entre Axel et moi, une tension nouvelle que je n'aime pas regarder en face, où il me reproche de ne pas faire d'efforts et où j'essaye de comprendre comment je pourrais en faire plus encore. Il n'y a pas d'arrêt maladie pour le couple.

Toute la journée, j'ai été l'employée que je sais être. J'ai beaucoup souri, j'ai vendu tout ce que j'ai pu, j'ai évité, à force de pédagogie, une foule d'accidents domestiques – ce n'était pas la meilleure journée du monde et je n'ai pas été la meilleure vendeuse du monde, mais j'ai fait de mon mieux.

L'après-midi, alors que, planquée dans l'arrière-cour, je savourais une cigarette et un peu de calme, j'ai été interrompue par une collègue. Du bout des lèvres, sans oser croiser mon regard, elle m'annonçait que j'étais attendue dans le bureau du patron. Là, je me suis dit que quelque chose clochait. Perspicace, la fille.

« Monsieur Collard, vous vouliez me voir ? »

Avant d'entrer, j'ai lissé le devant de ma jupe, refait ma queue-de-cheval, et j'ai fabriqué un sourire différent de celui que j'adresse à la clientèle. Plus réservé, celui-ci comprend à qui il est destiné et ne prétend pas en savoir plus que son interlocuteur, il ne tient pas à froisser son ego. Édouard Collard est un quadragénaire bedonnant, dégarni et myope. Il est aussi sirupeux, un peu poisseux, et me retrouver dans son bureau étouffant aux murs couverts de moquette beigeâtre me file la nausée.

« Asseyez-vous, mademoiselle Nollet. J'ai bien peur de ne pas avoir de bonnes nouvelles à vous annoncer. »

Mon sourire a vacillé. Il était sur une corde raide et il n'y avait pas de filet. Je me suis assise, obéissante.

« Vous n'êtes pas sans savoir que vos absences se font de plus en plus fréquentes, a commencé le patron d'un ton faussement navré.

— J'en suis désolée, monsieur Collard. Il y a un problème avec mes arrêts ? »

Le patron a toussoté désagréablement.

« Non, pas de problème avec la paperasse, Anaïs. (Je déteste quand il m'appelle par mon prénom.) Mais je suis navré de vous annoncer que vous n'allez plus travailler pour nous. »

Il m'a fallu quelques secondes pour accuser le choc.

« Pardon ? Pourquoi ? ai-je demandé d'une voix faible et tremblante.

— Vos problèmes de santé ne sont pas compatibles avec votre poste, a dit le patron d'un ton très factuel. Vous ne pouvez pas rester longtemps debout, vous êtes souvent absente... Vous comprenez que je ne peux pas me permettre de garder une vendeuse qui ne vend pas. »

J'ai hoché la tête avec une lenteur exaspérante. Il n'a pas tort, auraient dit mon père, mon mec, et n'importe qui ayant un pied motivé dans le monde du commerce.

« J'ai besoin d'améliorer les ventes de ce magasin, vous savez que la situation n'est pas facile pour nous en ce moment... Vous ne pouvez plus représenter la maison, ni accomplir votre mission correctement. »

Les mots se sont bousculés, mais j'ai fermé la bouche, déterminée à ne pas creuser plus profondément ma propre tombe.

« Ça ne peut pas être une surprise, mademoiselle Nollet… », a ajouté Collard, les sourcils froncés en une moue désapprobatrice.

J'ai entendu « Tu es nulle, et tu devrais le savoir, petite conne ». La gifle a piqué.

« Bon, je comprends que vous soyez un peu secouée. Je voulais vous l'annoncer plus tôt, mais entre vos absences et mes déplacements… Le licenciement est effectif dès la fin de votre service. Ce soir. »

Il s'est levé et a reboutonné la veste de son complet gris anthracite, cachant sa bedaine sous le tissu foncé. Il m'a tendu une main humide que j'ai répugné à serrer.

« Marjolaine vous expliquera la suite. »

Je suis sortie du bureau et me suis retrouvée sans emploi. Comme ça, d'un claquement de porte moite. Marjolaine, la secrétaire et responsable de toutes les procédures chiantes, s'est acquittée de sa besogne avec un sourire indéfectible, imperméable aux aléas. Tout glisse sur elle comme sur les plumes d'un canard, mais il faut dire aussi que ce n'est pas elle qui vient de se faire virer.

J'ai fini ma journée et suis rentrée chez moi. Sur le chemin, le soleil était sur le point d'achever sa course et je me suis sentie soudain à bout de souffle. Il est malheureux, à l'âge canonique de vingt-cinq ans, de se retrouver tout au bord de l'horizon. J'ai monté l'escalier raide qui mène à l'appartement dans lequel je vis, terrassée par une douleur dans la poitrine envers laquelle je ne nourrissais aucune illusion : elle était entièrement somatique. Certains pleurent de désespoir, d'autres tempêtent et donnent des coups, je fais partie de la troisième catégorie, de ceux qui se taisent et pour qui tout explose à l'intérieur.

Axel est là. Il fait la cuisine, il m'accueille avec le sourire fatigué des hommes compétents qui ont bien bossé. Je me sens tout à la fois vide et lestée d'une tonne de plomb. Il me demande si ça va. Je ne peux pas lui mentir, pas à lui.

« Je me suis fait virer. »

Axel est un être rationnel. Il étudie chaque problème sous toutes ses coutures avant de décréter que telle est la solution, que l'on parle de l'économie du pays ou d'un parasite affligeant une plante verte. Alors en m'entendant, il pose la cuillère en bois qui remuait la sauce tomate dans la sauteuse obtenue grâce à ma réduction d'entreprise. Il croise les bras et me regarde en attendant la suite, car il n'a tout simplement pas assez de données pour commencer son analyse.

« Collard dit que mes arrêts maladie sont trop fréquents, que ça impacte les ventes et l'équipe. C'est ce foutu bide qui m'empêche de faire mon boulot. »

Axel hausse un sourcil blond et clairsemé.

« Ils te virent, comme ça ? T'as pas demandé plus d'explications ?

— Ils m'ont tout bien expliqué pendant que je signais les papiers… De toute façon, ce sont des cons. Surtout Collard. »

Un ricanement involontaire secoue le corps athlétique de mon mec tandis qu'il éteint le minuteur qui surveillait la cuisson des pâtes et qui vient de laisser échapper sa série de bips.

« Tu le voyais jamais, ton patron. »

Alors qu'il égoutte les spaghettis, je me rends compte que j'ai très faim.

« Et alors, quel rapport ?

— Le rapport ? répète Axel, et je sens qu'il s'échauffe. Que ton patron soit un con, je veux bien, mais dans ton job, tu le voyais jamais. Et ce job, il paye les factures ! »

Je reste silencieuse et observe le ballet hypnotisant des spaghettis cuits jetés dans la sauce tomate et mélangés, jusqu'à être totalement imbibés. L'air embaume le basilic et les olives.

« Tu vas faire quoi ? »

Adossée au comptoir, je réfléchis. S'il était possible de supprimer des événements, d'appuyer sur Échap, j'annulerais ce licenciement, bien sûr. Mais si saugrenu que cela puisse paraître, je le ferais probablement plus pour éviter le conflit qui menace que pour retrouver mon travail. Ou mon salaire, puisque c'est si important.

« M'inscrire à Pôle emploi, chéri. Trouver un autre job, je réponds, lasse. Ça ne devrait pas être si compliqué. »

Axel secoue la tête. Je vois bien qu'il ne comprend pas. Il voudrait que je me batte, que je tempête. Je n'en ressens pas vraiment le besoin, à vrai dire je ne ressens rien. Je le regarde intensément, avec ce regard provocateur qui le rend fou, et pas dans le bon sens du terme. Puisqu'il faut se battre, battons-nous.

« Ben quoi, qu'est-ce qu'il y a ? je demande agressivement. Vas-y, dis ! »

Il pose le plat sur la table et s'assoit. Je suis déterminée à entendre ce qu'il pense au plus profond, derrière son masque presque impassible. Il prend une longue inspiration tout en se servant un grand verre d'eau. Instinctivement, j'ai envie de rentrer la tête dans mes épaules pour me protéger de ce que j'ai bien cherché.

« Tu as besoin de ce boulot. Tu vas faire quoi de tes journées ? *On* a besoin de ce boulot, il faut payer le loyer, les charges, les abonnements, tout ! »

Je hausse un sourcil narquois.

« Tu as déjà entendu parler de l'assurance chômage ? Ça va pas être joyeux, mais pendant quelques mois seulement, le temps que je rebondisse…

— Que tu rebondisses ? répond-il en écho, incrédule.

— Oui, que je rebondisse ! Merde à la fin, pourquoi tout le monde a l'air de penser que je ne suis qu'une incapable ? »

Axel me scrute, dubitatif. Le rouge m'est monté aux joues, j'ai envie de pleurer, de fuir, de me soustraire à ses pupilles ferrées sur moi en un examen malhonnête. N'ai-je pas droit à quelques heures, quelques jours de répit ? Je ne dis pas ce que je pense, c'est-à-dire que ce job m'emmerdait profondément et que je suis à moitié soulagée d'en être débarrassée. Quant à lui, j'aperçois maintenant dans ses yeux une lueur qui m'avait jusqu'alors échappé : peut-être ne suis-je finalement pas la seule responsable de la dimension parallèle qui semble nous séparer.

Il soupire.

« Désolé, dit-il finalement à mi-voix. Je suis injuste. Je suis surpris, c'est tout. À mon avis, c'est totalement illégal, de te virer comme ça. J'aurais pensé que tu voudrais coincer ce con de Collard ! Je sais pas, moi… le traîner en justice ! »

J'éclate d'un rire aigre. Le traîner en justice ? Mais pour quoi faire ? Ça me fait mal de le dire, mais Collard a raison, au fond : je ne suis pas rentable. Je n'aime pas vendre, ni me vendre, être entourée d'objets et avoir fini par en devenir un. Que j'aie réussi à le faire pendant trois ans relève, en fin de compte, du miracle.

« Je suis crevée, Axel. J'ai pas envie de me battre. »

Il hoche la tête en mâchonnant pensivement. Il n'a pas vraiment dit ce qu'il avait sur le cœur. Je me sens en déséquilibre, sans bien comprendre ce qui me perturbe. L'atmosphère est lourde comme un soufflé raté.

« On n'en parle plus, OK ? Je suis désolé, vraiment. »

Ses excuses me rassurent un peu, son visage défait aussi. Nous sommes tous les deux fatigués par nos journées. Lui d'être très fort dans ce qu'il fait, et moi de cette défaite. Une douleur en forme de poignard affûté me transperce alors l'abdomen. Je retiens mon souffle, pétrifiée. Sur le visage d'Axel, l'inquiétude se mêle à l'épuisement, il tend la main vers moi comme pour me retenir de tomber.

La bataille s'arrête ici, à cette blessure sans corrélation, aux non-dits qui alourdissent nos paupières et transforment nos sourires timides en grimaces douloureuses.

Les débuts

J'ai du mal à rebondir. Qu'il est bon d'avoir le loisir de ne rien faire, le luxe du temps long. Chaque matin le réveil sonne et Axel sort du lit sans un regard en arrière. La nuit, nos corps s'imbriquent encore, et la chaleur qui s'en dégage me réchauffe. Le jour, nos ombres nous séparent. Je ne me lève plus pour fumer à la fenêtre, pour petit-déjeuner avec lui, dans l'odeur amère et réconfortante du café fraîchement passé. Ce matin, j'ai sombré à nouveau dans les limbes d'un sommeil cotonneux et je ne l'ai pas entendu partir. Ce soir, il fera la tête. Je paresse au lit, chose que je n'ai jamais vraiment faite.

Mon téléphone sonne et le visage de ma sœur s'affiche sur l'écran. Je décide encore une fois de ne pas répondre. J'attends que la sonnerie s'arrête, puis quelques longues secondes encore, et enfin, d'un geste preste, j'envoie un message préenregistré :

Je ne peux pas te
parler pour l'instant.
Tout va bien ? 08:49

C'est ma technique préférée pour détourner l'attention de ma personne : les gens adorent parler d'eux-mêmes. À la moindre perche tendue, ils sautent sur l'occasion pour raconter leurs grands déboires, plus rarement leurs petites joies. Camille, ma sœur, tout adorable et parfaite qu'elle soit, ne fait pas exception à la règle et rapidement quelques notes retentissent, signal qu'elle m'a répondu.

08:53 Ça va ! Je suis un peu sous
l'eau, entre l'ouverture de
la saison et l'adaptation
de Ninon à la crèche, mais
bon...

Ninon, ma nièce, a un nombre de mois qui n'a de sens que pour ses parents, et que j'oublie constamment. Camille est rentrée de congé parental il y a quelques semaines seulement. J'ai envie d'entendre sa voix, mais pas qu'elle entende la mienne, qu'elle devine que tout s'écroule. Elle est très clairvoyante, ma sœur, et très chiante aussi, alors je réponds une platitude qui l'éloignera, un peu blessée. Je me retourne dans le lit, je grogne, il faut en sortir, il faut agir.

Depuis trois semaines que je suis au chômage, je n'ai rien fait.

Rien de constructif, rien d'important, rien qui permettrait d'avancer.

J'ai essayé, pourtant, pris des rendez-vous auxquels je me suis rendue. Et puis quand j'ai compris que j'allais devoir répéter ces efforts tous les jours jusqu'à retrouver un travail qui achèverait d'aspirer le peu de vigueur qui me restait, j'ai pleuré. C'était un vendredi, l'appartement vide dégoulinait de solitude, j'avais les yeux rivés sur les sites d'offres d'emploi depuis trois heures, et soudain je n'étais plus qu'une masse informe de désespoir vitupérant. Il aurait mieux valu disparaître, mais Axel m'attendrait au tournant quand il rentrerait de son boulot génial dans lequel il s'éclate, incapable de comprendre que le mien puisse me coller la mort dans l'âme. Il me demanderait si j'avais vu des choses intéressantes, d'un ton enjoué je lui répondrais que oui, deux trois trucs cool et pas très loin, je pourrais même y aller à pied, j'ai envoyé quelques candidatures. Le mensonge ne m'étoufferait pas, plus maintenant.

Mes os trempent dans un goudron sale, chaque geste me coûte. Chaque jour, je me refais le film de ma vie et je ne comprends pas bien à quel moment précis ça s'est mis à merder. À quel moment je suis devenue une impasse. Je me souviens de m'être sentie tellement indépendante, tellement forte, en refusant de m'enterrer dans les amphithéâtres d'une quelconque université, en refusant les longues études auxquelles on m'avait destinée. Je savais que l'abstraction des réflexions universitaires, le savoir pour le savoir, ça ne m'allait pas, ce n'était pas moi – restait à savoir *qui* j'étais. Ma quête était amorcée, il y avait un début de quelque chose, une envie d'aller plus loin. J'ai tout fait pour prouver à mes parents que je savais me débrouiller toute seule, payer un loyer, que j'étais responsable... et avant que je m'en rende compte, ça faisait déjà des mois que je bossais dans une boutique de casseroles. Chaque jour depuis mon licenciement, je déroule la bobine et le fil s'arrête à cet instant où j'ai réalisé que je bossais dans cette boutique depuis longtemps maintenant, que mon CDD était devenu un CDI. Que j'étais là, et bien partie pour y rester. Je n'arrive pas à remonter plus loin. Je sais que je ne suis pas une grande idéaliste, que mon ambition est modeste, mais je suis certaine qu'en entrant dans le magasin pour y déposer ma candidature j'avais un plan sur le long terme.

Impossible de remettre la main dessus.

Il s'en est pourtant passé des choses, depuis. J'ai rencontré Axel et il n'a pas fallu longtemps pour qu'on s'arrime l'un à l'autre et que j'oublie tout le reste. Et puis mon ventre m'a baladée d'hôpitaux en salles d'examen, on m'a remplie de toutes sortes de produits et on m'a dit toutes sortes de choses désagréables, et je crois que j'ai un peu perdu pied.

Aujourd'hui, affalée dans le canapé, la tête entre les mains, mon téléphone muet posé devant moi que je fixe comme si le Saint-Esprit allait me passer un coup de fil pour me révéler mon sort, je ne sais pas où je vais.

Engourdie, paralysée, j'ai de l'énergie en pointillé. Quand elle se manifeste, je l'utilise pour gagner le droit de rester sous ce toit, je me transforme peu à peu en parfaite maîtresse de maison. Le sol est toujours propre, les robinetteries brillent de mille feux, les lessives s'enchaînent, le frigo est plein et je cuisine tous les repas. Quand j'ai fait tout ça, quand enfin s'efface la culpabilité d'être là, d'encombrer l'espace, de ne rien faire de mes dix doigts, je ne suis que fatigue, mes lombaires qui grincent, et j'ai tout juste assez de force pour m'allonger et attendre que le temps passe.

Il me reste Axel. Ses yeux verts parsemés d'éclats de noisette qui, quand il le veut bien, me font me sentir si grande, ses bras forts qui me soulèvent et dans lesquels je me sens à l'abri. On a tendance à oublier l'amour qui nous lie, je m'en rends compte dans le souvenir lointain d'un baiser qui touche mes lèvres, un fantôme. On s'est perdus de vue. Et comme je ne sais pas laisser libre cours à mes sentiments, comme souvent mon corps réclame l'abstinence, je me traîne une solitude millénaire qui m'éclate en sanglots.

Ça faisait quelque temps déjà que je travaillais au magasin et j'avais cette sensation persistante d'être totalement invisible aux yeux du monde. Je vivais seule dans un immeuble vide et quand j'endossais l'uniforme, devant le miroir en me préparant, c'était comme si je volais chaque matin la peau d'une vendeuse souriante et affable, pour gagner son argent. L'uniforme en question me ressemblait si peu que c'en était risible. La chemise en polyester qui gratte et fait suer, le nœud papillon à pois pour faire bon chic bon genre, mais surtout, la jupe. La jupe, bon sang. Droite et rouge, aux couleurs du magasin, je ne pouvais m'empêcher d'avoir l'impression en l'enfilant de me grimer, de me travestir. Je ne mets pas de jupe, jamais. La jupe m'angoisse, la jupe m'entrave, la jupe me fait paraître plus femme que ce que je suis – que ce que j'ai envie d'être. Les petits mocassins plats, mais claquant sur le parquet de la boutique, me rendaient folle, leur bruit se mêlait à la cohue entre les rayonnages et malgré cet apparat ridicule, malgré ce déguisement inconfortable, à cause de lui d'ailleurs, j'étais, toute la journée, totalement invisible.

La vraie Anaïs, elle, restait à l'appartement, enfouie sous les couettes, personne ne la voyait jamais. Des dizaines, parfois des centaines de personnes défilaient devant moi, m'adressaient la parole, sans que jamais ils parlent à celle que j'étais vraiment.

Et puis un jour, un mec très sûr de lui m'a demandé si on vendait je ne sais plus quel type de sel un peu rare. Il était d'une beauté agaçante, consciente d'elle-même sans trop en jouer, à moins que ça puisse être utile – pas le genre de charme susceptible de me renverser, en temps normal. Mon grand sourire punaisé aux coins de ma bouche, j'ai répondu « Mais oui, bien sûr, suivez-moi, je vais vous montrer où c'est », parce que dans notre boutique le client est roi, on ne l'envoie pas se balader, on l'accompagne.

Il a commencé à faire la conversation, le temps était radieux, j'étais d'humeur à me rendre visible et à occuper l'espace. Alors quand il m'a demandé mon numéro de téléphone, j'ai froncé les sourcils, le temps de prétendre réfléchir et de le tourmenter, puis je le lui ai donné, intriguée. Son regard laissait paraître une curiosité qui m'a fait du bien. J'ai cru, pendant l'instant fugace où il a relevé les yeux de son téléphone vers mon visage volontairement fermé, qu'il essayait de voir par-delà la vitrine.

Il est sorti du magasin sans rien acheter et je me suis fait taper sur les doigts par ma responsable. Mon costume invisible est revenu se draper autour de moi, il était trop juste aux épaules et gênait mes mouvements. Un si joli garçon devait faire le coup à toutes les vendeuses à queue-de-cheval qu'il croisait, j'étais persuadée de ne plus jamais entendre parler de lui.

Le lendemain, il m'appelait – il m'avouerait plus tard qu'il s'était demandé quel délai était le plus acceptable. J'appris alors son prénom, qu'il avait envie de me revoir, et que non, il ne faisait pas ça avec tout le monde, d'ailleurs qu'il ne savait pas trop quelle mouche l'avait piqué. Je ne sais pas à quel point je l'ai cru. Étais-je libre pour dîner ce soir ? Dans n'importe quelle autre circonstance j'aurais dit non, mais il était magnétique. S'il voulait dîner avec moi ce soir, je ne devais pas laisser passer l'opportunité, parce que ce serait peut-être la seule. Il avait une voix qu'on a envie d'entendre, alors nous sommes allés dîner.

Je ne savais pas où il comptait m'emmener, et j'aurais pu choisir, j'aurais pu m'imposer, mais non, je me suis laissée guider. Je me rêvais aussi intéressante que lui, et d'un autre côté, je ne voulais pas prétendre être une autre dans l'unique but de lui plaire. Je voulais qu'on me voie comme celle que j'étais, même si mes contours étaient flous.

Je suis arrivée au rendez-vous dans ma vraie peau à moi, en jean élimé, en baskets fanées, des cernes plein les yeux et les cheveux détachés. J'aurais aimé être plus élégante et séduisante, et j'aurais aimé être jolie. Mais il était plus important pour moi de ne pas mentir. Je l'ai surpris, Axel, je le sais parce qu'il me l'a dit plus tard. Il s'attendait à voir une jolie jeune femme en petite robe de soirée, discrètement maquillée, les joues rosies par le froid. Il a trouvé en lieu et place une femme jeune, certes, jolie, peut-être, par des standards plus élastiques que ceux des magazines, une autre personne en tout cas. La soirée qu'on a passée, la première d'une longue série d'heures aux lumières tamisées et aux discussions éternelles, était une belle soirée.

J'en suis sortie différente, plus certaine de ma valeur. Il paraît qu'il faut d'abord s'aimer soi-même pour que les autres nous aiment ensuite. Je crois que ce n'est pas si simple – ni si cruel. Je me suis accrochée à Axel parce que, à ses côtés, je n'ai pas cessé de paraître un peu meilleure que ce que j'étais réellement.

J'avais oublié tout ça. Est-ce qu'il arrive à tout le monde, dans tous les couples du monde, de se laisser happer par la vie qui défile, d'oublier la chance, l'amour, la beauté et la vérité de ce qui nous rassemble ? Est-ce qu'il est normal ou bien triste, ou bien un peu des deux, de ne plus voir que ce qui agace, ce qui frotte contre la peau pour la laisser rougie, d'être aveugle à la douceur ?

Soudain gonfle en moi une bulle d'un amour fou. Cet amour en forme d'étincelles qui crépitent quelques semaines, quelques mois, cet amour qui met les larmes aux yeux, que je n'avais pas ressenti depuis mes premiers émois. Avant lui, je m'étais donnée corps et âme à des hommes qui s'étaient servis et m'avait laissée essorée. Depuis l'adolescence, je m'étais composé un rôle détaché, celui de la bonne copine qui sait s'amuser sans s'attacher, oh non jamais. J'aurais pourtant pu crever d'envie pour une histoire d'amour dont j'aurais été l'héroïne, et pas le troisième rôle que le don Juan largue en disant « C'est une amie ne t'inquiète pas » quand il rencontre enfin la femme de ses rêves. Axel avait été le premier à m'aimer en retour. Cette vague me prend à la gorge et me gèle dans le temps, tout le temps qu'il me faut pour plonger à nouveau dans cet océan terrible et terriblement beau.

Non, je n'avais pas oublié l'amour, pas tout à fait. J'avais oublié le bien que ça fait. J'ai retrouvé la mémoire, et c'est si bon que j'en ai le vertige.

Des amours

Axel me sourit, me demande ce que j'ai fait aujourd'hui. La douleur qui m'étreint la poitrine si souvent maintenant refait surface.

« Oh, comme d'habitude. »

Il acquiesce d'un air entendu, se dirige vers le frigo, en sort une bière qu'il décapsule d'un geste leste sous mes yeux éberlués. Ce n'est pas dans les habitudes d'Axel de boire en rentrant du bureau, la bière est réservée aux week-ends, aux soirées entre collègues. Il a l'air tendu, maintenant que je le regarde attentivement.

« Ça va pas, toi ? » je demande d'une petite voix.

Depuis l'enfance, dans toutes les maisons que j'ai habitées, la cuisine a toujours été ma pièce préférée. Aujourd'hui, c'est le lieu des conflits, ouverts ou couvés. Axel se frotte les yeux, un chaume blond sur ses joues râpe sa main quand il la passe sur son visage.

« Il faut qu'on parle.

— Moi aussi, j'avais quelque chose à te dire ! dis-je, enthousiaste à l'idée de partager mon épiphanie.

— Ah… Je pense que je devrais commencer, si ça te dérange pas. »

Je suis déçue, consciente que ce qu'il a à me dire sera moitié moins plaisant que ma déclaration d'une flamme d'amour retrouvé. Je me sers un jus de fruits et je m'assois, attentive et soucieuse.

« Vas-y, je t'écoute. »

J'appréhende, je la sens, cette odeur de roussi, bon sang.

« Je… je te quitte. »

Sa voix est basse, plate, et ses mots claquent dans l'atmosphère. La tête penchée sur le côté, je bois une gorgée de jus, je pense *Le frigo est trop froid, il faut baisser le réglage,* j'ai mal aux gencives.

« Pardon ?

— Ça sert à rien de tourner autour du pot, autant être honnête, tu ne crois pas ? hésite-t-il pourtant, les sourcils froncés, comme s'il contemplait par-dessus son épaule la possibilité de revenir en arrière. Je crois que j'aime une autre femme et… je suis sûr que je ne t'aime plus. On ne peut plus continuer comme ça. »

Le jus se coince quelque part entre mon œsophage et, ma trachée, un itinéraire risqué qui me brûle la gorge. Je manque de m'étouffer et, en mec sympa, Axel vient gentiment administrer de grandes tapes dans mon dos courbé.

« Ça va ? »

Sa question, ridicule, m'arrache un rire hystérique. J'en pleure, de ce rire qui détruit tout sur son passage et qui me laisse tremblante, en ruine, avachie sur ma chaise.

Le rire finit par mourir dans ma bouche et je reste pantelante. Je regarde Axel, incrédule. Incapable, physiquement, de comprendre ce qu'il veut dire.

« Tu me quittes… pour une autre ? »

Le prononcer à haute voix ne rend pas le tout plus acceptable. Et pourtant lorsque Axel répond : « Oui, c'est ça », il n'y a plus de doute possible. Je me lève en funambule pour trouver le paquet de clopes que je dissimule dans le tiroir.

« Tu vas fumer à l'intérieur ? demande Axel en fronçant les sourcils.

— Tu vas me faire chier avec ça *maintenant* ? » réponds-je avec un certain venin dans la voix, un sarcasme menaçant.

Je n'ai pas très envie d'assister à la suite de cette scène, j'aimerais fermer les yeux et attendre que l'orage passe. Mais bien malgré moi, mon système s'est remonté comme un coucou suisse et, à l'intérieur, des vagues successives d'émotions contradictoires s'écrasent sur mes rivages.

Pourtant, ça ne sert à rien d'être irrationnelle, et si j'ai envie de hurler, de tout casser, il me faut être une grande fille. Je me dis *Pas la peine d'en faire un drame*, pas quand Axel me couve de ce regard inquiet et paternaliste dont il a le secret quand il a peur de me voir exploser.

« Passe-moi une bière, s'il te plaît, lui demandé-je. Et viens t'assoir, reste pas planté là. »

Il a cette expression méfiante et légèrement terrorisée des gens qui marchent dans un champ de mines en sachant qu'ils risquent à tout moment de sauter. Si ma dernière chance d'impressionner Axel est ici, dans cette cuisine, en ayant l'air de l'adulte calme et composée que je suis à des lieues d'être, alors ainsi soit-il.

« C'est qui, cette nana?

— Euh... t'es sûre ? »

Je porte le goulot de la bouteille ambrée à mes lèvres en acquiesçant d'un signe de tête. La bière est amère, forte, elle me fait grimacer.

Il bredouille, je sens d'ici ses mains moites, son front perlé de sueur. Comme c'est étrange, que cet amour qu'il n'a plus pour moi et qu'il a retrouvé pour une autre lui cause autant d'inconfort. Je suis peut-être injuste de lui imposer ainsi de me dévoiler des sentiments aussi intimes. Ai-je vraiment le droit de savoir ?

La grande gagnante est une nouvelle collègue de bureau. Appelée Lena et fraîchement débarquée de Stockholm, elle est belle comme un lever de soleil, cultivée à l'extrême, toujours élégante. Je suis frappée par ce portrait qui, en quelques coups de pinceau, trace les contours d'une femme aux antipodes de ce que je suis. Axel m'avoue qu'il a déjà bu quelques cafés avec la jolie commerciale aux jupes fendues et aux cheveux lustrés. Ils se plaisent bien et il a envie de vivre quelque chose avec elle. Il me quitte parce qu'il ne veut pas me tromper, il ne veut pas me mentir, il ressent pour elle quelque chose qu'il n'a pas ressenti depuis longtemps et il pense, oui, sans en être bien sûr, il pense que c'est de l'amour.

Une fois sa bière terminée, il va en pêcher une autre et m'en propose une que je décline, accrochée au goulot de ma bouteille encore à moitié pleine.

Je sens mon cœur se fendiller avec une lenteur délibérée, à chaque mot qu'il prononce les crevasses s'étendent, le sol sur lequel je me tenais depuis trois ans se craquelle, c'est une chute dans un abîme qui sent le soufre. Je comprends et en même temps je pige que dalle, comment peut-on lui et moi être dans des dispositions si opposées ? Il ne me reste plus aucune larme, juste une amertume qui arrache le palais.

« Tu dis rien. »

Je secoue la tête, dépassée. J'essaye de me souvenir : c'était quand la dernière fois qu'on s'est dit « Je t'aime » ? Dans les histoires qui vont bien, on a oublié parce qu'on le dit tellement et qu'on le pense si fort qu'il n'y a plus de temporalité dans nos « Je t'aime », ils sont infinis, extensibles. Mais notre histoire avait une limite de stocks disponibles, et je me retrouve avec ce trou de mémoire, impossible de me rappeler. Ce dernier « Je t'aime », je l'ai zappé.

« C'est marrant, dis-je en ne riant plus du tout. Cet après-midi, j'ai réalisé à nouveau combien je suis bien avec toi. C'était ça que j'avais à te dire. Que je t'aime, que je veux faire toute ma vie avec toi, bla-bla-bla… quelle connerie. »

Axel fuit mon regard. C'est une petite lâcheté honorable, à sa place je me fuirais aussi.

« J'allais m'excuser d'avoir été aussi nulle, de n'avoir pas su rebondir aussi vite que prévu, j'allais te dire que j'étais désolée de t'avoir mis de côté. Et voilà. Ça sert à rien, ce que je dis, mais au moins tu sais. »

Il murmure :

« C'est trop tard... »

Je ne peux qu'être d'accord avec lui. C'est trop tard. Irrémédiablement.

« Je voulais construire des choses avec toi... Depuis quand on n'est plus rien, pour qu'il soit si facile de te détourner de moi ? C'est entièrement ma faute, n'est-ce pas ? »

Dans ma gorge, les mots sont âpres, ils m'écorchent et sortent rauques d'une tristesse qui, elle, ne se dit pas. La fumée des cigarettes que j'enchaîne sans plus aucune retenue m'enrobe d'un voile nauséabond.

« Tu n'es plus celle que j'aimais, Anaïs... »

Je vois toute la peine que ça lui fait de dire des paroles aussi dures, qu'il maudit sa propre honnêteté, celle qui l'empêche de contourner les obstacles et d'arrondir les angles. Aujourd'hui, sa franchise sans fard m'aveugle et imprime dans ma rétine une question que je cherche à tout prix à éviter : que diable suis-je devenue ?

« Je sais pas trop qui de nous deux a changé, reprend-il, et ses mots trébuchent, comme s'il ne pouvait plus arrêter la machine maintenant. Si tu as toujours été aussi cynique, ou si je ne supporte plus de te voir broyer du noir. Mais maintenant, quand je te regarde, je ne vois plus rien, je ne sens plus rien. Je suis désolé. »

Je baisse les yeux et observe, abattue, les petites peaux autour de mes ongles rongés. Axel continue :

« Et j'ai voulu rester, tu sais. Je sais bien que c'est pas juste de se tirer à la moindre difficulté, je te devais, je *nous* devais, de te soutenir, d'essayer, de te pousser. Mais j'y arrive pas. On n'y arrive plus, ça se voit, non ? »

Entre chaque bouffée de chaque cigarette, je mords l'intérieur de ma joue avec application et ma bouche se remplit d'un goût de sang ferreux et nicotiné. Je déglutis avec difficulté.

« Si j'avais pas rencontré Lena… tout aurait été différent. Peut-être. Je suis désolé, Anaïs. »

La voix d'Axel tremble, il se sent coupable, honteux peut-être, alors qu'au fond qu'a-t-il fait de mal ? Est-ce un crime de ne plus aimer et puis d'aimer à nouveau ? L'idée que s'il n'avait pas rencontré Lena, il aurait traîné un poids mort pour faire taire sa conscience me révolte. Cette relation si importante autrefois, pour me sentir exister et pour sauver les apparences, n'est plus que l'ombre d'elle-même. Une ombre qui s'évapore.

J'écrase mon mégot bruni dans la soucoupe où il rejoint les cadavres d'une demi-douzaine de ses semblables. Je me lève, nauséeuse, pour ouvrir une fenêtre et aérer la pièce enfumée de volutes bleuâtres – l'air humide et glacial de novembre me fouette le visage. Cette froideur abrupte me fait sursauter et peut-être accepter. Que je n'ai pas le choix, qu'il ne sert à rien de me rouler par terre de désespoir. Je sens, quelque part entre le corps tendu d'Axel et le mien, totalement laxe et mou, qu'il y a encore un lien ténu sur lequel je pourrais jouer. Si j'avais ne serait-ce qu'une petite fibre manipulatrice, si j'avais moins envie d'être seule que d'être pathétique, je pourrais pleurer, le supplier de me garder, de me laisser une seconde chance, de m'aimer quelques jours, quelques heures de plus. Je pourrais m'inventer reine pour qu'il me revienne, mais ce ne serait pas fair-play. Si Lena, ses cheveux blonds soyeux et ses chemisiers bien repassés ont su le gagner, c'est que j'étais hors jeu avant le début de la partie. Je n'ai plus ma place, même pas sur le banc de touche, il serait plus élégant de le reconnaître.

Je me détourne de la fenêtre et plonge mon regard dans celui d'Axel, qui le soutient, qui me soutient une dernière fois. Je reviens m'asseoir en face de lui, je tends la main à travers la table qui sépare nos corps, en plus de tout ce qui nous divise déjà par ailleurs, pour toucher son bras d'un geste léger.

Il prend ma main et la serre, assez pour que je le sente, trop peu pour imprimer une once d'espoir dans mes doigts raides et froids. Il autorise un léger soulagement à éclore sur son visage, son teint se réchauffe, ses traits se détendent, il revit. Il pensait que j'allais faire une scène, lui jeter des assiettes à la tête, l'insulter peut-être. Ça aurait été tellement pittoresque. Je remplis mes poumons de l'air qui se rafraîchit et s'épure petit à petit. Je flotte à nouveau quelques centimètres au-dessus du réel. J'ai faim.

La nuit est tombée dehors et je m'attelle en silence, mécaniquement, à la préparation de notre dernier repas.

« Tu peux rester ici, le temps que tu trouves un autre appart. T'es pas obligée de partir tout de suite. »

Sa voix résonne dans mon dos et me traverse comme un courant d'air. Ah oui, tiens, c'est vrai. Il va falloir que je déménage. Cet appartement, dans lequel je me suis installée si vite et qui a presque fini par être chez moi, je vais le quitter sans y avoir laissé d'empreinte. Je vais remballer mes chaussettes et ma crème hydratante, il n'y aura plus jamais de mes cheveux dans le fond de la douche.

« C'est gentil. Je partirai au plus vite. »

Il n'est pas question que je dorme dehors, que je frappe à la porte d'un visage connu à qui il faudrait étaler mes échecs et auprès de qui je ne récolterais que de la pitié. Je n'ai jamais dormi sur notre – son – canapé.

Les oignons que j'ai émincés me brûlent les yeux depuis la planche en bois où ils gisent, assassinés.

Le départ

L'odeur du ragoût traîne encore dans le salon ouvert sur la cuisine, où je dors ce soir. Le canapé, une fois déplié, est d'un moelleux agréable. C'est très étrange, d'être aussi bien installée alors que tout en moi n'est qu'inconfort. Comme si mes os s'étaient tous déplacés d'un dixième de millimètre dans des sens opposés, comme si mes muscles s'étaient légèrement écartés, ou rapprochés. Rien n'est à sa place. Le monde tel que je le connaissais n'existe plus.

Comment fait-on pour être seule, comment font-ils, tous ces autres ? J'ai oublié, moi. J'ai tout oublié.

Après le repas qu'on a partagé dans un silence absolu, la soirée a tourné court et viré au malaise. Comme un hôte exemplaire, Axel est allé chercher draps, couvertures et oreillers pour installer mon couchage. Ses mouvements exsudaient une politesse qui m'a exaspérée, m'ont fait me sentir tout à coup étrangère à ce lieu que je connais pourtant comme ma poche. Qui était, du moins l'avais-je cru, un peu mien. Il se comportait gauchement, comme on s'occupe d'une vieille tante en visite. C'était l'histoire d'un soir, une question de principe, c'est fou la distance qu'une telle prévenance peut mettre entre deux êtres auparavant si proches.

Je me souviens de cette époque pas si lointaine où il nous était impossible de nous éloigner l'un de l'autre plus de quelques jours d'affilée. Axel avait ralenti considérablement le rythme de ses déplacements, moi je trouvais toutes les excuses pour refuser les formations qui m'envoyaient aux quatre coins de la France. On se collait à la peau, on ne faisait plus qu'un, c'était fort et c'était beau. Je n'ai jamais étouffé dans cette fusion qui avait modifié jusqu'à la structure de mes atomes. Et puis le temps a passé et il a fait ce qu'on sait. Il m'a affadie. Je me suis affadie, toute seule comme une grande. Je ne sais plus bien.

Cette soirée alors je l'ai passée seule. Il n'était pas tard quand Axel a eu fini d'être atrocement gentil avec moi, il m'a souhaité bonne nuit en me claquant deux bises sonores sur les joues, j'en ai rougi de déplaisir. Sans aller jusqu'à prétendre que notre intimité physique était toujours intense et passionnelle, je n'avais pas encore eu le loisir d'oublier la sensation de son corps dans le mien, de sa langue dans ma bouche. Le bruit de ses lèvres sur la peau sèche de mes joues m'a vrillé les tympans. C'est donc à ça que ça ressemble, la fin.

Je me suis couchée avec un livre, une histoire d'amour qui, hier encore, me faisait rêver. Après quelques pages qui ont achevé de me déprimer, j'ai éteint la lumière et je me suis tournée face à la fenêtre pour voir la ville vivre sa vie nocturne. Les phares blancs et rouges des voitures, la lumière orange des réverbères qui se reflète dans les millions de gouttes de pluie qui, sans trêve, frappent le bitume. J'imagine les fêtards qui sortent tard et rentrent tôt, ou l'inverse, c'est selon. Les amoureux qui, main dans la main, profitent du clair de lune pour se dire toutes ces choses qu'il vaut toujours mieux dire dans la pénombre.

Quand soudain, vlan. La solitude m'est tombée sur le coin de la gueule comme un piano dans un dessin animé. Le bruit en a été assourdissant.

Une discorde en *si* bémol mineur, un orchestre chaotique, un sifflement au fond de l'oreille, acouphène strident pour remplir le vase sans fond d'une nouvelle absence.

Je veux me redresser, mais je suis comme paralysée. Le piano tout pété s'est écrasé sur ma poitrine et empêche tout mouvement. La panique m'enlace dans une étreinte charnelle, elle s'insinue en moi, ses tentacules se glissent dans tous les interstices de mon vernis écaillé, cette façade en double vitrage toute fissurée. Les larmes montent, le sang bat dans mes tempes, j'ai soif, j'ai peur, je veux partir. Je suis seule. Je n'ai plus rien, plus personne.

Je me tourne et me retourne, cherchant le sommeil comme on cherche la bouteille, pour plonger dans l'oubli. C'est un mauvais rêve, mon pire cauchemar, je vais me réveiller et je serai aux côtés d'Axel dans le grand lit king-size. Son lit. Pas *notre* lit, merde, ce n'est plus notre lit, rien n'est plus à moi, qu'est-ce que je fais encore là ? Combien de matins vais-je me réveiller à cinq mètres de mon ancienne vie, combien de jours encore vais-je parasiter cette atmosphère dont l'air m'est délétère ? Je ne peux pas rester là, je ne peux pas, rester là pour quoi faire ? Je ne trouverai pas d'autre job. Je ne trouverai pas d'autre appartement. Je ne retrouverai jamais une autre existence que celle éclatée qui s'étale à mes pieds.

Péniblement, je parviens à me lever, le contact de la plante de mes pieds sur le parquet tiède me surprend – je m'attendais à sentir mille tessons de verre traverser ma peau et me faire trébucher. Tout mon corps est recouvert d'une pellicule de sueur moite et froide, je tremble violemment. Peut-on réellement se déliter en si peu de temps, ou étais-je déjà plus amochée que je ne veux bien l'admettre ?

Je me force à respirer pour chasser la bête traquée qui loge au fond de mes poumons et vole tout mon oxygène. Je ne peux pas rester là, je ne peux pas, rester là pour quoi faire ? Je ne serai pas le fantôme qui hante les murs, je serais bien capable de me hanter moi-même, de tout casser, d'y foutre le feu, pour tout effacer. Je ne me fais pas confiance, je croyais que tout allait bien, comment ai-je pu ne pas voir, ne pas sentir, cette épée de Damoclès qui menaçait tout ce que j'avais voulu construire ? Je ricane tout bas. Construire ? Mais j'ai construit quoi au juste ? Un château de cartes sur des sables mouvants.

Je retourne sous les couvertures, le froid qui traverse la pièce me gèle les entrailles. Je suis effarée par la vacuité de mon drame. Les yeux grands ouverts, je contemple l'infini qui s'étale devant moi, dans l'ombre, mon visage écrasé contre un mur invisible. Je ne suis qu'une enveloppe. Je crois qu'on pourrait poser mon âme sur une balance et constater avec surprise qu'elle ne pèse rien, que je n'ai rien fait, rien dit, rien pensé qui compte. Qui suis-je ? Personne. Un tout petit rien. Mon insignifiance me fait mal.

Demain dès l'aube, à l'heure où la ville dort encore, je partirai. Pour aller où ? Puisque personne ne m'attend. Le silence qui m'entoure me fournit une réponse, un souvenir, un écho qui résonne dans mon vide. À l'intérieur de moi, c'est froid. Je n'ai plus très envie de m'habiter.

Limoges, c'est une ville où l'on va pour mourir.

Je vois des bâtiments gris, des arbres nus et morts, de la pluie, du vent, de la porcelaine vieillissante et des visages mornes. Je me vois bien mourir là-bas. Il faudra bien faire cesser un jour mon gâchis, et mieux vaut tard que jamais. Ça coûte cher, les gâchis qui durent trop longtemps. Comme on dit, les meilleures blagues sont les plus courtes, et la mienne n'a que trop duré. Rien de tel que Limoges pour m'achever.

Aux premières lueurs du matin, un matin triste et lent, qui traîne des pieds, je me lève sans faire de bruit. Je rassemble mes cliques et mes claques, je fais au plus vite, au plus léger. Pas besoin de m'encombrer, mon programme est plié. Je débarrasse la salle de bains de ma brosse à dents et vole le dentifrice. Je rassemble tout mon stock d'anti-inflammatoires, ces bonnes vieilles boîtes jaunes et blanches. Entre les crampes intempestives et mon plan ébauché, il m'en faut autant que possible alors je fourre mon ordonnance à peine renouvelée dans mon portefeuille. Quelques vêtements propres sèchent sur le fil au-dessus de la baignoire, je prends tout ce que je trouve, et c'est bien suffisant.

J'étouffe un rire quand je m'empare de mon chargeur de téléphone et de mon ordinateur portable. Où sont mes priorités ? J'hésite, repose l'ordinateur, garde le chargeur de téléphone, glisse mes pieds dans mes baskets et puis voilà. Je peux partir. Mon sac informe contient tout ce qu'il reste de ma vie, on est si peu de chose.

Je peux partir, mais un je-ne-sais-quoi persiste, me retient, une foule de questions stupides : je prends mes clefs ou je les laisse ? (Je les laisse.) Est-ce que j'ai bien nettoyé le frigo et coupé le gaz ? (C'est pas un départ en vacances, relax Max.)

Voilà ce qui me manque : avoir le dernier mot. Je suis d'une mesquinerie folle.

Je repose mon sac, trouve du papier, un crayon. Je prends mon temps, il est à peine sept heures et pas moyen qu'Axel se lève avant neuf heures un samedi. Je prends mon temps pour trouver les mots justes.

Axel,

Je n'ai pas envie qu'on se regarde dans le blanc des yeux, que tu sois trop poli pour me dire de partir, que tout ça s'éternise inutilement.

Je m'en vais, j'ai besoin de prendre l'air. Si tu veux bien stocker mes affaires, je passerai les chercher bientôt.

Merci de ne pas m'avoir trompée. Merci de m'avoir aimée, le temps que ça a duré.

A.

Je pose la feuille en évidence sur la table du salon, j'embrasse la pièce du regard, une toute dernière fois. Je ne passerai pas *bientôt.* À la dernière seconde, je me dis que j'aurais pu replier le canapé, quand même. Et puis je referme la porte sur ces trois dernières années. À quoi bon tenter d'ordonner ce qui ne peut plus l'être, jamais ?

*

Dans la salle des pas perdus, je regarde le tableau d'affichage, j'attends le premier train qui voudra bien m'emmener à Limoges. Je me sens légère, alors même que régulièrement mon ventre se tord en des crampes infimes mais puissantes. Je commande un café trois fois trop cher et un croissant mal cuit que je mange debout. Le serveur de l'expresso bar prétentieux dans lequel je me suis installée jette sur mon manteau ouvert, mes cheveux défaits, ma mine hâve, des regards en coin. Sa présence discrète exerce sur moi une attraction fascinée. Il est petit, un peu frêle, son accent trahit, si je ne m'abuse, un Brésil lointain. Il a l'air d'une timidité maladive, je doute qu'il ait conscience du charme fou qu'il a. Hagarde et blême, je l'observe faire café sur café et dessiner à la perfection de jolies fleurs de lait dans la mousse couleur crème des cappuccinos commandés par de grandes blondes qui lui font toutes les yeux doux. Il paraît oublieux du monde, plongé dans l'odeur des grains torréfiés.

L'heure file et défile, je quitte le café, composte mon billet et monte dans le train, prête à trouver le temps long. Pendant cette nuit d'insomnie ont alterné les paniques les plus noires et les moments les plus étonnants de lucidité où tout s'est esquissé clairement sous mon crâne, un plan, un vrai. Je vois bien l'ironie, oh oui. La nana incapable de retrouver un poste, de sauver son couple, la nana qui se traîne depuis des semaines, et qui trouve soudain la force de comploter sa mort, le tout en quelques heures et avec une clarté d'esprit inédite. Si tant est qu'on puisse parler de clarté d'esprit quand il s'agit d'idées suicidaires. Mais on est bien loin du monde abstrait des idées, loin des velléités. On est dans le concret. Enfin.

Je me cale dans mon siège et soupire d'aise. Alors comme ça, Limoges est une ville où l'on va pour mourir ? Très bien, alors *let's go*.

À l'arrivée

(Limoges, acte I, scène 1)

Il paraît que la gare de Limoges est la plus belle de France. Je veux bien le croire, mais ça ne revêt aucun intérêt à mes yeux. Si j'aime les halls de gare et l'idée d'adieux larmoyants sur les quais, l'architecture des lieux en elle-même m'a toujours laissée de marbre. Plus que de marbre, même, carrément perplexe : je me demande, en voyant toutes ces moulures et ces fioritures, ce qui peut bien pousser quelqu'un à mettre autant d'attention et de détails dans un bâtiment voué au passage, une structure au comble de l'éphémère. La vie ne s'installe pas entre les rails des trains et sur le carrelage toujours sale des halls, la vie ne fait qu'y passer, filer à trois cents kilomètres à l'heure dans la direction toujours opposée. Même quand on est obligé d'y rester, entre deux trajets, par mégarde, ce n'est jamais de gaieté de cœur, ou dans l'optique de s'en mettre plein les mirettes avec tous ces piliers, ces vitraux, et puis quoi encore ? Un cirque d'éléphants, une fontaine d'or ?

13:07 Tu es partie ? Ça va ??

T'inquiète, ça va. 13:08

Je quitte la gare de Limoges sans un regard en arrière. Ce n'est pas cette gare qui brille de mille feux qui m'intéresse, c'est la ville qui se cache derrière, la ville grise et morne, et morte et triste. Direction l'hôtel le plus proche – mais pas le plus miteux, car, cette nuit, j'ai décidé de me faire plaisir. S'il ne me reste que peu de temps, autant en profiter, autant le faire compter. Je choisis un hôtel quatre étoiles dans le centre-ville, où le réceptionniste (ou quel que soit son titre officiel dans le monde des gens riches qui fréquentent les hôtels étoilés) me regarde de bas en haut et de haut en bas avant de prendre ma carte bleue, visiblement persuadé qu'elle sera refusée.

Je souris de toutes mes dents et d'un sourire vicieux. Ma carte bleue passera, je le sais. Parce que mon compte est plein à craquer. Cette nuit, j'ai transféré l'intégralité de mes économies sur mon compte courant, moi-même surprise du montant faramineux qui y culminait. Des années d'épargne consciencieuse et généreuse. Vivre chichement est un de mes rares dons, c'est inné. En validant l'opération, une autre vie a défilé devant mes yeux – une maison, un monospace, un labrador. J'ai hésité entre le rire et les larmes. Mes projets manquaient d'envergure, les voir s'évanouir est une torture.

Ce serait vraiment trop bête de mourir sans avoir touché à cette fortune, me suis-je dit en finissant quand même par ricaner sauvagement. Après le café hors de prix, la chambre ruineuse, ce n'est que l'histoire d'un court instant, qu'un bug dans la matrice. Peut-être qu'après ma mort quelqu'un aurait la force d'enquêter – ma sœur, probablement, cette grande sentimentale qui me pleurerait longtemps. Quelqu'un qui pourrait alors facilement témoigner, d'un ton docte : c'est ce jour-là, en dépensant plus d'une centaine d'euros pour une nuit dans un hôtel cossu en plein centre d'une ville dont tout le monde se contrefout, qu'Anaïs Nollet a perdu la tête.

La vérité

Ça fait dix fois que je l'appelle et qu'elle ne répond pas. Ce n'est pas que ça ne lui ressemble pas, au contraire. C'est un schéma récurrent, un gimmick même, un « Nollet Sisters Special », et c'est le sentiment de déjà-vu qui m'arrache un soupir. Je passe mon temps à appeler ma sœur, elle à filtrer mes appels et à m'envoyer des textos évasifs pour me faire croire que tout va bien. Elle pense que ça fonctionne. Elle me pense assez baba cool, assez déconnectée, pour tomber dans son panneau, mais je ne suis pas si bête. Et là, je commence vraiment à m'inquiéter. Qu'elle m'évite et me tienne à distance, c'est du Anaïs tout craché. Qu'elle ne prenne même pas la peine de m'envoyer un petit mot, « c'est chaud », comme disent les jeunes. Enfin, je crois qu'ils disent ça, ma trentaine me fait douter de tout maintenant.

Aux grands maux les grands remèdes. Sur un coup de tête, je mets mon clignotant à droite plutôt qu'à gauche et je me rends chez Anaïs en pilote automatique. Au pire, elle est chez elle en pyjama pilou pilou devant *Danse avec les stars*, elle me traitera d'azimutée et je rentrerai chez moi, ridicule mais soulagée. Je raconterai ma mésaventure à Ninon, qui me répondra dans un babil bienveillant un charabia que j'interpréterai comme « T'en fais pas, maman, t'es au top ». Tout ira bien.

Quand je me gare en bas de son immeuble, il est dix-neuf heures et il n'y a aucune raison pour qu'elle ne soit pas là. À l'interphone, après le grésil, c'est la voix d'Axel qui me répond un « Oui ? » grave et un peu méfiant.

« C'est Camille, je peux monter ? »

J'entends qu'il hésite, mais il déverrouille la porte et je gravis les escaliers quatre à quatre jusqu'au deuxième étage. Axel m'y attend – il vient visiblement de rentrer du travail, sa cravate dénouée est encore négligemment jetée autour de son cou et il m'accueille avec circonspection.

« Ça va ? Je passe juste voir Anaïs, elle ne répond pas à mes textos. »

Mon beau-frère me regarde, surpris.

« Euh... Elle est pas là, ta sœur. »

Je hausse un sourcil. Anaïs, de sortie un mardi soir ? De sortie, tout court ? Quelle race alien l'aurait enlevée et remplacée par un clone grossier ?

« Ah bon ? Ben, elle est où ? demandé-je sottement.

— Je sais pas, répond Axel en passant la main dans ses courts cheveux blonds. Je pensais qu'elle était chez toi.

— Mais enfin, pourquoi elle serait chez moi ?

— Attends, attends... dit Axel lentement, semblant réaliser quelque chose. Elle t'a pas dit ?

— Dit quoi ?

— OK, il vaut mieux que tu entres. »

À la suite d'Axel, je pénètre dans l'appartement faiblement éclairé. J'y perçois tout de suite une atmosphère différente. Quelques vêtements traînent sur le sofa, il y a de la vaisselle sale dans l'évier, et cet air étrangement débraillé... pas de doute, c'est là le terrier d'un homme qui vit seul pour la première fois depuis longtemps. Il se précipite gauchement pour désencombrer le canapé où il me propose de m'asseoir. Il prend place dans le fauteuil en face de moi et croise les mains avant de me regarder, contrit.

Il se racle la gorge et se lance.

« Anaïs et moi... on s'est séparés. »

Je fronce les sourcils, attendant la suite. Je ne tombe pas des nues, leur histoire n'était pas exactement digne d'une comédie romantique.

« J'ai quitté Anaïs vendredi. Samedi matin quand je me suis levé, elle était partie, avec quelques affaires. Elle a juste laissé un mot… Bouge pas, je vais te le chercher. »

Le bout de papier est bien recouvert de l'écriture brouillonne de ma sœur, mais je n'y jette qu'un œil vague. Ces mots ne m'appartiennent pas.

« OK. Mais… elle ne peut pas être allée loin, elle doit bien aller bosser, non ? »

Je dresse mentalement la liste des gens qui auraient pu accueillir Anaïs dans cette situation. Une collègue, ses amis ? Nos parents ? Ah, la bonne blague. Si ma cadette s'était réfugiée chez l'un de nos parents en plein milieu de la nuit, pour sûr que j'en aurais entendu parler. Mais avant que j'aille plus loin dans mes réflexions, j'intercepte l'expression étalée sur le visage d'Axel. Il a soudain l'air atrocement mal à l'aise.

« Quoi ? Qu'est-ce qu'il y a, encore ?

— Camille… Ça fait presque un mois qu'Anaïs n'a plus de travail. »

Il regarde ses mains soigneusement manucurées.

« Elle a démissionné ? je croasse enfin.

— Elle s'est fait virer. »

Alors ça, c'est la meilleure. Incroyable. Je sais qu'il y a un sérieux problème de communication dans cette famille, mais là, c'est le pompon.

Je soupire bruyamment pour expulser ma frustration et retrouver mon calme. Je me lève, secoue les épaules pour me défaire du stress qui me pèse, et je tends la main à Axel, secrètement pas mécontente de ne plus avoir affaire à lui.

« Bon. Merci, Axel. Je m'en occupe. »

Il me serre la main, toujours hésitant. Je soutiens son regard pour l'encourager à parler.

« Anaïs a dit qu'elle viendrait récupérer ses affaires bientôt... Mais j'ai aucune nouvelle d'elle. Ça te dérangerait de les prendre chez toi ? »

Un ange passe.

« C'est que... j'ai pas beaucoup de place ici... »

Je revois le petit mot que j'ai écarté par pudeur et respect, mais pas avant d'y avoir entraperçu le mot « trompée », et je secoue la tête à nouveau, pas du tout incrédule cette fois.

Installée derrière le volant, je reprends mes respirations profondes et soigneusement chronométrées. Je n'ose pas regarder l'heure, je vais rater le bain de Ninon, et Marc, ce saint, mon amour, ne m'en fera pas le reproche, me laissant le loisir de me débattre seule avec ma culpabilité de mère indigne. Je reprends la route en sens inverse, pressée de retrouver mon foyer, tellement plus chaleureux que l'appartement de nouveau célibataire de mon désormais ex-beau-frère.

Au début de leur relation, j'ai lancé à Anaïs des perches, des questions et des sarcasmes. Tiraillée entre la joie de la voir sourire quand elle parlait de lui et la crainte que n'importe quel cuistre se saisisse de sa fragilité et me l'abîme, ma petite sœur, je n'avais pas osé lui demander frontalement : est-ce que tu es sûre de toi ? Le temps a passé et mon avis n'a plus compté. Elle l'aimait à s'en faire mal au cœur. Je n'ai pas compris, ni alors ni jamais, ce qu'elle trouvait à ce type à la condescendance à peine voilée. Avec lui, chaque conversation se transforme en cours magistral. C'est le genre à avoir toujours un avis tranché sur tout, ce qui le rendait précieux aux yeux de ma sœur, elle qui a tant de mal à exprimer ses propres opinions. Aux miens, cela n'en faisait qu'un petit prétentieux bavard. Alors je ne vais certainement pas le pleurer. Par contre, cette disparition me colle la chair de poule.

Garée devant la maison, je me retiens de ne pas courir sur les quelques mètres qui me séparent de mon enfant – elle m'a tellement manqué.

Je n'ai pas fait trois pas dans le vestibule que j'entends mon bébé crier « Mama mama mama mama ! » et la voix chaude de son père éclater d'un rire qui me remplit comme de l'or en fusion. Je me précipite dans la cuisine, où

Ninon est assise dans sa chaise haute et où Marc lui donne une purée orange et verte dont elle se régale. Naturellement, sans y penser, il se lève, m'embrasse et me cède sa place. J'ai effectivement raté l'heure du bain, mon moment privilégié avec ma fille. C'est la vie.

Ninon m'observe d'un regard perçant. Cette gamine me fait peur parfois, je la soupçonne de savoir lire dans mes pensées. On m'avait prévenue de ne pas l'allaiter trop longtemps, j'aurais dû me douter qu'elle en développerait des super pouvoirs. Je fais taire la petite voix mauvaise à mon oreille qui me dit que je suis fatiguée, épuisée même, et que ma sœur s'est volatilisée, et que j'aimerais vraiment tant prendre un bain, plutôt que d'être recouverte de purée de légumes d'ici dix minutes. *Je ne suis pas une mauvaise mère*, répond alors une autre voix, sèche, moins pleurnicharde mais encore plus agaçante. Derrière moi, Marc reprend la préparation du repas en chantonnant tout bas. Je ne savais pas, en l'épousant, qu'il serait un père aussi… paternel. C'était le bon pari, une décision dont je me félicite chaque fois que ma fille me fait comprendre qu'elle ne m'a pas assez vue.

Comme ce soir. Alors que tout se passait à merveille avec son père, à l'instant où je le remplace et entreprends de la nourrir, la chair de ma chair devient un petit démon. Elle bat des mains, fait gicler la préparation dans tous les sens, pousse des cris suraigus qui me font grincer des dents, transforme la pièce en antichambre de l'enfer.

Je respire, toujours, profondément. Je pense à l'après. À l'histoire du soir, au câlin et au bisou de bonne nuit, au repas en tête à tête avec Marc, au yoga avant de dormir, à la tisane bue à petites gorgées confortablement installée dans le lit, un bouquin dans les mains. L'après vaut toujours le maintenant. J'essaye de vivre dans le maintenant, mais quand c'est trop difficile, je me raccroche à l'après.

Une cuillerée de purée atterrit dans mon œil droit avec un « splotch » très musical – je ne peux que saluer ma fille pour son oreille. Mon corps entre dans une transe de possédée. Je me lève d'un bond pour m'éloigner de Ninon le plus vite possible, terrifiée à l'idée de lui hurler dessus, de lui faire peur, et pourtant j'ai tellement besoin de crier. Marc lâche tout et se poste devant moi, mon phare dans les nuits agitées.

« Va faire un tour, chérie. »

Sa voix grave et lente calme ma respiration saccadée. Je lui obéis sans même y penser, et une fois dans le garage la tempête en moi déferle. Je laisse échapper un cri rauque. Toute la fatigue de la journée de répétitions, les conflits latents avec les autres musiciens, le trac à l'approche des futurs concerts, la crainte qu'il soit arrivé quelque chose à Anaïs, ma fille qui me rejette un jour sur deux, je laisse tout sortir. Deux coups de pied dans le pneu de la voiture de Marc me font redescendre sur terre, une douleur lancinante dans l'orteil. J'expulse un dernier souffle de colère, surprise de ne pas cracher des flammes. Mon tee-shirt colle à mes aisselles, et je sens les fins cheveux à la base de mon crâne se plaquer à ma nuque.

De nouveau en possession de moi-même, je rejoins Marc qui a fini de donner à manger à Ninon. Il a nettoyé son petit visage joufflu et l'a sortie de sa chaise, elle est maintenant par terre entourée de cubes et de livres en plastique qui bruisse. Je dépose un baiser sur la joue de mon mari, qui me sourit depuis le plat qu'il mijote, et je m'assois à côté de ma fille. Officiellement pour jouer avec elle, en réalité personne n'est dupe, pour renifler discrètement son odeur de bébé, chaude et lactée.

Une fois Ninon couchée et mon cœur un peu rafistolé par son « mama » endormi tout contre moi, Marc et moi nous retrouvons dans le salon, nos assiettes chaudes en équilibre sur nos genoux. Au bout de quelques minutes d'un silence précautionneux, je m'ouvre à lui et lui relate ma rencontre avec Axel. Il m'écoute avec attention, sur son visage passent différentes émotions, il hoche la tête, déglutit, boit une gorgée de vin rouge et, quand j'ai fini, il pose son assiette à moitié vide.

Marc adore Anaïs, qu'il considère comme sa propre petite sœur. Leur relation est belle à voir, toute en retenue et en sourires de connivence. C'est Marc qui a demandé à Anaïs d'être la marraine de notre enfant, je me souviens encore des larmes timides qu'ils ont versées tous les deux. Je sens dans sa voix une angoisse qu'il tente tant bien que mal de garder sous contrôle pour ne pas accentuer la mienne. Mais si Marc est alarmé, j'ai raison de l'être.

« Tu l'as appelée ?

— Dix fois ! Elle ne répond jamais, dis-je en me mordant la lèvre inférieure. Elle filtre mes appels, comme d'habitude : ça sonne trois, quatre fois, et ça bascule sur la boîte vocale.

— Bon », dit Marc d'un ton résolu.

Il se lève et va chercher son portable. Je le vois taper frénétiquement, le regard fixé sur l'écran avec une intensité remarquable. Puis il reprend son assiette, je ne le questionne pas. Nous continuons à manger, il me raconte sa journée, les progrès de Ninon, et m'écoute patiemment analyser mes déboires professionnels, qu'ils soient liés à mes relations parfois houleuses avec mes collègues de l'orchestre ou à une partition récalcitrante.

Alors que je débarrasse la table et remplis le lave-vaisselle, mon téléphone, enterré dans la poche de mon manteau, se met à sonner. Marc me lance un regard entendu, je plaque les assiettes sur le plan de travail et me rue dans l'entrée. C'est Anaïs. Fébrile, je décroche et prononce un « Allô ? » inutile et essoufflé.

« Camille, dit ma sœur, tout simplement.

— Je suis venue te voir aujourd'hui, tu étais où ? »

J'essaye, et vraiment c'est dur, d'avoir l'air zen. Je suis déjà passée pour une folle, avec mes appels répétés. Il y a un silence au bout du fil, comme si Anaïs cherchait la meilleure manière de m'annoncer un accident grave.

« Mmmh… Je suis à Limoges. »

Adossée au chambranle de la porte qui sépare l'entrée de la cuisine, je sursaute. Qu'est-ce qu'elle fabrique à Limoges ?

« Pour le boulot », ajoute-t-elle du bout des lèvres.

Je lève les yeux au ciel. Elle veut la jouer comme ça ? Je prends ma voix la plus onctueuse :

« Ah oui ? Mais tout va bien, hein ?

— Bah, bien sûr, pourquoi ça n'irait pas ? »

Chacun de ses mots crispe les muscles de mon visage. J'aimerais la tenir devant moi, la forcer à me regarder dans les yeux quand elle me ment comme une arracheuse de dents.

« Je sais pas, d'habitude même si tu réponds pas au téléphone, tu m'envoies un petit texto… »

J'ai bien conscience d'avoir l'air de la supplier de me parler, c'est peut-être parce que c'est un peu le cas. Mais les supplications ne fonctionnent pas, pas avec Anaïs.

« J'étais super occupée, Cam. Je suis en formation, j'ai pas une minute à moi. »

Bon, il est temps que ma sœur arrête de me prendre pour une idiote.

« Anaïs – et je te préviens, je t'interdis de raccrocher, débité-je d'une traite en tâchant de contenir ma colère. Je sais que tu n'as plus de job et qu'Axel t'a quittée. Qu'est-ce que tu fous à Limoges ? »

La ligne grésille un long moment. Anaïs souffle ce que j'imagine être la fumée d'une cigarette dans le combiné, me prouvant qu'elle est toujours là.

« Comment tu sais ça ? répond-elle platement.

— Je suis venue chez toi, je t'ai dit. Axel m'a raconté. »

Un bruit assourdissant me force à reculer le téléphone de mon oreille, j'entends ma sœur pester au loin et mes « Allô ? Anaïs ? Allô ! » répétés restent sans réponse. Elle finit par me reprendre, il semblerait que son téléphone ait rencontré le mur.

« Tu fais chier, Camille.

— Moi, je fais chier? sifflé-je, passablement énervée maintenant. C'est pas moi qui disparais sans rien dire, sans prévenir personne ! T'as perdu la tête ? »

Ma voix éraillée est montée dans les aigus alors que je tentais en vain de rester calme. Je sens la présence tranquille de Marc contre moi, sa main sur mon épaule, un soutien silencieux dans cette tempête houleuse.

« Mais oui, tu fais chier ! Je t'ai rien demandé ! Si j'ai envie d'aller à Katmandou, t'es qui pour m'en empêcher ? explose Anaïs d'une voix distordue par le micro qu'elle tient trop près de sa bouche. T'es pas ma mère, mets-toi ça dans la tête ! »

Une irrépressible envie de rire me secoue. Comme si ma sœur l'écoutait, notre mère... Je reprends vite mon sérieux. Anaïs n'est pas dans son état normal. La dernière fois qu'on s'est vues, ça n'allait pas fort, mais j'ai beau me creuser la tête, je n'ai pas l'impression que j'aurais pu prévoir un tel dérapage. Le vilain murmure refait surface, me susurre que si j'avais voulu, si je n'étais pas aussi obnubilée par mon propre nombril, j'aurais vu qu'elle allait mal. Je le repousse à nouveau, agacée.

« Bon. Anaïs. Calme-toi, s'il te plaît, dis-je d'une petite voix que j'espère apaisante. Désolée d'avoir crié. J'ai eu peur qu'il te soit arrivé quelque chose, c'est tout.

— …
— Est-ce que tout va bien ? Tu es en sécurité ?
— … oui. T'en fais pas pour moi. »
Je laisse échapper un petit rire incongru.
« Évidemment que je m'en fais, banane. Tu me promets que ça va ?
— Ça va aller, t'inquiète. Vraiment.
— Si ça ne va pas, tu m'appelles ?
— Tu sais bien que non. Je t'enverrai un texto, si ça te fait plaisir. »
Il faut maîtriser l'art des compromis avec Anaïs.
« Va pour un texto. Régulièrement. Je veux savoir que tu es toujours en vie », dis-je avec une légèreté que je ne ressens pas vraiment, dans une piètre tentative de lui arracher un sourire.
L'échec est cuisant. Anaïs ne dit rien, rien du tout. Elle n'est jamais très bavarde, mais ce mutisme obstiné me file la trouille.
« Bon. J'y vais, finit-elle par lâcher.
— Attends ! lancé-je, mue soudain par un besoin impérieux.
— Quoi ?
— Je t'aime, petite sœur, dis-je dans un souffle, bizarrement solennelle. Prends soin de toi.
— Moi aussi, bécasse. Dis bonjour à Marc et à la petite. »
Elle raccroche, et je reste plantée là, le téléphone dans la main, vidée comme après un marathon. Ma sœur m'épuise. Ce n'est pas

nouveau, ce n'est pas la dernière fois, mais chaque fois ça me laisse pantelante. Je vais me coucher sans passer par aucune des cases prévues, sans même me brosser les dents. Mon corps tire de partout.

Je retrouve mon mari allongé sur le lit avec un magazine de sport. Il m'attire à lui quand je m'assois sur le matelas, le dos courbé et les traits défaits. Il dépose un baiser sur mon front et, une fois blottie contre son torse, une envie de pleurer me submerge. Je me sens vaincue, terrassée. Je sais qu'il faut du temps pour apprendre à jongler entre les différentes facettes de sa vie après un grand bouleversement, je le sais. Mais pourquoi tout est si difficile ? Aujourd'hui est à ranger dans le panier des jours où je suis persuadée que je n'y arriverai jamais.

Marc me serre alors très fort contre lui, mettant de côté son magazine et retirant ses lunettes. Il m'embrasse longuement, la sensation de ses lèvres contre les miennes me remplit d'une chaleur délicieuse. Il murmure « Tout va bien se passer, Camille » tout contre ma bouche, et c'est si bon que si je n'étais pas aussi crevée, mes mains se feraient baladeuses. Je me contente d'absorber ses paroles rassurantes et, la main posée sur son cœur, bercée par son battement régulier sous mes doigts, je sombre dans un sommeil sans rêves.

L'Italienne

07:12 C'est bizarre, l'appartement sans toi.
07:23 Ça ne sent plus la clope le matin, tu me diras. ☺

Jusqu'ici, Limoges remplit toutes ses promesses. Une semaine et demie que j'y suis installée, et je sens bien que je suis à *ça* de me défenestrer. Cependant, un dilemme moral me taraude. Cet hôtel est vraiment très bien, il mérite toutes ses étoiles sur TripAdvisor. Rien à redire. Chaque matin, je me réveille dans des draps propres avec petit-déjeuner de fruits frais, ma chambre m'offre une superbe vue sur la Vienne, c'est la saison des oies sauvages. Cela fait une semaine et demie que je quitte l'hôtel tous les jours pour m'imprégner de l'ambiance parfaitement déprimante de la ville, guettant un signe, l'ultime, qui me prouvera que c'est la fin. Mais avant-hier, j'ai croisé la femme de chambre. Je l'ai saluée d'un sourire poli, elle m'a lancé un « bonjour ! » rayonnant de bonne humeur et là, j'ai pris conscience d'une atroce réalité, qui depuis me hante sans relâche.

C'est cette pauvre femme, ou bien une de ses collègues, qui retrouvera mon corps sans vie le lendemain de ma mise à mort programmée. Je ne serai plus là pour m'excuser du désordre qu'il y aura forcément. Et quel désordre plus formidable qu'une suicidée dans un hôtel de luxe, si ce n'est la découverte de son cadavre dans tout ce que la mort a de plus laid ? J'y pense depuis deux jours, je n'arrive pas à trouver juste et normal d'infliger un traumatisme de cette taille à des employées mal payées, qui passent déjà leurs journées à nettoyer la merde des autres, métaphorique ou littérale. On s'imagine que les riches sont raffinés, mais je ne crois pas que ce soit aussi vrai que ça. Quand on n'a jamais eu à nettoyer derrière soi parce qu'on a les moyens d'en payer d'autres pour le faire, on perd forcément contact avec la réalité.

Alors voilà. Ce matin encore, j'ai enfilé mon pull et suis sortie « prendre l'air », c'est-à-dire essayer de trouver une solution à mon problème de taille. Plus question d'avaler mes petits cachetons dans le confort molletonné de la chambre d'hôtel quatre étoiles. Je pourrais essayer que je n'y arriverais pas, je me vois très bien recracher les pilules à la dernière minute, assaillie par un sursaut de conscience, un flash obsessionnel, la vision du visage de la femme de chambre, tordu d'effroi.

Arpenter la ville à l'automne, après la chute des feuilles flamboyantes et sous la pluie battante, voilà qui est idéal. Un temps si maussade qu'il n'y a quasiment personne dans les rues, et la moitié des rares âmes que je croise ont l'air au moins aussi en peine que moi. Ici, à part la rue piétonne où les vitrines des grands magasins sont semblables aux vitrines des grands magasins de dizaines d'autres villes de France, et à part la vieille ville qui, je le reconnais, a un charme désuet qui ne me laisse pas indifférente, tout est insignifiant. Exactement comme je me l'étais imaginé.

Pas pour la première fois de la journée, ni de la semaine, je m'émerveille des trésors d'imagination et de détermination qui, cachés en moi, n'attendaient qu'un profond désespoir pour se réveiller. Ma tâche est d'une ampleur insoupçonnée. Trouver un logement. Je n'ai jamais eu besoin de chercher un logement : quand ma sœur a quitté le sien pour emménager avec son copain d'alors et mari de maintenant, j'ai posé mes cartons dans son sillage. Ensuite, je suis allée vivre chez Axel.

Axel. Mon esprit ne cesse de revenir à lui. Rien de plus normal, j'imagine, après trois ans à n'avoir que lui en tête. Depuis quelques jours, il m'envoie des messages, il s'inquiète pour moi, dit-il. Je le rassure, comme j'ai rassuré Camille, tout va bien. Et puis je repose mon portable et je reviens aux choses sérieuses : Comment trouver un appartement dans lequel finir sa vie ?

Un truc pas trop dégueu, histoire que la dernière chose que je voie ne soit pas une auréole de moisissure sur un plafond jauni, mais qui ne nécessite pas non plus d'avoir douze garants, deux CDI cumulés et d'allonger six mois de loyer en caution. L'argent n'est pas un problème, c'est un fait établi, mais j'ai passé l'âge d'appeler papa-maman pour louer un deux-pièces. Surtout pour ce que je compte y faire.

Ainsi, j'erre dans les rues de Limoges à la recherche d'une petite annonce ou d'un miracle. Si je ne trouve pas bientôt, il me faudra me contenter de la chambre d'hôtel coûteuse, luxueuse et moralement condamnable, je n'aurai plus le choix.

La vieille ville est parsemée de petits restaurants typiques et de jolies bâtisses à bardeaux. Dans une autre vie – et dans une autre ville, aussi, soyons honnêtes – j'aurais presque envie de vivre dans ce coin. Le nez en l'air, je marche sous le ciel d'un blanc laiteux, le vent s'engouffre dans les mailles détendues de mon gros pull moucheté. J'ai un peu froid, mais ce n'est pas désagréable. Je me demande vaguement ce que je vais manger ce soir. Le room service de l'hôtel commence à être répétitif et je ne me souviens plus de la dernière fois où j'ai cuisiné un vrai repas, pour moi ou pour des gens que j'aime. J'adorais ça et je ne sais plus quel goût ça a.

Soudain, je tombe nez à nez avec un petit écriteau collé derrière la fenêtre d'un rez-de-chaussée. *Ici, appartement meublé à louer.* Les lettres, manuscrites, sont tracées avec application dans une calligraphie serrée qui me rappelle les très vieux livres d'école. Il y a un numéro de téléphone, un portable, ce qui m'étonne. Je m'attendais presque à devoir envoyer un télégramme. Une question me traverse furtivement : Quel est le risque de tomber sur un tordu, avec une annonce comme ça ? Et puis une autre : Et si c'était le destin ?

Je compose le numéro, les yeux rivés sur les pleins et les déliés de l'écriture serrée et, après plusieurs longues sonneries, ça décroche. Une voix parcheminée à l'accent italien marqué débite un très formel : « Résidence Conti, Tiziana à l'appareil. » Tiziana Conti. Ça commence bien cette histoire, on se croirait dans un téléfilm de Noël.

« Bonjour, j'appelle à propos de l'appartement.

— Ah oui, l'appartement ! Vous cherchez un appartement ? »

Je lève les yeux au ciel, profitant de ce que Tiziana Conti ne puisse me voir.

— Oui, madame. Est-il possible qu'on se rencontre rapidement ? Je suis un peu pressée. En fait, je suis devant la porte.

Il y a un bruit sourd dans le combiné et puis l'appel est coupé. La vieille Italienne vient de me raccrocher au nez sans autre forme de procès. Je ne pensais pas qu'il était possible de se rendre coupable d'un délit de sale gueule au téléphone. Après avoir lâché un juron, les mains profondément enfoncées dans les poches de mon jean râpé, je m'en vais. Ce n'était pas le destin.

J'ai à peine fait quelques pas qu'une voix, cette voix à l'accent italien tout droit issu d'une ruelle napolitaine, m'interpelle.

« Mademoiselle ! »

Je me retourne et que vois-je ? Une grande et vieille dame dont la silhouette se découpe dans l'embrasure de la porte devant laquelle je me trouvais quelques secondes auparavant. Je fais demi-tour jusqu'à me retrouver face à l'aïeule, qui n'a pas l'air de me voir arriver vers elle. Une fois très proche, c'est comme si elle avait senti ma présence plus qu'autre chose, et elle hoche brièvement la tête, l'air d'avoir tout compris en quelques secondes. D'un geste, elle m'invite à entrer chez elle.

Je ne sais pas à quoi je m'attendais – probablement à une petite baraque de vieille à chats –, en tout cas je suis surprise. Mais en jetant un regard plus consciencieux à cette bonne femme, j'imagine que je ne devrais pas être si étonnée. Tiziana Conti est plus grande que moi et pourtant, elle ne doit pas être loin des quatre-vingts ans. Elle est vêtue d'un tailleur bleu marine aux boutons dorés, qui fait ressortir la blancheur nacrée de ses longs cheveux nattés dans le dos. Elle porte de petits mocassins à glands, elle fait partie des rares personnes sur qui ce n'est pas d'un ridicule compassé. Elle se tient droite comme un *i* et avance d'un pas alerte pour une vieille dame, mais je ne peux m'empêcher de remarquer que d'un geste léger elle touche tout le mobilier qui se trouve sur son passage. Elle a l'air de douter que tout est bien à sa place, elle hésite avec un calme fou. On dirait une reine, que rien ne peut atteindre.

Chez elle, ce n'est pas très grand, mais c'est résolument chic. Chaque meuble a été choisi avec soin, la décoration est intemporelle et élégante. La fenêtre qui donne sur la rue, celle dans laquelle la petite pancarte manuscrite est placée, est la fenêtre d'un salon sobre. Derrière le grand canapé en cuir patiné où la vieille dame m'enjoint de m'asseoir, il y a tout un mur de photographies en noir et blanc. J'y reconnais rapidement la maîtresse des lieux, à tous les âges de sa vie. Elle était sublime, et d'autant plus rayonnante accrochée au bras d'un homme moustachu aux yeux rieurs.

Tiziana Conti s'assoit à côté de moi, dos aux photos. J'imagine qu'à force de les avoir sous le nez elle ne les voit plus, mais moi, elles me fascinent.

« Alors, dites-moi tout, jeune fille, qui êtes-vous ? Pourquoi voulez-vous mon appartement ?

— Je m'appelle Anaïs Nollet, madame. Je *cherche* un appartement, je préférerais voir le vôtre avant de m'engager, si vous permettez. »

Elle a un geste impatient de la main, comme si elle chassait la mouche de mon impertinence, les yeux toujours fixés dans le vague.

« Bien sûr, bien sûr. Bon, dites-moi, que faites-vous dans la vie ? »

La raison de mon inconfort persistant me percute de plein fouet. Elle est aveugle. C'est pour ça qu'elle se repère à tous les meubles et que j'ai l'impression que son regard est figé sur des fantômes. Un frisson involontaire me parcourt et puis je reprends mes esprits. Avoir pris conscience de l'évidence me détend un peu.

« Je ne fais rien de particulier en ce moment, je suis venue passer quelque temps à Limoges. C'est une jolie ville. »

J'hésite un peu, avant de reprendre :

« Pour être franche, madame Conti, je ne vais pas rester plus de quelques mois, quelques semaines, même, peut-être. Et puis surtout, je n'ai pas de garants, ni de travail. J'ai de l'argent, je pourrai payer le loyer à l'avance pour plusieurs semaines, ce n'est pas un problème, mais je ne pourrai pas vous apporter les garanties habituelles. »

La vieille Italienne hoche lentement la tête, digérant mes mots sans sourciller. Elle prend ma main dans les siennes, bronzées et ridées, et la tapote doucement. Elle semble réfléchir avec soin. Au bout d'une longue minute de silence, elle repose ma main et replace des cheveux imaginaires échappés de sa tresse impeccable.

« Merci pour votre honnêteté, jeune fille, répond-elle de sa voix abîmée. Je vais l'être aussi avec vous. Je suis vieille et infirme. Je suis prête à louer l'appartement libre de cet immeuble à bas prix, en échange d'un peu d'aide. »

Je suis prise de court, je ne m'attendais pas à ça. Elle n'a pas du tout l'air d'avoir besoin d'aide. Mais enfin, chacun ses problèmes, moi je ne suis pas venue là pour endosser une blouse d'infirmière.

« Madame Conti, je suis désolée, mais…

— T-t-t, m'interrompt l'intéressée. Venez voir l'appartement. »

Son ton est péremptoire, quasiment froid. Je n'ai pas du tout envie de m'occuper d'une personne âgée, mais j'obtempère, je n'ai pas le cœur de la froisser.

Mme Conti me fait passer par une porte à l'arrière. Celle-ci donne sur une cour qui se trouve derrière le porche visible depuis la rue, à côté de sa porte d'entrée. Il y a un bâtiment au fond et un escalier court sur la façade jusqu'à un étage où deux portes annoncent d'autres logements. Elle semble se repérer au radar, elle doit vivre là depuis très longtemps, pour connaître chaque aspérité des tommettes qui couvrent le sol, chaque marche par cœur. Elle gravit l'escalier, ouvre la première des deux portes et me fait entrer dans l'appartement.

L'endroit est grand, lumineux, aérien. En un mot comme en cent : miraculeux.

L’appartement

Le parquet en chêne, si bien ciré qu’il en a l’air neuf, craque légèrement sous mes pas et ce bruit me rassure, sans que je sache bien pourquoi. La vieille Italienne se tient en retrait et commente au hasard ce dont elle se souvient, ou ce qu’on lui a décrit, ce qu’elle ne peut pas voir. Là, un manteau de cheminée en marbre blanc, un vase qui contient un bouquet de fleurs séchées. Ici, un sofa au velours un peu élimé, un meuble ancien qui a vu passer les années.

Surtout, une immense verrière, imprévisible. Impossible de savoir avant d’entrer que la pièce principale serait baignée d’une lumière aussi belle, surplombée de grandes vitres dans lesquelles se jettent sans filet des milliers de rayons d’un soleil suranné. Dans l’air clair, on peut voir flotter les particules de poussière, une nébuleuse en suspension, un univers infinitésimal. À partir de là, un couloir mène à trois autres pièces, moins éclatantes, plus fonctionnelles.

Une toute petite cuisine où frigo, gazinière et évier sont au coude-à-coude, des étagères qui occupent tous les murs et où sont suspendues les casseroles. Une salle de bains minuscule avec une baignoire à pattes de lion et des robinets centenaires. Enfin, une chambre. Du lit débordent des draps moelleux. Une commode lui fait face, son bois patiné un peu décoloré sur le côté frappé par le soleil. Il n'y a pas de persienne à la haute fenêtre, mais une lourde tenture bleu nuit qui promet l'obscurité et un rempart contre le froid.

De pièce en pièce, je fais plusieurs fois le tour du propriétaire, je n'en crois pas mes yeux. Où est l'entourloupe ? Mon silence a l'air révélateur pour Tiziana Conti, qui s'était tue pendant un moment et qui soudain reprend :

« Il y a de beaux moments à vivre ici, je vous le promets. »

Mon cœur se serre si fort qu'on dirait qu'il s'essore, vieille éponge imbibée de noirceur. Je suis bien contente que cette vieille inconnue ne puisse m'observer, ne puisse témoigner de mon visage blafard traversé de courants trop forts. Elle s'approche de moi et pose sa main sur mon bras.

« Qu'est-ce que vous en dites ? »

Une chape de découragement me recouvre, sentiment familier que j'ai appris, sans le vouloir, à trouver confortable. Je ne veux pas imaginer le prix à payer pour vivre dans un si joli endroit – je ne veux pas m'attacher aux lattes du parquet craquant, au vieil évier profond et fissuré, à la lumière sous la verrière.

« Vous savez cuisiner, par hasard ? » demande-t-elle, enjouée.

La question sortie de nulle part me ramène à la lisière d'un monde oublié. Un rouage bouge subtilement à l'intérieur de ma carcasse déboussolée. Le bruit des couteaux, du beurre qui grésille dans une poêle, l'odeur des épices mélangées, les mains dans le riz parfumé, dans les lentilles colorées. Jongler entre les feux, être au four et au moulin, pétrir, réserver, faire revenir. Depuis combien de temps n'ai-je pas cuisiné pour de vrai ? Je ne parle pas des pâtes au jambon, des frites au four, du pain perdu qu'on fait sans même y penser, parce qu'il faut bien se nourrir, vous comprenez. Je parle des plats, des vrais, ceux qu'on mijote pour dire quelque chose, pour faire passer un message, une déclaration d'amour aux belles choses et aux belles gens.

D'une voix blanche, je réponds :

« Oui. »

Oui, je sais cuisiner.

« Oh mais c'est parfait, pépie maintenant Mme Conti. Vous savez, la plupart du temps, je suis une grande fille et je me débrouille. Avec la femme de ménage et mes copines, je m'en sors. Mais je n'arrive plus à faire la cuisine. C'est trop triste, les assiettes solitaires, ça me rappelle les plats merveilleux que préparait mon mari… paix à son âme. »

Sa voix se brise dans une mélancolie lancinante. Elle tourne la tête vers un rai de soleil, son beau visage figé dans le temps. J'y vois l'écho de la femme qu'elle était, le souvenir d'un corps plus jeune habité d'une âme plus neuve, avant que tout ne se ride et ne se dégrade. Une époque heureuse, je le sens, car un sourire timide trouve son chemin sur ses lèvres pleines et peintes d'un rouge sombre.

Et puis elle tape dans ses mains, nous sortant toutes les deux d'une torpeur nostalgique.

« Alors, ça vous dit ? »

On dirait qu'elle vient de me proposer une petite sortie ciné. Un projet sans conséquence, un engagement courte durée. Je secoue la tête, étonnée par le léger déplacement des plaques tectoniques qui régissent mes mouvements. Je ne suis plus exaspérée à l'idée d'aider cette petite dame, qui est bien plus intrigante que ce que j'aurais imaginé.

Suis-je venue ici pour me lier à d'autres âmes, comme la farine frelatée d'une pâte à gâteau ratée ? Absolument pas. Accepter le marché de Mme Conti me libérera-t-il de la clause morale qui me liait à ma chambre d'hôtel veloutée ? Non plus.

Mais avant que j'aie eu le temps de dire non, triple non, ou plutôt d'articuler un refus poli, mais ferme, une belle excuse poétique qui toucherait son cœur de vieille dame, j'entends ma voix résonner sous le plafond immaculé, je sens ma mâchoire bouger, mes cordes vocales vibrer, je suis subjuguée par la volonté propre de mon corps qui acquiesce.

Je m'entends dire : « Oui. »

Et alors il est trop tard, trop tard pour revenir en arrière.

Comme dans un rêve, je me vois négocier un loyer et expliquer à Mme Conti que je suis pour l'instant installée à l'hôtel. Elle fixe son regard aveugle sur moi et j'ai l'impression fugace mais perçante que cette femme me connaît déjà. Elle me fait confiance, d'une manière inexplicable, on pourrait presque croire qu'elle a à moitié perdu la boule parce que, quand même, on se connaît depuis une heure et elle est déjà prête à me donner les clefs, à me faire entrer chez elle, à me montrer où sont rangées les conserves de tomates, à faire un peu de place dans son quotidien à une paumée de passage.

J'apprécie le geste, l'honneur même, sans pour autant pouvoir m'empêcher de me demander pourquoi. À la fois pourquoi cette gentillesse et pourquoi moi. Alors qu'on convient que je prendrai possession des lieux dimanche, je ne tiens plus, je dois demander. Comment sait-elle que je ne suis pas une psychopathe prête à l'assassiner dans son sommeil – ou, de meilleure circonstance, à empoisonner son potage. Mme Conti renifle d'un air dédaigneux.

« Je suis aveugle, jeune fille, pas stupide. Vous ne feriez pas de mal à une mouche. »

Sur ces mots, elle me raccompagne à la porte qu'elle referme derrière moi sans ménagement. Derrière le panneau de bois, je l'entends crier de son accent chantant :

« À dimanche ! »

Je me retrouve à nouveau seule, surplombée par ce ciel étranger. J'ai envie d'un Campari, d'aller voir la mer, de sourire aussi. Rien qu'un peu. J'entends l'Italie à mon oreille, mes doigts fourmillent de mille étincelles, je pourrais chanter, et plutôt du Dutronc que du Brel.

Mon téléphone sonne dans ma poche, trois petites notes qui font accélérer mon rythme cardiaque, me ramènent les pieds sur terre et rendent mes paumes moites d'une transpiration excessive. C'est comme ça depuis que je suis partie. Les textos d'Axel m'arrachent à l'instant présent et me jettent dans l'hier, l'avant-hier, ce passé tout récent, aussi froid et douloureux qu'une fracture ouverte. L'écran brille de ses mots.

13:12 Comment ça va?
Réponds-moi s'il te plaît.
Bises.

J'ai la gorge serrée de toutes les choses que j'aimerais lui dire et qui restent coincées là, à mi-chemin entre moi et le vide, parce qu'il n'y a plus rien à dire, plus rien à expliquer. Je perds pied avec la réalité. En vacance de moi-même et du monde, je me suis retirée, j'ai fui, je le sais, mais c'est comme un rêve, non ? Quand je rentrerai, ce sera pour retrouver notre dessus-de-lit au motif abstrait. Forcément. Le rien contenu dans mon sac et dans mon cœur en est une preuve irréfutable : je ne suis partie que quelques jours, il m'attendra de pied ferme, m'accueillera à bras ouverts, se rendra compte qu'il s'est trompé. Ce n'était qu'une crise passagère, c'était bien dommage mais est-ce que je voudrais bien lui pardonner ? Je lui pardonnerai, évidemment, non sans le laisser mariner, pour lui faire payer un peu du mal qu'il m'a fait. Dans dix ans, on en rigolera. Dans notre belle maison au fond des bois.

Arrêtée en pleine rue, en pleine marche, les yeux rivés sur l'écran bleuté plein de son inquiétude binaire, de sa sollicitude dont je ne sais pas si elle est forcée ou sincère, je me mâchonne les lèvres et les entrailles et j'aimerais avoir la force de l'inertie. Mais je réponds.

Ça va. 13:15
Et toi, quoi de neuf
sous le soleil? 13:16

Je m'essaye à l'illusion de l'indifférence. Lui faire croire que je suis cool, loin de tout ça, des déboires désordonnés que sont les chagrins d'amour et le rejet. J'attends comme une idiote, plantée au milieu du trottoir, qu'il me réponde. Au bout d'une minute à me geler les miches en vain, je range mon téléphone, mes mains et mon semblant d'amour-propre.

Prendre ta douleur

(interlude)

La nuit a laissé place à un jour détrempé et entre mes tempes au réveil bat déjà le tambour infernal d'une migraine qui vrombit. Son rythme militaire imprime dans tout mon corps un balancement d'avant en arrière. Je me redresse et peut-être qu'il y a un clou dans mon troisième œil j'ai mal j'ai mal j'ai mal tout pile là derrière le sourcil. Je suis debout, mon champ de vision se brouille, le décor se fond dans une bouillie infâme et comme si ce n'était pas suffisant, comme si j'avais demandé du rab, mon utérus se recroqueville sur lui-même et m'arrache un cri plaintif. J'ai mal j'ai mal j'ai mal. Derrière les yeux et sous le front et dans les jambes et au fond du ventre là, tout au fond, j'aimerais passer outre j'aimerais ignorer bomber le torse être forte et ne même pas ciller, mais j'ai mal.

J'avale deux comprimés et en attendant que la science fasse son boulot, je retourne me rouler en boule sous la couette où la chaleur encore endormie de mon sommeil saccadé m'accueille et me berce. Je n'ai pas le loisir de retrouver mes rêves, tout en moi tour à tour se contracte et se dilate, je cherche un endroit de mon corps qui serait indolore et je constate avec étonnement que je n'ai pas mal aux dents. Les yeux fermés, je les vois, et leurs racines dans mes gencives, leurs formes bizarres et leur santé – jamais une carie à signaler, jamais eu besoin d'appareil dentaire, un miracle, du jamais vu.

Il faut presque une heure pour que l'anti-inflammatoire fasse effet. Il ne renvoie pas la douleur dans le néant, il ne l'enferme pas dans la cave, bâillonnée et ligotée, pour ne plus jamais la visiter. Il ne fait que lui intimer avec pédagogie de se taire, cette satanée douleur, et comme une enfant pourrie gâtée elle lui répond *Je fais ce que je veux.*

Elle baisse le ton, un peu.

Au bout d'un moment, il n'y a plus de poignards cachés qui s'enfoncent à chaque mouvement, mais toute la journée, je le sais, il y aura l'inconfort dans la ouate d'une drogue qui me fait planer. Si j'avais voulu être stone, j'aurais fumé.

Les paupières lourdes qui me font lutter. Le corps qui tombe sans que je puisse le rattraper. Le visage figé dans une expression de torpeur et que je dois décrisper pour ne pas avoir l'air d'être hantée, terrorisée. Les gestes ralentis la mémoire qui s'effiloche la bouche sèche si sèche les pieds gelés l'envie de dormir et le sommeil qui ne vient pas les larmes qui coulent l'irrépressible envie de dire à tous ceux qui comptent combien ils comptent comme je les aime. Mais quand j'ouvre la bouche, ma mâchoire est enrobée de pâte à modeler et les mots sortent mélangés à du sable je n'arrive pas à articuler et j'abandonne je suis fatiguée.

Je m'allonge et l'obscurité me submerge, mes muscles sont lestés de plomb, je ne peux plus bouger. Je voudrais dormir je voudrais mourir je voudrais courir et partir et ne jamais revenir.

Et le temps coule, c'est une véritable fuite, les minutes font des flaques de temps perdu à jamais, du temps gâché pendant lequel je n'ai rien fait, même pas rêvé.

Lieux

Dimanche se pointe et quand j'arriverai avec mon sac sur le dos, Mme Conti reprendra ses esprits. Elle se frappera le front du plat de la main, s'exclamera « N'importe quoi ! », avant d'éclater de rire, et me claquera la porte au nez. Mais devant sa petite porte d'entrée, je n'ai même pas besoin de sonner, elle m'ouvre et m'accueille en me serrant dans ses bras, comme si j'étais une nièce chérie perdue de vue. Je souris, malgré moi son étreinte me remplit de joie, ma peau crépite sous son toucher. Depuis combien de temps n'ai-je été ainsi subtilement choyée ?

Mme Conti, bavarde, m'accompagne à l'étage dans le deux-pièces en forme de temps compté. La main posée sur mon bras, elle m'invite à faire partie de sa vie, m'incluant dans un paysage familier, me rendant presque douloureusement visible. Pas moyen de me fondre dans la tapisserie immaculée.

Je n'ai que ce sac, lourd mais pas bien encombrant, ce que Mme Conti ne manque pas de remarquer en entendant le bruit de l'unique fermeture Éclair.

Elle entreprend alors de me décrire la toute petite valise arrimée à sa main encore lisse, le jour où son mari a décidé de lui faire traverser la frontière italienne, pour qu'elle goûte la vie à la française. Un beau jour d'été, sa jolie robe noire à pois plissée, son grand chapeau blanc au ruban satiné, sa main dans celle, forte et sèche, d'Andrea. Elle me dit combien à cet instant précis elle avait senti le métal froid de son alliance contre sa peau gorgée de soleil, elle s'était dit qu'on en fait des choses dingues et bêtes par amour, mais qu'on avait toujours raison de les faire. Elle s'était sentie follement chanceuse d'avoir vécu, avant même ses trente ans, mille vies en une seule, tant d'aventures qu'elle en avait le tournis. Et maintenant qu'elle avait trouvé Andrea et qu'il tenait sa main aussi fermement, elle était heureuse, et soulagée de se poser un peu dans un havre de paix.

Pendant que je plie avec soin chacun de mes vêtements pour les ranger dans la grande commode de ma nouvelle chambre, Mme Conti s'assoit sur le lit et égrène des bribes de ses jeunes années, à la manière des très vieux messieurs qui émiettent leur pain dur avec lenteur avant de le jeter avec des gestes précis aux canards des étangs municipaux.

Tiziana Conti était mannequin. J'accueille cette révélation avec un sourire en coin qui lui reste invisible, elle n'entend que mon silence réservé. Marrant d'imaginer cette dame si respectable en maillot de bain échancré sur la couverture du *Playboy* italien. Quand Andrea Conti, riche industriel, lui a demandé de lui accorder cette danse, dans une soirée mondaine où elle était vêtue d'une robe époustouflante au dos nu et au décolleté outrancier, Tiziana ne s'était tout d'abord pas laissé conter fleurette. Mais de danse en danse, de briquet prestement dégainé pour allumer ses cigarettes en veste posée sur ses épaules frissonnantes, la mannequin n'avait pas eu le choix que de succomber au charme fou de ce petit homme à la moustache cirée et aux chaussures lustrées.

Ce souvenir couleur sépia m'émeut. Mes frusques rangées, je pose mon livre sur la table de chevet. Le bruit, sourd et peut-être caractéristique, attire l'attention de Mme Conti.

« Qu'est-ce que vous lisez ? »

Quand j'énonce le titre alambiqué, elle secoue la tête, mécontente.

« Non, ce n'est pas une lecture comme il faut, ça ! Je vais vous prêter un bon livre, moi, vous allez voir ! »

Je m'apprête à protester – je lis bien ce que je veux, tout de même –, mais j'y renonce. Quelque chose m'enjoint, au plus profond de moi, d'accueillir l'inattendu comme j'ai été accueillie ici. À bras ouverts.

« Avec plaisir, madame Conti », dis-je alors sans sarcasme.

Elle me propose ensuite d'aller prendre mes marques dans sa propre demeure. Curieuse de découvrir sa cuisine, mon futur terrain de jeu, j'ai aussi envie de connaître ce qu'elle aime manger, les saveurs qui la font saliver. Telle une boxeuse retraitée qu'on rappelle sur le ring le temps d'une soirée, l'adrénaline monte, une impatience fébrile me parcourt du sommet du crâne jusqu'au bout des orteils.

Nous pénétrons chez elle par la porte intérieure qui devait être, à une époque, l'entrée des domestiques. C'est un petit panneau en bois brut, une lucarne est percée dans sa moitié supérieure et un rideau de dentelle y bloque la vue – c'est un détail incongru qui tranche avec l'élégance presque moderne de la décoration du salon.

La vieille Italienne me conduit en chantonnant vers un espace gigantesque. Elle me montre le piano de cuisine – un vrai piano, avec six feux, deux fours et un tiroir à chaleur – et le frigo, délicieusement ancien et d'une couleur jaune citron dont je tombe immédiatement amoureuse. Il y a deux éviers tellement profonds qu'on pourrait y faire la plonge d'un petit restaurant, ainsi qu'un lave-vaisselle, et, ici aussi, les casseroles et les poêles sont suspendues au mur au-dessus de la gazinière. Ce sont des casseroles comme dans mes rêves les plus fous, en cuivre bosselé, qui ne tolèrent rien de moins somptueux que la préparation de bruyants festins.

Ici aussi, le soleil se déverse dans tous les sens, d'ailleurs la pièce est séparée du reste de la maison par un demi-mur et une grande verrière – encore une – de sorte qu'on peut voir tout ce qui se passe aux fourneaux sans y être et que la lumière traverse sans entrave. Il n'y a qu'un mur aveugle, couvert d'étagères et de placards où des dizaines de bocaux s'alignent, lesquels remplis de grains, lesquels de légumes plongés dans le vinaigre ou la saumure. Des boîtes métalliques contiennent café, thé, cacao, bien vite, je soulève tous les couvercles et renifle tous les contenus, entraînée dans un ballet fou d'odeurs et de couleurs qui me transportent ailleurs.

Mme Conti s'est assise sur une des chaises hautes qui bordent l'îlot central où trônent des robots ménagers, des blocs de couteaux et les moulins à poivre qu'autrefois j'ai vendus. Elle débite d'une voix rêveuse une litanie de plats aux noms merveilleux, dont les *r* roulent sous sa langue, les *z* s'envolent dans les airs, les *ch* se nichent au creux de mon oreille. Je ne connais pas ces plats, je ne saurais même pas dire s'ils sont des desserts, des soupes ou des pâtés, mais j'ai envie de tous les goûter.

Au début de notre histoire, Axel et moi passions des heures ensemble à préparer, et à manger aussi, tous les plats qui nous passaient par la tête. J'étais si fière de lui apprendre à couper, à saisir, à mélanger, de l'impressionner souvent par mon savoir sorti de nulle part. Comme toutes les flammes passionnées celle-ci a fini par s'étioler. Nous aimions toujours manger, mais ne prenions plus le temps d'en faire un rituel, une cérémonie. Vers la fin, nos repas ressemblaient à des sketches, chacun assis du bout des fesses et mangeant du bout des lèvres un dîner réchauffé.

Et alors que ces souvenirs encore frais se rappellent à moi dans tout ce qu'ils ont d'amer et de brutal, je scrute les tuiles bleu marine et jaunes qui ornent la crédence, je fais tournoyer le manège à épices où virevoltent origan, cumin, paprika et badiane. J'ai envie d'être là, et d'y être bien.

« Quelle belle cuisine vous avez ! », m'exclamé-je d'une voix gourmande.

Mme Conti me tend alors un épais grimoire tout relié de cuir craquelé. Je hausse un sourcil circonspect en saisissant l'objet, alourdi de secrets.

« C'est le livre de recettes de mon mari, que Dieu ait son âme », dit Mme Conti d'un air entendu.

Andrea ne plaisantait pas avec la gastronomie. Je pose le livre et l'ouvre précautionneusement, m'attendant qu'il se délite entre mes mains, à me rendre coupable d'une catastrophe sentimentale. Malgré son cuir abîmé, le recueil est dans un état irréprochable, son papier un peu jauni couvert d'une écriture manuscrite aussi éloquente et ancienne que celle de Tiziana, mais résolument plus sèche et plus masculine. L'ordre règne entre les pages, il y a une table des matières qui annonce plus de cent recettes, religieusement consignées. Elles ont des noms italiens pour la plupart, mais un coup d'œil rapide me rassure, les instructions sont rédigées dans un français, parfois approximatif, attendrissant et passionné.

« Je vous le confie, pour vous inspirer, murmure Mme Conti, la main toujours posée sur mon bras dans un mélange poignant de tristesse et de légèreté. Mon mari était... un amoureux des bonnes choses. Vous comprenez ? »

Je m'arrache à la contemplation des étapes nécessaires à la réalisation d'un *osso bucco alla milanese* pour rencontrer les yeux de la vieille dame dans lesquels perlent des larmes nacrées.

« Je comprends. »

Elle acquiesce avec une gravité qui m'étreint le cœur. Ses doigts fins et légèrement tordus par l'arthrose me serrent encore jusqu'à me faire un peu mal. Ce qui me fout à terre, vraiment, c'est la puissance de cet amour caché entre les pages d'un livre poussiéreux, qui survit même à la mort.

Puis elle se redresse et sourit bravement, je sens combien ça lui coûte de faire semblant que son cœur n'est pas vidé, terrassé de la même douleur depuis tant d'années. Elle sort de la pièce d'un pas décidé et au fond du couloir, elle ouvre une porte dans un recoin.

Nous entrons ensuite dans une bibliothèque aux dimensions respectables, habitée par des centaines, des milliers de livres. Chacun d'entre eux a été lu et aimé. Leurs dos sont plissés, les coins des couvertures sont cornés, il y en a des piles sur les guéridons, la table basse, le bureau. Deux profonds fauteuils sont accompagnés de lampes de lecture aux abat-jour verts qui diffusent une lumière dorée.

L'Italienne me tend un petit volume qu'elle a pêché tout au sommet d'une de ces piles. Le livre a été ouvert et fermé de nombreuses fois, il tombe presque en lambeaux : *Un amour* de Buzzati.

Le titre m'atteint en pleine mâchoire comme un vicieux crochet du droit. Je la remercie.

« Vous me direz ce que vous en avez pensé. Ou pas, c'est vous qui voyez, après tout. Maintenant, je vous en prie, laissez-moi. »

J'acquiesce sans mot dire et abandonne Tiziana Conti aux fantômes de son passé. Je la soupçonne de beaucoup aimer ces retrouvailles.

Le jour

(routine)

Ma vie à moi, dans ce présent-là, trempe dans la sauce aigre-douce.

Chaque matin, je grogne d'être réveillée par le jour qui perce le rideau que j'ai mal tiré la veille. Qu'il pleuve ou qu'il vente, le matin est parfois bleuté, parfois doré, mais il a toujours quelque chose à donner. C'est curieux ces matins solitaires, je n'avais plus vécu ça depuis longtemps, et ces premières heures de la journée qui sont toujours plus jolies dans un silence ininterrompu, je les savoure. Elles ont le goût du café trop fort et sucré que je bois lentement, gorgée par gorgée, qui brûle la langue au début et qui est trop froid à la fin. Elles ont l'odeur du pain frais, acheté la veille au soir à la boulangerie du coin de la rue, qui toasté et beurré ressemble un peu à un armistice. Elles sont douces comme un drap blanc froissé, comme le coussin de la chaise de cuisine en velours défraîchi, comme l'épaisseur moelleuse de la serviette-éponge dans laquelle je m'enveloppe en sortant de la baignoire sauvage. Elles chantent à mon oreille, quand la cafetière crépite, que le jus d'orange est versé, que j'ai retrouvé dans un placard abandonné un tourne-disque, quelques trente-trois tours, que les voix de Jean Ferrat et de Charles Aznavour virevoltent, granuleuses de poussière.

Il y a les matins de marché, et il ne faut pas deux semaines pour qu'ils deviennent mes matins préférés. Le mardi et le jeudi, avant de descendre me confronter au monde, j'en chante sous la verrière. On croirait presque que je prends goût à tout ça : je range mes sarcasmes dans un coin et je vais frapper trois coups secs sur la porte à la lucarne dentelée. Mme Conti m'ouvre, insiste toujours pour poser deux bises sèches sur mes joues rougies par le froid de l'hiver qui s'installe à pas feutrés. Elle enroule une écharpe autour de son cou gracile, attrape des cabas en paille tressée, glisse son bras dans le creux de mon coude que je tiens déjà prêt, et on avance ensemble dans les rues pavées, pour retrouver les étals de fruits et de légumes frais.

Elle commente tout, les odeurs, les textures, les grains des peaux des pommes et les trous dans les feuilles des laitues. Les maraîchers la reconnaissent, lui font goûter leurs meilleures récoltes avec déférence. Connue comme le loup blanc, elle tient salon où qu'elle aille – chacun s'approche pour la saluer, s'enquérir de sa santé, donner des nouvelles de qui est parti hier étudier à Nantes, de qui a accouché la semaine dernière à Pau. Elle sourit avec abondance. Tiziana n'est pas avare de sa chaleur.

Quand le maraîcher a pesé tout ce qu'elle a choisi, elle lui tend son porte-monnaie en cuir rempli de petits billets et de pièces qui tintinnabulent. La première fois, j'ai observé la scène avec suspicion, prête à démasquer les commerçants qui volaient la vieille Mme Conti, mais j'ai bien tout vérifié, et je me suis trompée. Il ne manque pas un centime.

On rentre du marché, et elle m'assure qu'elle déjeune à l'italienne, qui doit être similaire à l'espagnole, puisque ça veut dire que manger des pâtes à quatorze heures trente ne la dérange pas le moins du monde. Elle s'assoit sur une chaise à bascule qu'elle a installée dans la cuisine, elle crochète sans fin ce qui pourrait tout aussi bien être une drôle d'étole à trous qu'un rideau gigantesque. Et là, j'entre en scène.

Je n'ai pas mis longtemps à me sentir à l'aise dans cette cuisine immense où tout est à sa place, ni à retrouver la sensation grisante de faire des choses avec mes mains. Chaque fois que je noue autour de ma taille le tablier blanc et rouge qui était suspendu à une patère le jour de mon arrivée, je relève un défi qui m'a été lancé au hasard. L'enjeu est de taille, il faut épater une femme au palais rodé d'avoir dégusté les meilleurs mets préparés avec amour. J'ai prétendu savoir cuisiner, pas question de faillir à la réputation que je me suis forgée.

Pendant que je coupe les échalotes, mélange les sauces, égoutte les pâtes, Mme Conti me raconte des morceaux de sa vie. Elle n'a pas vraiment besoin que j'écoute, mais le cadre s'y prête bien, c'est un échange de bons procédés. Au bout du chemin, j'espère comprendre ce qui a pu pousser une beauté italienne à se terrer au fin fond de la province française. À part l'amour, bien entendu. Ce n'est pas compliqué, il n'y a eu qu'un grand amour dans la vie de Tiziana Conti, une seule raison de vivre. J'ai le cœur serré dès qu'elle dit « mon mari », car elle ne prononce que rarement son prénom, comme s'il était trop intime, qu'il n'appartenait qu'à elle.

La première fois que j'ai eu fini de cuisiner, j'ai dressé une assiette et j'ai demandé à la maîtresse des lieux où elle souhaitait que je la lui apporte. Il restait dans les casseroles assez pour un deuxième repas, j'avais dans l'idée de tout mettre sous cloche pour qu'elle n'ait qu'à réchauffer son assiette au micro-ondes le soir venu. Elle m'a répondu de sa voix rauque :

« Dans la salle à manger, bien sûr. On ne va pas manger plantées là comme des piquets ! »

Je l'ai suivie jusqu'à la pièce, où une grande table en acajou pouvait aisément accueillir douze convives, mais autour de laquelle il n'y avait que quatre chaises. J'ai posé l'assiette, tiré une chaise, me suis demandé ce que j'étais censée faire. Mais quand elle s'est assise, Mme Conti a tendu l'oreille.

« Il vous manque quelque chose, madame ? ai-je demandé poliment.

— Mais enfin, asseyez-vous ! a-t-elle rétorqué en ne faisant aucun effort pour masquer son exaspération. Vous n'allez pas manger debout ! »

Je n'avais pas envisagé qu'elle me demande de partager son repas. C'est privé, un repas. Parfois, on voit ce qui se passe à l'intérieur des bouches des gens alors qu'on s'en passerait bien. Si elle n'aimait pas ce que j'avais préparé, je m'en rendrais tout de suite compte, et je n'avais pas très envie d'être là pour ça.

Elle a eu une petite toux sèche, l'air de dire *Bon, alors, j'attends,* donc je suis repartie en cuisine, j'ai rempli une deuxième assiette et suis revenue m'asseoir en vitesse.

On a mangé dans un silence entrecoupé de ses réflexions sur la cuisson, le goût, ce que ça lui rappelait. Je me suis demandé si toutes les vieilles personnes vivaient à l'abri réconfortant de leurs souvenirs, si je devais trouver ça triste, mais dans le cas de Mme Conti je n'arrivais pas à m'apitoyer. Elle semblait plutôt heureuse, pour le peu que je pouvais en témoigner.

Depuis, nous déjeunons ensemble tous les mardis et tous les jeudis, les jours de marché. Et puis je cuisine pour elle des tas de petites choses dans lesquelles elle peut piocher, histoire que son frigo ne soit jamais vide et qu'elle n'ait plus jamais à déballer un hachis Parmentier surgelé.

Après ce premier repas partagé, la vieille Italienne m'a demandé si je savais faire le café.

« Je ne sais pas trop ce qu'il vaut », ai-je répondu.

Alors elle a entrepris de m'inculquer l'art de l'expresso aussi serré qu'un virage en tête d'épingle, qu'on boit en une gorgée en renversant la tête en arrière et qu'on fait dans une minuscule cafetière italienne. J'ai suivi ses conseils à la lettre. Elle a dit que le résultat était passable, mais que j'avais du potentiel. Ça m'a étrangement touchée.

17:12 Hey, on se retrouve
après le boulot ?

? 17:14

19:40 Merde, désolé, mauvais numéro.

Pas grave, ça arrive. Tu vas bien ? 19:57

00:09 👍

La nuit

(côté obscur)

C'est le soir venu que les journées se fondent et se confondent. Je retrouve un appartement assombri par le ciel d'un bleu d'encre et la verrière n'apporte plus aucune consolation, il n'y a pas plus d'étoiles ni de galaxies ni de poésie dans le ciel de Limoges qu'ailleurs. La solitude, tapie dans chaque recoin de mon existence et que je parviens le jour à tenir à distance, me saute à la gorge dès que j'ouvre la porte, plantant dans ma peau fragile ses griffes acérées.

Je ne sais pas comment on vit, dans ces conditions. Je suis tiraillée entre les longues heures passées dans les vapeurs de la cuisine, bercée par l'accent de l'Italienne, et celles encore plus longues qui m'attendent une fois rentrée, avec leur traîne d'une douleur qui me chuchote dans la pénombre : *Ne préférais-tu pas quand il n'y avait rien d'autre à ressentir que la déception d'être toi ?* Ces montagnes russes où la peine s'assourdit quelques heures rendent plus vertigineuses encore les chutes, inévitables, quand la nuit se referme sur moi.

Une nouvelle routine se dessine, mécanique imparfaite. J'avale parfois un cachet, parfois une soupe de nouilles instantanée. Sans un regard pour le salon vide de rires, d'amitiés, de verres trinqués, je trouve refuge dans la chambre où je me retranche entre les plis des draps, cabane d'infortune. Les automatismes d'une adolescence oubliée resurgissent tandis que l'atmosphère réfrigérée me glace le sang et bleuit mes pieds. Laisser les vêtements traîner au pied du lit, dormir en culotte au coton fatigué, me plonger dans le livre prêté pour bloquer toute velléité de pensée. En vain, car les mots me transportent dans d'autres histoires où l'amour est si fort qu'il fait mal.

Je crois que je ne suis pas bien équipée pour l'amour. La voix brumeuse de Mme Conti, qui après toutes ces années laisse encore sourdre une infinie tendresse pour son beau, sonne si étrangère à mes oreilles. Mes parents ne se sont pas aimés longtemps – le temps de fabriquer Camille, peut-être. Ce n'est qu'en voyant ma grande sœur couvrir son Marc d'un regard brûlant que j'ai compris à quoi ressemblait l'amour véritable, et que je ne l'avais jamais ressenti. Ni chez d'autres, ni chez mes parents ayant divorcé aussi vite qu'ils l'ont jugé pertinent sans plonger leurs enfants dans la tourmente, ni en moi-même.

La passion, oui, je connais. J'ai eu soif d'Axel, j'ai eu faim de lui à ne jamais en être rassasiée, je me suis chauffée délicieusement à la flamme de ce qui brûlait entre nous. Mais à quoi sert la passion, si une fois la mèche consumée, j'ai toujours aussi froid ?

Au bout de quelques pages mes paupières s'alourdissent et, pleine de bon sens, j'éteins la lumière pour accueillir le sommeil. Dans un monde parfait, je m'endormirais sur-le-champ, mais tous les soirs, toutes les nuits, j'attends patiemment, je respire profondément, sans jamais sombrer. Alors les yeux brouillés, le corps engourdi, je mets un pull par-dessus ma nudité, j'ouvre le rideau, j'ouvre la fenêtre, et je fume des cigarettes en regardant le ciel orange des réverbères qui brûlent trop près des nuages. Il fait un froid de canard, mes doigts sont mauves, et vient toujours le moment où je me paye le luxe d'ouvrir Facebook sur mon téléphone et de taper *Axel Brillon* dans la barre de recherche.

J'ai voulu effacer Axel Brillon de toutes les facettes de ma toute petite vie, mais il ne m'en a pas laissé l'occasion – pas encore, tout du moins. À la poubelle, les rares photos de la pellicule de mon téléphone. Dans mon sac, rien qui porte son odeur. J'avais besoin de faire peau neuve avant le grand plongeon dans le vide. Si je croyais dans un au-delà, si nébuleux qu'il soit, j'aurais voulu être vierge de lui dans cet après. Mais ce satané crétin continue de me prouver qu'il existe, qu'il a bel et bien habité mon âme, et il a toujours le pouvoir d'y imprimer sa couleur. Il y a les textos, auxquels je réponds avec fébrilité, combien de fois ai-je failli me faire renverser, en *slow motion* sur un passage piéton, les yeux rivés sur l'écran et les mains engourdies par les non-dits ? Et puis Facebook. J'aurais voulu avoir la force de le désamourer, de le désamitier, de le supprimer, mais je n'ai jamais pu effleurer la touche qui m'aurait libérée de lui. J'ai eu un sursaut de force, celui de le rendre aussi transparent que possible. Plus de son nom sur la page d'accueil, plus de ses mots, de ses statuts, autant de statues à l'effigie de ce qu'on n'est plus. Mais le supprimer, non, je n'ai pas réussi. Alors toutes les nuits, face à la cour intérieure où rien ne respire, je tape son nom dans la barre de recherche, je clique sur son profil, je déroule. Je déroule tout, car lui n'a rien supprimé.

Nos photos sont encore là, sauvegarde de secours pour ma mémoire meurtrie. Les clichés sont peu à peu ensevelis sous les fréquentes nouveautés, je n'avais jamais remarqué avec quelle régularité il mettait à jour son profil. Ses sorties ciné, ses parties gagnées à des jeux de société, ses déplacements, ses commandes de dîners à emporter, ses pensées les plus profondes, tout est là. À peu de chose près, c'est comme s'il était à côté de moi, qu'il détaillait à mon oreille sa vie, depuis que j'en suis partie. J'entends sa voix près de mon tympan, j'en frissonne parfois. Tout se mélange, le souvenir de sa peau contre la mienne et de nos soupirs entrelacés, ses regards emplis de pitié devant mon état délabré, nos derniers mots échangés du bout du cœur, sans conviction. Les yeux secs, je fais défiler son profil d'un coup, puis je remonte tout, photo par photo, commentaire par commentaire. Dans une course effrénée à la souffrance, c'est au fond de mes poumons que se loge la peine perçante de mon chagrin d'amour – c'est de souffle que je manque.

La gorge nouée et un goût de bile au fond du palais, je tiens du bout des doigts le fil d'une histoire que j'entraperçois entre les mots, dans les ombres de ses photos. Un film vu ensemble, un repas partagé, ma silhouette qui se découpe sur le trottoir d'une ville parcourue avec lui il y a de ça déjà si longtemps. J'étais là, en filigrane, jamais identifiée, reconnaissable par déduction. La fameuse mention « En couple avec » ornait nos profils respectifs et délimitait des terrains de chasse gardée.

Plus je fixe l'écran, mégot après mégot, plus j'ai la nausée. Dormir n'est plus un destin enviable, alors quand, aux petites heures du matin, mon corps finit par céder, c'est le visage d'Axel Brillon qui attend derrière mes paupières closes et qui me cueille, impuissante. Enfermée dans ce motif répétitif, je m'étonne presque toujours d'être seule au réveil, et une fois sur deux, je grelotte de froid, devant une fenêtre béante que j'ai oublié de refermer.

Ce soir, les températures sont encore plus basses, et à la fumée de cigarette se mélange la buée chaude de mes respirations saccadées. Je pourrais enfiler un pantalon, ou tout simplement arrêter ce manège dégénéré, mais je reste bloquée, le cul gelé sur le rebord de la fenêtre ouverte, une clope dans la main droite et mon téléphone dans la main gauche. Les cernes se creusent sous mes yeux qui luttent pour discerner encore les caractères et les visages. Mon esprit, lui, est ailleurs, à des kilomètres de là. Il revit pour la millième fois ce moment où j'ai posé sur la table ce dernier mot, et je n'en reviens pas, il n'a toujours pas compris le message. Ce soir encore mon téléphone a vibré dans ma poche alors que je montais les marches jusqu'à l'appartement, ce soir encore il m'a demandé :

18:46 Comment tu vas?

Et une fois encore, je n'ai pas eu la force ni de l'ignorer ni de lui dire la vérité, j'ai menti et j'ai attendu une réponse qui n'est jamais venue.

Ce soir, le désespoir se fait lourd au fond de mes poumons trop petits, je me dis que c'est bientôt l'heure. Ce n'est pas Limoges qui me tuera, il faut m'y résigner. C'est fou comme on peut se tromper, ou plutôt se voiler la face, je n'arrive pas à détester cette ville qui cache en son sein une petite dame à l'accent qui vient de loin et qui ne voit rien, mais qui pourtant sait tout.

Ce soir, c'est mon ventre qui me tue. Je ne compte plus les fois où j'ai eu envie de mourir, pendant ces crises où tout se tord et tout me détruit, ce soir c'est encore plus fort. J'ai pris une de mes pilules, ce qui amenuise ma réserve de suicidaire, il va falloir passer à la pharmacie peut-être, je me suis dit pourquoi pas ce soir ? Pourquoi pas demain ? Pas ce soir, pas demain, demain, c'est jour de bibliothèque, Mme Conti viendra frapper chez moi si je ne descends pas, je me cherche des excuses et il paraît que ce n'est pas plus mal. Il paraît.

Mon rythme cardiaque s'accélère quand je regarde mon écran, là c'est un véritable tremblement de terre, je ne sais pas quoi faire, tout m'étreint, tout s'éteint, tout me fout en l'air.

Il y a Axel qui sourit, Axel sur un selfie, Axel avec cette Lena.

Ça ne peut être qu'elle, il ne peut pas y avoir douze Suédoises aux yeux sublimes et aux cheveux brillants qui gravitent autour de l'homme qui a déraciné ma vie. Axel Brillon aux côtés d'une femme splendide. Il a même foutu la publication en public, n'importe quel plouc du fin fond de la Creuse peut voir les sourcils parfaitement maquillés de cette beauté au bras de laquelle il se pavane.

Ma cigarette m'échappe des mains et va s'écraser dans une pluie d'étincelles rougeâtres sur le pavé, un étage en dessous. Mon cœur aussi est quelque part en bas, je le vois qui prend feu, ça sent la viande calcinée et j'ai envie de pleurer, mais rien ne vient qu'une amertume qui me submerge et brûle tout ce qui encore tenait un peu debout à l'intérieur.

Je recule en titubant, mes doigts froids crispés sur mon ventre comme si étreindre la peau et le gras pouvait arrêter cette douleur qui dépasse tout ce que j'avais connu jusque-là. J'oublie où je suis, je veux disparaître – et alors que ça pourrait être la fin, celle que je suis venue chercher, j'en suis si proche que je peux la toucher du bout de mes doigts engourdis. Mais dans le lointain une voix basse ne cesse de me répéter que, demain, c'est jour de bibliothèque. Que ce n'est pas demain, le jour où tout s'arrête.

Je m'endors d'un coup, sur les couvertures, la fenêtre ouverte encore, dans mon sommeil, il n'y a rien que des courants d'air froid qui me pénètrent les os. Quand je me réveille le lendemain, je me rends compte que je n'ai pas rêvé d'Axel. À la place de mon cœur que je vois toujours en contrebas dans la cour, il y a un trou béant aux contours roussis, je ne sens plus rien qu'une envie sourde de tout casser.

Mon premier geste rageur est de retirer Axel de ma liste d'amis et je me maudis d'accorder autant d'importance à des pixels alignés dans une boîte en métal reliée au reste d'un monde auquel je n'ai pas l'impression d'appartenir vraiment. Je laisse mon téléphone sur la table de chevet et je me prépare un café que j'emporte sous ma douche brûlante. Le liquide noir se répand dans la baignoire, dilué en une flaque d'un marron sale dont les arômes se mélangent à l'odeur du gel douche à la vanille et de l'eau calcaire sur ma peau fatiguée. Je soupire.

C'est jour de bibliothèque.

Professeur

Mme Conti passe ses mercredis à la bibliothèque municipale, où elle raconte des histoires aux enfants. Elle m'a demandé de l'y accompagner le matin et de revenir la chercher le soir, doucement les termes de notre accord se font aussi mouvants qu'une ligne dans le sable un jour de grand vent, et moi, j'accepte tout ce qui vient, comme un marin d'eau douce. Ce matin, je traîne entre les étagères du rayon jeunesse, j'attends que sa voix résonne jusqu'à mes oreilles. Quand les enfants arrivent, ils crient et ils se chamaillent dans un capharnaüm insupportable. Jusqu'à ce que Mme Conti entre en scène.

Elle profite des quelques minutes entre chaque lecture pour bavarder avec sa grande amie, Fabienne, une bibliothécaire comme je n'en ai jamais vue. Elle porte des bagues à chaque doigt, et une veste en cuir râpé est suspendue au dossier de sa chaise. Sur ses épaules s'accumulent les couches, un sweat à capuche vert, un gilet molletonné gris et par-dessus tout ça, un gros plaid en tartan tricoté. Ses mains mangées par les manches sont toujours en mouvement, sur son clavier, autour d'un livre ou d'une tasse de café. Elles s'adorent, elles se murmurent des blagues que je soupçonne d'être salaces. Je crois bien qu'un demi-siècle les sépare et pourtant, elles se retrouvent toutes les semaines dans un lieu sans âge où leurs âmes ont toutes les deux mille ans de partage.

Quand les enfants sont bien tous assis en tailleur dans un demi-cercle presque parfait, Mme Conti s'arrache à la présence de Fabienne, qui réajuste ses lunettes sur son nez très droit et retourne à ses enregistrements. Là, le silence se fait, religieux. Mme Conti tripote la croix suspendue à son cou et qu'elle ne quitte jamais, s'assoit sur un fauteuil dont on dirait qu'il a été placé là pour son usage personnel. Elle s'éclaircit la voix, commence son histoire, et tout le monde est hypnotisé.

Ce n'est jamais la même, combien de mondes imaginaires se croisent et se saluent derrière le front haut de cette dame déconcertante ? Les enfants se figent, sages comme des images, ils boivent ses paroles et j'en vois même certains fermer les yeux, happés par la description d'une cabane mystérieuse dans un sous-bois ou d'un combat à l'épée entre deux princes étrangers. Je sens un sourire tendre ma bouche contre mon gré, les contours de mon cœur brûlé s'apaiser un peu, je secoue la tête et sans mot dire, je quitte la bibliothèque, attirée par l'extérieur comme on fuit une source de chaleur trop forte pour être supportée.

Je me réfugie dans un bar triste qui sent la bière tiède et où le zinc est collant. J'y commande un café, regrettant presque l'époque où fumer à l'intérieur n'était pas interdit. Il fait trop froid pour traîner sur le bout de trottoir qui fait office de terrasse – si encore il neigeait, mais même pas. L'air reste sec et frais, il ne se passe rien qu'une chape de nuages d'un gris tantôt clair tantôt de plomb, l'occasionnelle pluie grasse qui trempe tout, rien d'original ni de surprenant. Et j'ai si froid que même enroulée dans une écharpe que j'ai été obligée d'acheter, je frissonne de tous mes os, ils s'entrechoquent dans un bruit qui me fait grincer des dents.

Les heures passent, mes yeux rivés à l'écran au fond de la salle qui diffuse un match de foot auquel je ne comprends rien. Après un moment, je finis par me lever pour payer, mes mains tremblent de toute la caféine accumulée et je reprends le chemin de la bibliothèque pour y récupérer ma charmeuse de serpents.

On rentre à petits pas, elle jamais pressée, moi naturellement ralentie par ses enjambées de souris. Elle est contente, Mme Conti, elle a passé un bon mercredi. Moi, dans mon marasme, dans ma peine, je lui en veux d'être si satisfaite d'elle-même, je ne comprends pas ce qu'elle peut bien trouver d'intéressant à ses journées qui s'enchaînent, et qui de mon point de vue ont toutes la même couleur, la même odeur, la même saveur. Celles d'un jour sans pain, je ne comprends pas bien.

Il se fait tard, le jour s'estompe lentement, il y a dans le frigo de Tiziana un plat de lasagnes à la ricotta, dans le mien un vieux chou-fleur qui commence à flétrir. Je pense à la soirée interminable qui m'attend, à l'immensité du lit et à l'air froid qui s'échappe toujours un peu de derrière le rideau de velours pour poser sa main glauque sur moi, dans mon cou ou sur mon bras. Je décide de trouver un prétexte pour m'attarder en bas, peut-être arriverai-je même à m'inviter pour le dîner, après tout elle n'a jamais l'air trop pressée de me voir partir. Motivée par la perspective d'une solitude amoindrie, je me décide à tendre l'oreille, à prêter attention aux babillages de mon hôte qui ont tendance à m'échapper quand je n'y prends pas garde. Souvent, je me laisse happer par mon égoïsme latent, celui qui me pousse à me regarder le nombril sans me soucier des autres, jamais. J'apprends qu'il faut parfois se faire violence, pour obtenir des autres qu'ils daignent nous supporter.

Comme bien souvent, Mme Conti et moi nous retrouvons dans la cuisine, et je propose de préparer un café. Alors que je verse les gros grains dans le moulin, au loin la sonnette retentit. Je n'avais pas encore entendu la mélodie du carillon de la porte d'entrée, et je me demande, à la manière d'une gouvernante du siècle dernier, qui peut bien visiter à cette heure si tardive. Mme Conti, elle, sait parfaitement qui se cache derrière la porte, car elle n'hésite pas une seconde à l'ouvrir, sourire aux lèvres. Je tends l'oreille, curieuse, tout en continuant à m'affairer.

Une voix masculine basse en volume et profonde en coffre se fait entendre depuis l'entrée, une voix qui s'exprime dans une langue que je ne reconnais pas avant d'entendre Mme Conti lui répondre quasiment dans le même souffle. De l'italien. Il y a donc quelqu'un pour lui rappeler les notes de son là-bas, avec les soupirs et les triolets que j'entends ponctuer leurs phrases envolées. L'échange s'arrête rapidement, apparemment l'homme pour l'instant sans visage a épuisé ses capacités – déjà mille fois supérieures aux miennes.

La voix sarcastique de ma mère me parvient dans un écho lointain. « Anaïs, parler anglais ?

Sûrement pas ! » Son rire pointu. Pendant un dîner, alors qu'elle narrait à sa cour les exploits de ma sœur, une invitée s'était enquise maladroitement de mes propres talents. Elle le regrettait amèrement tandis que Camille me regardait d'un air contrit, elle et son anglais parfait, ses notions de russe et de mandarin, pendant qu'aucune langue, ni vivante ni morte, ne daignait imprégner ma matière grise. La déception de ma mère devant ma totale médiocrité continue de me hanter, plus de dix ans après cette soirée où, furieuse, j'avais juré de ne plus jamais essayer de parler autre chose que ma langue maternelle, dans laquelle elle comprenait si bien les insultes que je lui lançais.

Des pas se dirigent vers la cuisine, je ravale tant bien que mal ma honte rancie, un nœud bien serré tapi au fond de ma gorge. Concentrée sur la petite cafetière posée sur la gazinière, sous un feu pas trop fort pour ne pas tout brûler, je fais mine de n'avoir rien entendu, cherchant à me composer un visage courtois.

« Ah, bonsoir ! Je vous rencontre enfin ! »

Cette voix chaleureuse me prie poliment de relever les yeux et de retourner le sourire que j'y perçois, mais le nœud dans ma poitrine se resserre encore, et je n'y arrive pas. Je voudrais, j'aimerais vraiment, mais je ne peux pas. La haute silhouette en périphérie de mon champ de vision s'approche et obstrue le paysage, je me sens acculée, forcée.

« Vous devez être Anaïs, n'est-ce pas ? Tiziana m'a beaucoup parlé de vous ! »

Une grande main apparaît. Je dois la serrer. Je m'exécute, mais seulement après avoir retiré la cafetière du feu. Je relève les yeux et ce que je vois m'étonne un peu. Qu'une telle voix appartienne à un corps aussi dégingandé me paraît curieux. L'ombre d'une barbe brune sur les joues, des lunettes sur le nez, une belle chemise bleu pâle à fines rayures foncées, un long manteau en laine bouillie, un homme qui prend soin de lui. Il serait illusoire de nier qu'il est beau, d'une beauté qui tient du charme et pas seulement de la symétrie de ses traits. Je prends donc sa main dans la mienne, que je sens moite et froide à mon grand désespoir. Et je réponds d'une voix glaciale, incontrôlable :

« Vous êtes ? Mme Conti ne m'a jamais parlé de vous. »

C'est la stricte vérité, mais quel besoin avais-je de l'énoncer de cette manière ? Je le sens hésiter, ses doigts pris au piège, déconcerté par cette impolitesse imprévue. Il hausse les épaules et m'adresse son plus joli sourire – du moins j'espère que c'est le plus joli, parce qu'il est déjà vraiment très bien, pas besoin d'en faire plus.

« Je suis Hémon. Hémon Roger-Lebrun. Ma mère est une vieille amie de Tiziana. »

Je hoche la tête, impassible. Hémon. Manquait plus que ça. Un bellâtre tout droit sorti d'une tragédie grecque. Il continue à parler, une histoire de livre à prêter ou à rendre, ce qui explique que Mme Conti soit si longue à revenir et que je sois coincée dans la cuisine avec ce type et mon inexplicable mauvaise humeur.

« Hémon. Enchantée, j'imagine, dis-je en retournant à ma cafetière, toujours de ce ton d'insupportable pimbêche sortie tout droit des Enfers.

— Qu'est-ce qui t'amène par chez nous, Anaïs ? On se tutoie ? »

Je ne sais pas si j'ai envie de le tutoyer, lui qui doit être sensiblement du même âge que moi, mais qui a l'air, je ne sais pas, extirpé d'une pellicule en noir et blanc, d'un univers parallèle. Un monde où les jeunes hommes fringants rendent régulièrement visite à des octogénaires, sur leur trente et un comme pour un rendez-vous galant.

« Oh, rien. Je visite, finis-je par répondre en me mordant l'intérieur de la joue. Et v… toi, qu'est-ce qui t'empêche de fuir ce trou ? »

Ma petite méchanceté amuse mon interlocuteur qui laisse même échapper un rire.

« Ah, tu ne connais pas encore les charmes insoupçonnés de la belle Limoges… », dit-il d'un air qui se veut mystérieux.

Je ne suis pas impressionnée. Forcément, tout homme de plus de vingt ans vivant encore dans une ville aussi quelconque sortirait ce genre de discours fumeux pour tenter de me faire prendre des vessies pour des lanternes. Je ne mords pas à l'hameçon, on ne me la fait pas, à moi. Je le soupçonne de dissimuler derrière cette belle phrase un certain manque d'ambition.

« Je suis prof, poursuit-il, comme s'il avait lu dans mes pensées, sur un ton d'excuse goguenard. Dans un collège, au nord de la ville. »

J'acquiesce lentement. Prof. Ça explique les lunettes et la chemise, voire le manteau. Peut-être même le prénom farfelu. Il lance vers moi une tentative de sourire communicatif, mais de mon côté, le cœur n'y est pas. Je n'arrive pas à être agréable, ou plutôt à vouloir l'être, ce qui est terrible parce que, sincèrement, qui voudrait se mettre à dos un homme charmant, qui parle italien et a la décence de boutonner sa chemise jusqu'en haut ? Pas moi, en tout cas pas en temps normal.

Aujourd'hui, là, maintenant que le café est raté et que je ne parle ni italien ni espagnol ni anglais, je me survole de très haut et ne vois qu'une vaste flaque d'insignifiance. Qu'aurait-on à gagner à tenter de me connaître ? Pas grand-chose, si j'en crois mon profil Facebook et la mère de l'adolescente que j'étais.

Sans m'en rendre compte, j'ai commencé à dévisser la partie supérieure de la cafetière et sans m'en rendre compte, je me suis mise à trembler. Hémon tend la main pour me soutenir, mais dans son geste nos corps se rapprochent encore, je sens son souffle sur le sommet de mon crâne, et d'un coup, je vrille. Je me hérisse et involontairement, mon bras tressaute, la cafetière saute, le café gicle partout et surtout sur la belle chemise rayée, sur le beau manteau gris.

J'observe le tout se dérouler au ralenti, figée dans mon mouvement brusque. Hémon recule d'un pas, horrifié, il me lance un regard où se mêlent la colère et l'incompréhension dans un medley qui ne manque pas de piment. Je ne sais pas ce qui m'a pris, c'est le coup de l'italien, ça m'a roulé dessus comme une tractopelle. Je suis désarticulée.

« Alors ça, on me l'avait encore jamais fait ! », s'exclame Hémon, sous le choc.

Je reste plantée là, ignorant tout des conventions qui s'appliquent à ce genre d'incident diplomatique. Hémon me regarde, les yeux exorbités, attendant visiblement, et avec raison, que je bouge au moins d'un iota, fasse mine de l'aider. En bonne godiche de service, je ne fais rien, j'attends. Qu'il parte. Il n'y a que ça à faire, va-t'en, laisse-moi, tu vois bien que ça ne sert à rien de me regarder comme ça.

« Ça te tuerait de me filer un coup de main ? me jette-t-il avec une bonne dose de venin sous-jacente.

— Euh, je… »

J'esquisse un mouvement incertain, je ne me souviens plus de la localisation des torchons, de l'évier, des éponges. Hémon secoue la tête, incrédule. Il est vrai que la situation est ubuesque, et à sa place, il est certain que je me serais engueulée, peut-être même que je me serais insultée. Il reste environ dix pour cent de mon cerveau à peu près sain et dans ce tout petit recoin, je parviens à bouger, à éponger le café, mortifiée, consciente de faire pire que mieux – et surtout, bien trop tard. Finalement, il tourne les talons et s'en va, sans un regard vers moi. Avant de s'engouffrer dans la rue sombre, je l'entends dire :

« Complètement marteau celle-là ! »

Puis la porte claque et me sort de ma torpeur. Le nœud au creux est gordien et je n'ai pas d'épée.

Je parviens à tout nettoyer avant que Mme Conti ne revienne, un vieux livre de poche corné de partout dans sa main tordue et tannée. Elle s'arrête net, l'oreille tendue vers le silence revenu. Je bredouille une excuse, j'évoque une urgence, un imprévu qui a forcé son petit protégé à déguerpir sans dire adieu, je sonne horriblement faux à mes propres oreilles, mais je crois que la vieille dame me croit. Ou peut-être pas, car elle ne demande pas où en est ce satané café, elle me dit juste du bout des lèvres qu'elle est un peu fatiguée et qu'il vaudrait mieux que je rentre chez moi. Elle me tourne le dos et s'éloigne dans le couloir, sa longue tresse blanche en balancier entre ses omoplates.

Une fois couchée, je glisse la main sous l'oreiller et je retrouve mon téléphone. Il y a un message d'Axel que je supprime sans le lire et sans m'en émouvoir, et une suite de textos de ma sœur que je déchiffre sans vraiment les comprendre. Je suis soudain épuisée, c'est ma façon à moi de ne pas avoir à gérer la culpabilité d'avoir été une telle petite conne avec ce Hémon que je ne peux désormais plus qu'espérer ne jamais recroiser.

21:56 Comment tu vas?
21:58 Tu pourrais répondre
quand même.
22:04 Moi, ça va super,
au fait, puisque
tu demandes.
22:10 Dis, il y a de la place pour
ta sœur à Limoges?

Dans un déjà demi-sommeil, je tape :

Viens quand tu veux. 22:17

J'ai à peine le temps de poser le téléphone sur l'oreiller à côté du mien que j'ai déjà sombré.

Des pas perdus

(Limoges, acte II, scène 2)

Je retrouve la gare de Limoges et sa splendeur un peu démodée, moi qui ne devais jamais remettre les pieds dans la salle des pas perdus. Ce matin, elle porte bien son nom puisque j'y marche depuis trente minutes, aussi fébrile qu'impatiente. Le train de Camille est en retard, ce qui tombe bien, car je l'étais aussi. Mes nuits ne sont plus sans repos, maintenant faites d'un sommeil très lourd, dont il est difficile de m'extirper. Il fait froid ces derniers jours qui me séparent de décembre, mais je n'ai pas encore pu me résigner à acheter un manteau. Ça voudrait dire que je me destine à passer l'hiver ici, est-ce que j'en ai vraiment envie ? Je n'ai envie de rien. Mais ce n'est pas si vrai, puisque j'ai envie de voir ma sœur et que ah, enfin, ça y est, son train entre en gare.

Camille est une des premières à sortir de sa voiture, ses cheveux blonds cachés sous un béret de feutre vert pomme, un sourire plein de dents accroché bravement à son visage que je vois fatigué, plus fatigué encore que le mien, ce qui n'est pas peu dire. Elle a à ses côtés deux énormes valises à roulettes, qu'elle lâche en arrivant en face de moi pour me serrer si fort dans ses bras que j'en ai le souffle coupé, et pour une fois ce n'est pas désagréable. Ma grande sœur est plus grande que moi, plus belle aussi. Pourtant, comme si les kilomètres qui nous séparent maintenant m'avaient éloignée de mon ego, je remarque pour la première fois les prémices de petites rides, une ombre mauve sous ses yeux marron, une lassitude dans sa démarche. Camille Nollet, Wonder Woman incarnée, est éreintée. Je l'observe ainsi quelques secondes de trop, en la tenant par les épaules à bout de bras, avant de l'amener à nouveau contre moi pour la serrer à mon tour.

Puis je pose ma main dans son dos pour la diriger vers la sortie, vers la lumière bleutée d'un matin d'hiver presque arrivé. Il y a sous ma peau un frémissement d'appréhension. Jamais je n'ai accueilli ma sœur chez moi, jamais je n'ai eu à lui prouver que tout va bien par tous les moyens. En la voyant aussi fragile, pantin de parchemin qui s'ignore, j'ai envie que tout aille bien.

La verrière

« Waouh, c'est génial ici, dis donc ! »

Mon enthousiasme n'est même pas exagéré, je suis estomaquée par la beauté toute simple de l'endroit où est allée se nicher ma toute petite sœur, comme un oisillon plumé. Anaïs a un sourire d'excuse, comme si elle ne méritait ni cet espace, ni cette lumière. Elle me donne le choix : dormir avec elle dans le grand lit de sa chambre – réminiscence adulte de nos soirées d'enfants à chuchoter sous l'édredon trop épais, dans la maison vaguement inquiétante de nos grands-parents – ou bien dans le canapé, sous la verrière. Je la rassurais toujours, car elle avait peur de tout, chez nos grands-parents, peur des ombres, des étoiles, du froid. Sa plus grande peur était qu'on retrouve au réveil papi et mamie immobiles dans leur lit, roidis par la mort. Déjà à l'époque, ça n'allait pas fort.

Je visite en poussant de cris émerveillés, en repensant aux studios miteux que j'ai habités pendant mes études au conservatoire, avec toilettes sur le palier et cuisine commune où tout le monde me volait mes tranches de gouda. Heureusement, je n'avais d'yeux et d'oreilles que pour la musique, j'aurais pu en garder un pire souvenir. Cet appartement au milieu de nulle part correspond à mon ermite de sœur, à son besoin de solitude. Si j'ai compris les quelques mots qu'elle a bien voulu partager avec moi, elle passe un peu de temps avec une vieille Italienne, elle cuisine beaucoup, ce dont je me réjouis. Elle prend le temps de vivre un peu. Je ne trouve pas ça insensé, même si la décision de tout quitter avec seulement deux slips de rechange m'apparaît, pour le coup, vraiment précipitée.

Je lui ai rapporté quelques affaires, dûment récupérées chez cet empaffé d'Axel. Comme je l'avais prédit, il n'a pas attendu dix minutes pour faire emménager sa nouvelle copine, que j'ai aperçue par l'entrebâillement de la porte. Je n'arrive pas à croire qu'il ait quitté Anaïs pour cette fille. Enfin si, je comprends tout à fait pourquoi il a quitté Anaïs pour *cette fille.* Ils n'étaient pas assortis le moins du monde, ils glissaient l'un contre l'autre sans jamais s'accrocher.

Et moi ? J'ai choisi de dormir sous la verrière, évidemment. Anaïs me prévient : il est impossible d'obtenir un noir complet. Ça me va, c'est ce que je suis venue chercher, un peu de lumière. J'ai cru déceler une légère déception dans le regard éteint de ma sœur, elle aussi avait au fond de la tête un souvenir à l'odeur de poussière et de chocolat en poudre Poulain. Mais après une soirée passée en tête à tête, elle comprendra que rien n'est contre elle, que tout est pour moi. Ça fait très longtemps que je n'ai pas été égoïste.

Anaïs a cuisiné un délicieux curry de courge qu'elle a accompagné d'un vin blanc savoureux. J'ai jeté un œil vigilant à ses placards, où il n'y avait pas autre trace d'alcool à part une bouteille de bourbon (« Déjà là quand je suis arrivée », me dit-elle), et peu de nourriture. Beaucoup d'espace à combler, et rien d'étonnant à cela. Une fois qu'elle m'a eu tout dit de cette nouvelle vie censée être temporaire, tout en évitant soigneusement mon regard, elle m'a demandé d'une voix nonchalante :

« Et alors toi, qu'est-ce qui t'amène ? »

J'ai été sommairement honnête. D'abord, j'avais envie de la voir. C'est la stricte vérité, bien que je ne l'aurais pas placée en première position sur la liste, si on m'avait posé la question sous la torture. Mais la réalité plus triste et moins altruiste à cette fuite en avant, c'est bien cette fatigue qui me talonne.

Je suis à présent allongée sur le sofa moelleux, les yeux rivés sur la pluie d'étoiles qui s'étend à des milliers de kilomètres au-dessus de moi. Je fais partie de l'immensité. J'arrive à oublier, un instant du moins, que j'ai un peu menti et que le soulagement que je ressens à l'idée de n'être plus soumise aux cris, aux couches et aux crises pendant quelques jours me transperce aussi d'une culpabilité navrante.

Il faudrait choisir, madame. Soulagement, culpabilité, l'un ou l'autre, pas les deux, que les décisions suivantes soient plus faciles à prendre, que vous ne nous embêtiez plus avec vos simagrées.

Non, je n'arrive pas à choisir.

Mes yeux brûlent de n'avoir pas cillé depuis trop longtemps, j'ai fixé une étoile, celle qui brille un peu moins fort que les autres et qui me fait penser à une petite fille. Celle que j'ai été, qui vit encore quelque part à l'intérieur, et puis celle que j'ai laissée, à des kilomètres d'ici, et qui peut-être ce soir me pleure tout bas.

Anaïs me réveille doucement d'une pression sur l'épaule et j'émerge d'un sommeil dans lequel je ne me suis pas sentie plonger. Elle me tend une tasse d'un café noir et fort, ce qu'elle a changé ma petite sœur ! Il y a dix ans, allez, peut-être douze, elle m'aurait assommée d'un coup d'oreiller avant de me hurler d'aller au diable et de ne surtout pas traîner dans la salle de bains. Je la remercie d'un sourire endormi, elle pose un doigt sur ses lèvres, je comprends le message, je n'ai pas oublié. Pas de bruit, aucun, pendant quelques minutes au moins. Le marché me convient. Elle disparaît à nouveau, depuis quand est-elle si furtive ? Ses pieds enchaussettés glissent sur le parquet ciré. Je sens au loin une odeur ténue de tabac et je la vois aussi clairement que si elle était à côté de moi, adossée au châssis de la fenêtre, sa cigarette à la main dans une tenue trop légère pour lui tenir chaud.

La grosse valise qui contient toutes ses affaires est encore à côté du canapé, Anaïs ne l'a pas déballée. J'y ai mis son gros duffel-coat, son bonnet et ses mitaines, des pulls en veux-tu en voilà. Elle m'a dit à la gare que je n'aurais pas dû m'encombrer, qu'elle en aurait acheté. Mais en la voyant frissonner dans la rue parcourue de grandes bourrasques, je me suis douté que si elle n'avait toujours pas cédé, elle ne le ferait probablement jamais.

Sur la table de la cuisine, il y a deux croissants et une bouteille de jus d'orange fraîchement pressé. Pas d'ersatz avec Anaïs, c'est tout ou rien, c'est tout *et* bien, c'est tout, tout de suite. Le silence autour de moi est ouaté, il colmate quelques-unes de mes fissures les plus sensibles, celles qu'on récolte après des années de vacarme qui va toujours crescendo. Tout vivre dans le bruit m'a rendue poreuse, fragile.

Anaïs émerge, elle sent la clope et l'odeur caractéristique du dehors matinal, ses jambes blanches tranchent avec le noir de ses chaussettes, de son tout petit short de nuit et du débardeur troué qu'elle porte, le même depuis dix ans. Elle s'assoit en face de moi, hoche la tête et commence à manger. Je lâche un soupir rassasié, pas de nourriture terrestre non, mais de ce sentiment d'amour qui n'a besoin d'échanger ni mots ni regards, juste d'une présence qui a du sens.

Plus tard dans la journée, Anaïs m'abandonne pour aller faire je ne sais quoi, elle me prévient à peine d'un « Je reviens en fin d'après-midi, tu peux aller chercher deux trois trucs à manger pour ce soir ? », et puis la porte se referme sur sa silhouette voûtée. Je ne m'attendais pas à cette fenêtre ouverte sur un tête-à-tête avec moi-même. Sais-je encore être seule ? J'ai hâte de le découvrir.

L'heure du déjeuner est à peine passée, j'appelle mon mari, scrutant les silences entre ses mots pour déceler ce qui ne va pas quand je ne suis pas là. Il me rassure, Ninon va bien, elle demande sa maman, mais papa est là, elle ne pleure pas et « vraiment, ma chérie, tu as besoin de ces vacances alors profites-en ». Mais une mère normale serait partie en vacances avec sa famille, avec son bébé. Il n'a pas idée, je fais la grande fille et je raccroche en ravalant de grosses larmes salées. Je me décide à aller faire ces courses, à m'aérer.

Dans les allées du supermarché, je mets du temps à m'éloigner des rayons que je fréquente d'habitude. Si je rapporte à Anaïs du quinoa et du yaourt de soja, elle va m'étriper. Je vois dans son regard qu'elle est affamée, je connais cet air qu'elle avait quand, adolescente, elle aurait pu tuer pour une tartine de fromage fondu. Je prends sous le bras tout ce qui a l'air gras mais savoureux et je sors rapidement, fatiguée par l'éclairage agressif des néons qui clignotent.

Après m'être perdue de mon plein gré, je retrouve le chemin de l'appartement, pas pressée. Mes chaussures claquent contre le pavé et éclaboussent le bas de mes jambes engoncées dans un collant fleuri. Alors que j'atteins enfin la porte du porche, je me cogne à un grand homme brun qui recule immédiatement et me scrute, pris de court. Avec un rire nerveux, je lui tends la main, secoue la tête pour retrouver mes esprits et le salue :

« Bonjour ! Je suis Camille, la sœur d'Anaïs, vous la connaissez peut-être ? »

La réponse pourrait très bien être un non catégorique, Anaïs n'étant pas une voisine très communicative. Le jeune homme éclate d'un rire sarcastique tout en serrant ma main d'une poigne forte. Il la secoue comme ça jusqu'à ce que son rire se tarisse, avant de répondre :

« Ah, enchanté, je suis Hémon, un ami de la propriétaire d'Anaïs.

— Et vous riez parce que… ? demandé-je, confuse.

— Oh… Euh, parce que vous êtes beaucoup plus aimable que votre sœur ! »

Devant mon sourcil haussé, le visage de ce Hémon se brouille d'embarras, il ne sait plus trop où se mettre, le pauvre.

« Je veux dire… j'ai croisé votre sœur un soir et disons que notre rencontre n'a pas été des plus heureuses. »

Il remonte ses lunettes sur son nez d'un geste maladroit. Il n'y a pas de malveillance dans ses paroles, son sourire est plutôt sincère (et pas désagréable à regarder), alors une seule question s'impose : qu'a bien pu faire Anaïs ?

Ce ne sont pas mes oignons, aussi je décide de changer de sujet. Hémon tient un cabas rempli de petits paquets qui m'intriguent. Je veux profiter de le divertir pour mieux pouvoir l'étudier.

« Vous rendez visite à… Mme Conti, c'est ça ?

— Oui, Tiziana est une vieille amie de la famille, acquiesce-t-il en baissant les yeux sur son panier. Je lui apporte quelques courses. Et vous, vous êtes venue voir Anaïs, j'imagine. Elle est arrivée récemment, je crois ? »

Un joli garçon, serviable et observateur. Intéressant.

« C'est ça. Je viens vérifier que tout va bien, depuis son installation. »

Hémon a une drôle de moue qui fait ressortir ses pommettes rougies par le vent. On a l'air un peu bêtes, immobilisés devant la porte en bois rouge, aucun de nous deux n'osant faire le geste qui brisera le lien très ténu qui nous retient. Anaïs me détesterait probablement pour ce que je m'apprête à faire, mais je ne peux pas résister. Je me lance :

« Dites, vous ne voudriez pas monter boire un thé, ou quelque chose ? »

Il a, bien évidemment, l'air très surpris. Il plisse les yeux, jaugeant mes intentions.

« Je sais, c'est bizarre comme proposition... mais écoutez, vous connaissez ma sœur et visiblement, elle vous a froissé, laissez-moi m'excuser en son nom et vous empêcher de geler sur place. »

Son rire est cette fois ingénu et chaud comme un feu de cheminée.

« Bon, je ne sais pas pour ce qui est d'excuser votre sœur, mais je vous suis. Tiziana peut bien attendre quelques minutes. »

Guillerette, je passe devant lui et le mène jusqu'à l'appartement, où il s'installe à la table de cuisine en réchauffant ses mains l'une contre l'autre après avoir retiré son manteau en laine et l'avoir suspendu à une patère, parfaitement à l'aise. Je prépare une théière du seul thé que je trouve dans la cuisine, un thé noir tout ce qu'il y a de plus banal.

Nos deux tasses fumantes posées devant nous, la question qui me brûle les lèvres depuis dix minutes m'échappe :

« C'est original, comme prénom, Hémon, non? »

Le concerné trempe ses lèvres dans le breuvage qu'il estime encore trop chaud.

« *Antigone* est la pièce de théâtre préférée de ma mère, m'explique-t-il en reposant sa tasse. Elle a dû oublier que ce personnage-là rencontre un sort funeste, ou alors ça ne l'inquiète pas trop...

— C'est un homme passionné. Votre mère vous destinait sûrement à de grandes choses, je réponds en souriant.

— Elle doit être un peu déçue, dans ce cas.

— Ah bon? Pourquoi ça?

— Je suis prof de français, à Limoges... Je ne sais pas si je remplis ma destinée, vous voyez », dit-il d'un ton pince-sans-rire.

C'est maintenant que ça me frappe : il est tout ce qu'Axel n'est pas et n'a jamais été. Grand, intéressant, myope, drôle... Et alors que Hémon me pose à son tour quelques questions auxquelles je réponds sur le même ton léger, je décèle en lui une poésie cachée. Je ne sais pas encore bien de quoi elle retourne, cette vulnérabilité, cette fleur de peau qui me plaît. Dans la manière dont il bouge les mains quand il parle, ou peut-être dans sa façon de rougir discrètement quand il rit un peu trop fort, ou de se parler à lui-même sans s'en rendre compte quand il renverse du thé sur la table.

Je maudis ma sœur d'être partie du mauvais pied avec lui, il serait à tout le moins un excellent ami sur lequel elle pourrait compter. Quand je vois ce frigo presque vide, les placards poussiéreux et la valise toujours intacte, je ne comprends pas pourquoi elle ne s'installe pas. À sa place, je m'accrocherais à ces lieux, à ces gens qui les peuplent, pour me sentir chez moi, reconstruire quelque chose, n'importe quoi. Mais elle n'est pas moi, et nos réflexes ont toujours été antagonistes. Tandis que je courais au-devant de mes rêves de musicienne, Anaïs semblait sourde aux siens. Alors que je refusais de vivre avec un partenaire qui m'aurait empêchée de déployer mes ailes, elle se cachait sous celles d'un homme dont l'ombre planerait toujours au-dessus d'elle.

Je saisis enfin qu'Anaïs a fait de Limoges un énième lieu de transit, une étape dans sa fuite à elle. Sa fuite de quoi, vers où, vers quoi, je ne sais pas.

La porte s'ouvre.

« C'est moi ! »

C'est Anaïs, et vu sa tête quand elle nous découvre, son nouveau presque ennemi et moi autour d'une bonne tasse d'eau chaude, il semblerait qu'on a tous les deux l'air étrangement coupable.

« Je vous dérange ? »

Sa voix laisse entendre l'étendue de son mécontentement. Hémon se lève avec précipitation, mais non sans avoir fini son thé, il me remercie d'un regard vert et limpide. Il se tourne vers Anaïs, s'incline devant elle dans un geste un peu vieux jeu et lui dit d'un ton à peine ironique :

« Ravi de te revoir. »

Il enfile son manteau et, avec un dernier geste dans notre direction, se retire.

Anaïs se plante devant moi, les mains sur les hanches, une expression furieuse peinturlurée sur le visage comme un mauvais maquillage.

« Qu'est-ce qu'il faisait chez moi ?

— Je l'ai invité à boire un thé. C'est un crime ? »

J'essaye de lui faire comprendre par l'inflexion de mes mots que tout va bien, qu'il n'y a pas vraiment matière à tempêter.

« C'est chez moi, tu n'as pas à faire ça. »

Bon. Raté. Deuxième stratégie : l'évitement.

« Il m'a dit que vous vous étiez déjà rencontrés ? » demandé-je, sournoise.

Anaïs soupire. L'atmosphère se détend, je comprends sans difficulté qu'elle sait déjà qu'elle est en tort.

« Tu parles… j'ai renversé une cafetière sur sa chemise et je me suis même pas excusée… », se lamente-t-elle en échouant sur la chaise auparavant occupée par Hémon.

Je ricane malgré moi de l'inadéquation de ma sœur.

« Mais rigole pas ! s'exclame-t-elle, outrée. J'étais comme une conne, paralysée, une vraie godiche !

— Comment ça ?

— J'ai mis des plombes à réagir, je bafouillais comme une gamine, c'était ridicule…

— Ben enfin, qu'est-ce qui t'a pris ?

— Je sais pas, Camille, je sais pas ! »

Elle tient sa tête entre ses mains et je ne peux pas m'empêcher de tendre le bras vers elle en signe de compassion.

« T'as court-circuité parce qu'il est super mignon, c'est tout. »

Anaïs renifle de rire.

« T'es con…, lâche-t-elle.

— Non, mais c'est vrai. Tu l'as vu ou t'avais du café dans les yeux, aussi ?

— J'ai vu ! Rien à voir. J'ai pété un câble, c'est tout, m'explique-t-elle d'une voix pitoyable.

— Il est sympa, tu sais, dis-je, sans une once de culpabilité à l'idée de pousser le bouchon trop loin.

— Ah ça, j'ai bien vu que vous étiez comme cul et chemise. »

Anaïs et moi n'avons pas beaucoup de traits physiques en commun, mais nous partageons un sourcil peu fourni qui, haussé avec parcimonie, produit toujours un effet remarquable. Elle me lance un regard noir agrémenté de ce circonflexe brun que je connais bien et qui ponctue son dédain.

« Pour de vrai. Tu devrais lui laisser une seconde chance.

— C'est plutôt à lui de me laisser une seconde chance, vu la situation... Moi, j'ai rien contre lui, si ce n'est qu'il doit me prendre pour une débile. »

Je lève les yeux au ciel.

« Excuse-toi, banane, allez boire un verre, c'est quand même pas compliqué ! »

Anaïs clôt la conversation en me tournant le dos, le dîner est un parfait prétexte pour ça. J'aimerais dire que je regrette, mais ce n'est pas vrai. C'est quand je l'agace le plus qu'elle m'écoute le mieux, ma sœur. Je ne doute pas qu'elle prend ce qu'il y a à prendre et qu'elle jette l'emballage, l'important c'est le message.

« Bon alors, on mange quoi ? »

Je tape des deux mains sur la table pour lui montrer ma bonne volonté. On passe à autre chose, on va manger une platrée de pâtes à la crème, voilà ce qu'on va faire. Anaïs me sourit, me met un coup d'épaule assez fort pour me marquer d'un bleu, mais ça m'arrache un sourire plutôt qu'une grimace.

« Ninon ne te manque pas trop ? » demande-t-elle soudain, au milieu d'une flaque de silence entrecoupé des cliquètements des couverts dans nos assiettes.

J'avale ma bouchée de travers, je tousse, les larmes me montent aux yeux tandis que je cherche l'air à grandes goulées. Anaïs me regarde, interloquée. Je bois un verre d'eau, ma trachée se dégage, je bois encore, pose ma fourchette et tousse à nouveau. Ninon me manque affreusement. Et pas du tout à la fois. Je n'ose pas regarder ma sœur dans les yeux, courir le risque de m'effondrer, tout est branlant à l'intérieur, je le sais.

« Ça va ? »

Les vannes s'ouvrent, c'est fichu.

« Non, pas trop… Je suis fatiguée, tellement fatiguée, tu n'imagines pas… »

Anaïs m'observe, immobile. Je ne m'attends pas à ce qu'elle accoure pour me prendre dans ses bras, même si c'est exactement ce dont j'ai besoin. Elle n'a jamais su faire ça.

« Ça se passe pas bien, à la maison ? », dit-elle dans un souffle de voix inquiet.

Je ris à mi-voix, il faut toujours que je rassure ma petite sœur, même en pleine détresse.

« Avec Marc tu veux dire ? Au contraire, il est adorable, ça me tue… Je suis une mère affreuse, une épouse absente, une mauvaise violoniste, j'en peux plus. »

Ça y est. Les mots sont sortis. Je ne les avais jamais prononcés, je ne peux plus les ravaler.

Anaïs me regarde sans rien dire. Si elle pensait encore que je l'ai rejointe pour la couver, elle s'est bien rendu compte maintenant que ce n'est pas tout à fait vrai. Je ne me suis jamais sentie aussi vulnérable qu'aujourd'hui, hier et tous les jours d'avant et ceux qui viendront après, je n'ai plus rien à voir avec la grande sœur qui a un jour pris une toute petite Anaïs par les épaules pour lui jurer qu'elle ne laisserait jamais rien lui arriver.

C'est juste qu'en ce moment je n'y parviens pas. À être partout, sur tous les fronts, invincible et fédératrice.

Anaïs sort d'un placard un gros plaid qui bouloche et deux oreillers, elle s'assoit en tailleur sur le canapé où je la rejoins. Elle déploie la couverture sur nos genoux qui se touchent, cale les oreillers derrière nos nuques et puis quand on est toutes les deux parfaitement installées et que la chaleur se répand doucement sous la couche épaisse de tissu, elle pose sa tête sur mon épaule.

« Allez, raconte. »

Il faut croire que je n'attendais que ça, un feu vert : tout se déverse d'un seul coup. Les larmes, les phrases qui s'emmêlent et ne veulent rien dire, les émotions trop longtemps tues et tenues à distance. Je raconte. Je redécouvre, aussi, en entendant ma voix trembler, tout ce que j'ai cru pouvoir gérer. Je me sens m'effondrer.

Comme c'est dur d'être mère, on ne m'avait pas prévenue, on m'avait dit « Tu verras c'est magnifique, c'est beau c'est puissant ça te submerge », et une partie de tout ça est vrai, bien sûr. Mais on aurait pu me dire, quand même, que parfois c'est puissant et ça submerge sans être vraiment magnifique. Comment on fait, quand on ne tient plus ? Je suis mère maintenant, et mon bébé compte sur moi. Mais elle est dure aussi, la vie à trois, la vie avec elle, qui pleure et qui hurle, qui ne dort pas, qui ne veut pas de moi, de mes bras, du seul amour frêle et imparfait que j'ai à lui proposer.

Il y a ce poids constant sur mes épaules, les petits yeux toute la journée, les tremblements agités, la voix trop forte, la méchanceté, quand tout ne va pas exactement comme je le voudrais.

Tout est tellement compliqué déjà quand ça file droit, alors s'il faut en plus prendre des virages serrés, je ne peux pas, moi. Je ne peux pas.

Je me trouve dans une impasse, dans une crevasse, où rien ne me convient. Pas les jugements hâtifs des mille autres qui m'assurent qu'à ma place ils feraient mieux que moi. Dans la file d'attente avec un bébé braillard dans les bras, chez le pédiatre qui regarde la courbe de poids, dans mon dos, à mon nez et à ma barbe. Pas non plus l'indulgence suprême de mon mari, qui supporte mes aboiements, mes pleurs et mes tourments sans jamais sourciller, parce qu'il comprend. Je voudrais qu'on me secoue, mais pas trop fort. Je voudrais qu'on me cajole, et qu'on m'engueule, et qu'on me laisse pleurer sur une épaule, et qu'on me dise « Tu as raison, c'est dur la vie », et qu'on me soustraie à toutes mes obligations, que je redevienne une enfant, et je voudrais dormir plus de quatre heures d'affilée.

Ce voyage imprévu tient de cette dernière envie, de ce besoin viscéral, de n'avoir à m'occuper de rien. Et pourtant même là, je suis déchirée. Même là, je suis triste et en colère et fatiguée et coupable et même là, je voudrais encore fuir, encore un peu plus loin, là où peut-être on ne me retrouvera pas. Il m'arrive, depuis que j'ai sauté dans le train, de sentir quelque part entre mon sein et mon cœur un tiraillement, comme un hameçon planté là, qui me rappelle que quelqu'un a besoin de moi. Contrairement à Anaïs, je ne peux plus jamais fuir vraiment.

Mes mots tarissent, je regarde ma sœur avec des yeux pochés d'avoir trop pleuré. Elle ne dit rien. Ce n'est pas tout à fait ce dont j'ai besoin, toujours pas, mais c'est mieux que ce que je craignais. Son silence est chaud, douillet, ce n'est pas un silence mortifié comme quand on a dit quelque chose d'épouvantable, qui nous rend terriblement décevant. C'est un silence confortable, qui dit « Moi aussi, parfois je suis nulle et j'ai envie de disparaître ». Je peux me satisfaire de ça. Alors je soupire d'un drôle de contentement et je pose un baiser sur le sommet du crâne de ma toute petite sœur.

Son malheur résonne différemment du mien, dans l'immensité du salon un peu froid, sous la voûte étoilée. Je ne sais pas quoi faire de ces deux tristesses qui, superposées, vont dans des directions opposées.

L'invitation

Camille rayonne, Camille s'immisce. J'avais oublié qui était ma sœur avant qu'elle devienne la mère de Ninon, et je vois sous mes yeux, dans ce moment où les mains vides et les bras ballants elle n'est personne d'autre que Camille, combien sûrement elle s'est manqué à elle-même. Depuis qu'elle a dit ce qu'elle avait sur le cœur, elle se tient plus droite, elle regarde de nouveau loin devant elle. Elle sait bien, au fond, qu'elle traverse une mauvaise passe, et qu'elle va s'en sortir. Camille s'en sort toujours. En trois jours, tout mon Limoges la connaît : depuis le maraîcher jusqu'à la bibliothécaire, personne ne peut passer à côté de la blondeur solaire, du sourire qui allume toutes les lumières. En retrait, les bras croisés, je regarde. J'observe. Ce que c'est, d'être à l'aise avec les gens. Elle cache si bien ses peines, personne ne peut deviner qu'elle vacille. Alors que chacune de mes humeurs défile sur mon visage comme un paysage par la fenêtre d'un train.

Celle qui aime le plus ma sœur, c'est Mme Conti. Ça me serre le cœur à un endroit que je pensais avoir laissé derrière en grandissant, comme la mue d'une peau trop sèche et trop serrée. Ça me fendille quand, en rentrant du marché, on est toutes les trois dans la cuisine et que je pourrais presque être la domestique qui cuisine en silence, tant Camille et Tiziana s'entendent comme larrons en foire, comme si j'étais transparente. Ça me laisse amère, et amère d'être amère. Qu'est-ce que c'est puéril... Je devrais me réjouir que ma sœur, la femme la plus douce que je connaisse, échange des confidences avec l'Italienne la plus surprenante de la Terre, sous mon regard que j'aimerais bienveillant et amoureux, de partage et de complicité, mais que je sens brûlant d'envie. Que n'arrivé-je donc jamais à être comme Camille, celle qui, magnétique, attire à elle tout ce qui brille ?

Alors que nous rangeons les plats sales dans le lave-vaisselle, Mme Conti pépie, innocemment :

« J'aimerais beaucoup qu'on passe une soirée tous ensemble avec le petit Hémon avant que vous ne repartiez, Camille. »

La fourchette crisse contre l'assiette que je débarrasse de ses reliefs du repas partagé, penchée au-dessus de la poubelle sous l'évier. Je grimace. Camille laisse tomber un couteau, pointe vers le haut, dans le panier en plastique ajouré.

« Oh, mais oui, quelle bonne idée ! », s'exclame-t-elle, candide.

Je me fige, le dos courbé.

« Vous êtes si gentils avec moi, alors que je suis sûre que des jeunes gens fringants comme vous ont bien mieux à faire que de traîner avec une vieille oie comme moi..., dit l'Italienne, de la malice dans la voix. Donc j'ai envie d'en profiter, bien sûr ! »

Camille rit de son petit rire ravi, cristal et goutte de pluie. Elle lance :

« Bien sûr, avec plaisir ! N'est-ce pas, Anaïs ? »

Je mets tout le temps du monde à me redresser, les doigts maculés de sauce qui a coulé. Elle se tient campée, les mains sur les hanches, comme une aventurière face à son nouveau territoire, celui d'une amitié nouvellement apprivoisée. Cette avenue est un pont, il portera son nom, sera gravé de cette date. Le jour où Camille Nollet a conquis les faveurs de la vieille dame italienne. Je secoue la tête, peut-être trop imperceptiblement – ou peut-être que le regard de Camille, toujours happé par la lumière, s'est déjà détourné de moi.

« Je ne reste que quelques jours encore, alors ce serait bien demain soir, je pense ? »

Elle a pris le ton de la femme qui organise les répétitions : elle ne veut pas imposer, mais ce serait quand même bien si son planning convenait à tout le monde. Elle me regarde à nouveau et constate que j'hésite, que je cherche mes mots.

« Anaïs, bien sûr, on s'occupera du repas, hein. Que tu puisses profiter de la soirée toi aussi.

— Excellent ! renchérit Tiziana en claquant des mains. Vous verrez que Hémon n'est pas mauvais cuisinier lui-même. Quant à moi, je me charge de la… playlist ? C'est comme ça qu'on dit maintenant, non ? »

Nouveau rire. Je ferme les yeux très fort, une tache jaune et noire s'épanouit sous mes paupières, là où j'ai trop serré. Je dévoile mes dents dans une tentative de sourire poli qui doit, j'en suis certaine, ressembler à une grimace enragée. Camille ne dit rien, n'insiste pas, ses mouvements se font plus précis – elle est sur le qui-vive, elle a bien senti le changement de densité dans l'air qui m'entoure. On quitte la maison de ma logeuse et on remonte chez moi dans un silence orageux.

À peine la porte refermée, mes mains encore aux prises avec les pans de mon écharpe, Camille attaque :

« Qu'est-ce qui ne va pas ?

— Mmh, je ne suis pas sûre que tu veuilles vraiment aller sur ce terrain-là, réponds-je sans la regarder, déroulant la laine et libérant mes cheveux.

— Qu'est-ce que tu racontes ? »

J'accroche mon écharpe, suspends ma veste dont la poche droite est trouée et qui est aussi trop légère pour la saison, mâchant mes mots contre la muqueuse moite de ma joue. Camille est immobile, elle me toise. Je comprends soudain ce que je n'avais pas encore voulu comprendre : que Camille n'est pas là pour moi. C'est elle, qu'elle est venue chercher à des centaines de kilomètres de sa maison, pas moi. Je ravale ma fierté et elle a un goût de bile.

« Écoute, Camille, dis-je en prenant des pincettes, c'est super que tu t'entendes bien avec tout le monde et tout, mais moi je ne veux pas de cette petite soirée, là.

— Ben pourquoi ? »

Elle lâche « pourquoi » avec un haussement de sourcil, elle est ébahie. Quelle audace j'ai ! Pour qui je me prends, exactement ?

« J'ai pas envie, c'est tout. »

Je sens mon corps se renfermer sur lui-même, mes bras se croiser à nouveau, mes épaules se plier, dans mes mots il y a la voix traînante de l'adolescente que je n'ai peut-être jamais vraiment cessé d'être. Camille attend.

« Je pensais que tu venais me voir, moi.

— Bien sûr que je suis venue te voir toi, qui d'autre je viendrais voir à Limoges ? dit-elle dans un petit ricanement incrédule. C'est ça ? Tu es jalouse que je ne passe pas tout mon temps uniquement avec toi ?

— Disons que si tu avais besoin d'un break pour te ressourcer, te retrouver ou je ne sais quoi, tu pouvais tout aussi bien louer un Airbnb sur la Côte d'Azur. Ah non, pardon, tu aurais eu du mal à t'incruster partout, si j'étais pas là pour te présenter tout le monde. »

Ah, bon, pour les pincettes on oublie, du coup. Je la vois qui flanche. Elle ne s'y attendait pas – c'est vrai que c'est un peu traître, pas très sympa. Pas tout à fait ce que je voulais dire, non plus. Je me mords la lèvre, déjà pleine de remords.

« Wow. OK. C'est… c'est dit, au moins. »

Toujours immobile à part la mèche de cheveux échappée de sa longue tresse qu'elle triture d'une main fébrile, Camille pose sur moi de grands yeux bleus et blessés. Je secoue la tête.

« Je suis désolée, pardon, je voulais pas dire ça.

— Si, répond-elle, avec un sourire triste. Si, je pense que tu voulais dire ça. Et pourquoi tu veux pas de ce dîner, alors ? C'est quoi le problème ?

— Je veux pas passer ce genre de moments où je vais être transparente et ridicule, soupiré-je. Hier je te raconte que je me sens bête et que je veux éviter de recroiser Hémon, aujourd'hui tu te dis que c'est une super idée de passer la soirée avec lui ? Ben non, désolée, j'ai toujours pas envie de le revoir. Je vis pas à ton rythme.

— Mais tu es si… si seule, ici ! Comment peux-tu supporter d'être aussi seule ? »

Camille plaque une main sur sa bouche grande ouverte. Ça aussi, c'est dit. Je la dévisage, choquée.

« Tu débarques ou quoi ? J'ai toujours été comme ça.

— Non mais tu m'étonnes que t'ailles pas bien… C'est pas sain de rester dans ton coin comme ça. J'ai saisi l'opportunité en me disant que ça te remonterait le moral. »

Un sentiment aigre me monte dans la gorge, je secoue violemment la tête, outrée.

« Oh là non, tu n'as pas le droit de faire ça. Tu ne sais pas ce qui est bon pour moi, ce qui me remonterait le moral. Ne fais pas comme si tout ça était pour moi. Assume, Camille, merde ! Assume que tu veux juste passer une soirée à boire et à manger comme si tu n'étais pas une mère avec une gosse et un boulot trop chronophage ! »

La langue de Camille claque très fort contre ses dents de devant, un tsssk sauvage et rancunier. Elle me tourne le dos et sa voix me parvient comme de loin, de l'autre côté d'un canyon.

« Eh bien oui, voilà, tu as raison : je ne fais pas ça pour toi. Tu peux pas me reprocher de t'étouffer avec mon inquiétude, et un mois plus tard me prendre la tête parce que je ne pense pas qu'à ta petite personne. Il faut choisir. Tu veux quoi ? Si c'est ta mère que tu veux, tu as son numéro. »

Elle pleure. Ses larmes coulent sur sa peau et creusent un sillon dans son fond de teint, si savamment appliqué qu'il est d'ordinaire indétectable.

« J'ai déjà assez de mal à être la mère d'une seule personne, tu permets, murmure-t-elle toujours sans me faire face en fourrageant dans son sac comme une furie. Désolée d'avoir besoin de souffler, hein. »

Elle sort son téléphone et compose un numéro qui sonne faiblement le temps qu'elle remette son manteau et qu'elle ressorte de l'appartement.

« Marc ? », l'entends-je souffler alors que la porte claque.

Pendant que le mari de ma sœur la console et la réconforte, je regarde le ciel gris s'étaler au-dessus de moi, chape immense au cœur froid. Je suis vide de ne rien savoir à propos de moi.

Un soir

Le lendemain, je peux compter sur les doigts d'une seule main nos échanges, toujours brefs et glaciaux. Elle m'autorise enfin à l'éviter, alors je la fuis. À l'instant où elle commence à hésiter sur la tenue qu'elle devrait porter, je claque la porte, je me réfugie au-dehors après avoir saisi l'excuse du sac-poubelle plein. Il pleut et je n'ai pas à faire semblant que tout me va pour ne pas bousculer le château de cartes pétri de déni qui me sert de sœur.

Une fois la poubelle jetée au fond de la benne, je n'ai pas envie de rentrer, même les cordes qui me tombent sur le coin du nez ne me décident pas. À l'abri de l'auvent de l'épicerie au coin de la rue, j'allume la dernière cigarette de mon paquet et sans même pester, me décide à marcher jusqu'au prochain tabac pour en racheter. Il est tard, l'automne mourant emporte le jour avec lui et il fait de plus en plus froid. Mon gros sweat élimé n'est pas fait pour encaisser ce que je lui fais subir, je n'évite pas les flaques et mes vieilles baskets laissent passer l'eau sale des trottoirs qui vient petit à petit tremper mes chaussettes. Une énorme goutte s'écrase avec force sur ma clope à moitié fumée, mettant en péril sa combustion, mais pas mon humeur.

Égale. Étrangement égale. La douleur sourde qui étreint mes reins et menace de se lancer sous mon crâne n'y change rien non plus. Stoïque, de marbre, je déambule dans les rues à la recherche d'un buraliste encore ouvert. Porte close après volet fermé, je ne me démonte pas, ne me décourage pas, je suis déterminée. À ne pas rentrer. Je marche depuis plus d'une demi-heure quand je vois enfin la lumière, la carotte rouge allumée accrochée à la façade floue derrière le rideau de pluie. La femme fatiguée aux yeux délavés derrière le comptoir me fixe telle une apparition. Je suis trempée comme une soupe, et je n'en ai cure. Elle me propose un café pour me réchauffer, avec un sourire fantomatique je lui assure que ça va, que je n'habite pas loin et que je repars tout de suite. Elle n'a pas l'air de me croire, et je souris de plus belle. J'aime les inconnus sceptiques, ceux qui affichent clairement leur méfiance, loin des masques lissés et policés, faussement polis. Quand elle prend ma menue monnaie et compte les pièces de vingt centimes, j'essaye de déterminer ce qu'elle peut bien penser. *Une vagabonde, une SDF… avec ses pompes défoncées, ses cheveux trempés, elle va attraper la mort… mais bon, hein, les jeunes, ils font ce qu'ils peuvent, et moi aussi d'ailleurs. Vingt dieux, je suis bien contente que les gosses soient chez leur père, je vais pouvoir me coucher tôt ce soir.*

Elle relève enfin le regard vers moi et me tend mon paquet, que j'empoche avec un geste de la tête en guise de remerciement. Je disparais à nouveau sous l'averse démentielle, ravie de cette rencontre inutile, dénuée de sens et de gravité. L'esprit encore plus vide, je reprends la route en sens inverse, certaine que Camille sera partie ou sur le point de partir quand j'arriverai à l'appartement.

18:42 Je m'inquiète pour toi,
ça fait un moment que
tu ne m'as pas répondu
Dis-moi que ça va stp.

Moi qui me fichais jusqu'alors d'avoir l'air d'une serpillière usée, c'est que je n'étais pas préparée à tomber sur Hémon à quelques encablures de chez moi. Très distingué, il me salue du trottoir d'en face, et ma belle humeur – mon absence d'humeur – s'évanouit presque instantanément. Je panique devant son élégance, son sourire, et le voilà qui traverse la rue et m'abrite sous son parapluie. Je ne demande pas ce qu'il fait là, si près de moi. Je sais. Ce foutu dîner.

« Tu ne te joins pas à nous ce soir ? demande-t-il, sans trace de reproche dans sa voix grave.

— Je ne me sens pas très bien. »

La mienne, de voix, tremble un peu, mais il ne me lance ni regard narquois ni remarque cinglante, comme si c'était normal de se balader sous la pluie sans imperméable et de se prétendre malade ensuite. Nerveuse, j'allume une nouvelle cigarette. Entre deux bouffées, je lui jette des coups d'œil furtifs, cherchant à capturer quelque chose, à comprendre un mystère qui se dérobe à moi. Je vois d'infimes rides se dessiner, là où il sourit, où il se fâche aussi, une ombre bleue de barbe récemment rasée, une chemise repassée et boutonnée presque jusqu'en haut. Je vois les verres de ses lunettes constellés de pluie s'embuer par intermittence, quand son souffle s'emprisonne dans son écharpe et remonte en volutes transparentes.

Il me voit, lui aussi. Une curiosité discrète accroche ses iris aux miens. Sa main agile retient mon coude quand je manque de me prendre un poteau ou de bousculer un passant, quand je refuse d'être attentive. Et toujours il me revient, silencieux, pensif. Je n'arrive pas à me livrer au même jeu qu'avec la femme aux yeux délavés, je n'arrive pas à imaginer ce qu'il est en train de penser. Elle, je m'en fiche, mais lui pas tant que ça.

Hémon ouvre le portail du porche et referme son parapluie, prêt à sonner chez Mme Conti. Il observe ma danse hésitante, un pied puis l'autre, incapable de décider si je vais saluer ma voisine ou si je rentre tout de suite me terrer dans mon trou. Avec une douceur surprenante pour un corps si grand, il pose une main sur mon épaule et resserre son emprise, juste assez pour me soutenir. J'évite ses yeux trop doux.

« Bonne soirée, Anaïs. À bientôt ? »

Je hausse les épaules, pas très sûre de moi. Mais sans trop savoir pourquoi, ma bonne éducation qui revient ou l'instinct qui se réveille, je tends ma joue pour lui faire la bise, un au revoir si terre à terre pour une scène si banale.

Sa barbe bleue frotte contre ma peau et je retiens ma respiration, j'ai peur de sentir son odeur. Ses bises sont de vrais baisers, pas des simulacres qui ne font rien qu'embrasser l'air glacé. Je me sens vaguement réchauffée, l'âme moins lourde alors que je monte l'escalier.

À l'intérieur, Camille est belle. Elle sent la fleur d'oranger et les épices, un parfum suave qui prend son temps avant de se laisser disparaître. Quand j'entre, elle est en train d'apporter une dernière touche, invisible à mes yeux, à un maquillage discret qui a pourtant effacé ses quelques cernes, ses doutes aussi. Elle m'ignore royalement, toute à son affaire. Je me glisse derrière elle, gobe deux antidouleurs et sors une brique de soupe du frigo. J'ai encore le cœur anesthésié, je ne ressens plus ni déplaisir ni joie à l'idée de voir ma sœur m'abandonner pour aller festoyer avec ceux qui sont le plus proches d'être mes amis d'ici. Sans moi. D'ici quelques heures, dans le froid qui commencera à mordre à l'intérieur des murs, je ressentirai les pulsations de la solitude en moi, là où ça fera peut-être le plus mal. Pour l'instant, le souvenir nébuleux de joues rêches dont je n'ai pas voulu sentir l'odeur est tout ce à quoi je m'accroche.

Camille fignole, Camille s'agite. Finalement Camille repose son mascara et se tourne vers moi, penaude. Elle commence par dire, tout bas :

« Est-ce que ça va aller, toute seule ici ? Si tu veux, dis-moi, je n'y vais pas, ce n'est pas grave… »

Je l'arrête net dans ses jérémiades.

« Ne dis pas des choses que tu ne penses pas. »

J'aurais pu dire *Je suis toute seule tous les autres soirs du monde, Camille, qu'est-ce que tu crois que ça change*, j'aurais pu dire *Qu'est-ce que tu penses accomplir comme ça, qui penses-tu devenir ce soir,* j'aurais pu prononcer des paroles méchantes, des paroles qui lacèrent et empêchent de revenir en arrière. Au regard blessé de ma grande sœur adorée, je constate que la vérité suffit. La tête basse, elle passe son sac sur son épaule et la porte en même temps, sans plus oser me regarder.

J'avale ma soupe industrielle sans même y rajouter de croûtons. Que mangeront-ils, en bas, sans moi aux fourneaux ? Je suis curieuse, mais je ne demanderai pas.

Sans moi.

Je découpe le silence en tronçons que je jette dans la baignoire, où des torrents d'une eau brûlante se déversent et où les bulles de mousse forment des montagnes étincelantes. De quoi parlent-ils, là-bas, que disent leurs mots que je n'entends pas ?

Sans moi.

Ma tête sous l'eau, les bulles qui s'échappent de mes narines et l'air qui vient à manquer, les mains bien à plat sur ce ventre détraqué, je ne perçois plus rien que les battements de mon cœur. Rient-ils ?

Sans moi.

Quand je remonte à la surface, le souffle court et les poumons cramés, mes doigts glissent contre les parois d'émail et je crois me noyer, c'est peut-être pour maintenant, qu'il n'y a plus d'échappatoire. Le sentiraient-ils ?

Sans moi.

Je retombe sous l'eau et me débats, le nez encombré d'eau savonneuse, j'ai la gorge qui pique, je crache, je tousse et je pleure tout à la fois. *Que font-ils ?*

Sans moi
Que font-ils
Qu'ils puissent faire
Sans moi

Le maillon manquant d'une chaîne insensée, ma sœur qui n'a jamais eu besoin de moi, qui caracole ce soir, larron en foire, avec qui ? Ma presque patronne et son presque neveu, qui sont-ils, pour moi, ceux-là ? Et pourtant, *sans moi* plantée au milieu, ce triangle n'existerait pas.

Dans la salle de bains obscure, au fond de la baignoire dont un bon tiers du contenu s'est déversé sur le plancher dans ma lutte pour ne pas sombrer, mon rire bas se réverbère contre toutes les surfaces. Un rire âcre mais pas dénué d'humour, un rire qui se moque de tout ça. J'aurais pu descendre, faire l'effort. Je ne serais pas morte, pas comme ça en tout cas. Camille aurait pu ne pas avoir l'audace de penser que je sauterais de joie, elle aurait pu penser à moi, mais après tout, qu'est-ce que ça change ?

Je sors du bain désormais tiède et m'enveloppe dans la plus grande serviette disponible. Bouillotte en main, sans appuyer sur aucun interrupteur et éclairée uniquement à la lumière des étoiles d'un ciel curieusement dégagé, j'entreprends de me blottir dans mon lit, tandis que le médicament atténue tous les angles.

Quelques heures plus tard une crampe aiguë me réveille et la bouillotte a tiédi. Je me lève péniblement et n'entends pas un bruit à l'intérieur du petit appartement, sans parvenir à déterminer l'heure qu'il est, si ma sœur est rentrée.

Enroulée dans ma douleur et dans mon pyjama rayé, j'ouvre la fenêtre en frissonnant et, les yeux tournés vers la nuit infinie, je me demande ce que ça peut bien faire, de n'être pas moi, d'être ailleurs plutôt que dans ce corps endolori. Une cigarette allumée et oubliée entre deux doigts bleus, l'oreille tendue vers la cour en contrebas, j'entends leurs rires s'échapper à la volée, leurs sons aériens portés par le vent froid d'un début de décembre. Je décèle la voix cristalline de ma sœur, bien éméchée, la rocaille un peu brute des éclats de Mme Conti, et en creux, puisque ça ne peut qu'être lui, le rire grave et retenu de Hémon. Je les imagine, dans la cuisine où les verres qu'ils rangent s'entrechoquent doucement, et je me prends à regretter d'avoir pris la tangente, de n'être pas entrée pour la saluer, de n'être pas restée. D'avoir refusé de prendre ma place parmi les vivants.

L'au revoir

(Limoges, acte II, scène 3)

Camille fait ses yeux de chien battu qu'elle a toujours quand elle se sent coupable. Je n'aime pas particulièrement cette tête, je n'aime pas ce qu'elle dit de moi, de ce pouvoir que j'ai parfois sur les autres. Elle traîne sa valise derrière elle, ses talons claquent sur le sol toujours un peu sale d'une gare que je ne peux plus voir en peinture. Elle s'en veut parce qu'elle s'en va deux jours avant la date prévue, sans trop de signes avant-coureurs. Elle retourne chez elle, où elle est attendue. Elle s'en veut : elle venait se reconnecter avec moi, m'écouter, faire en sorte qu'on se parle, et ça n'arrivera pas. Parce que je me suis fermée, parce qu'elle n'y arrive pas, parce qu'elle n'est pas venue ici pour moi mais pour sauver sa peau à elle.

Quand le vide qui lui faisait si peur s'est rempli du manque des siens, elle ne pouvait pas rester plus longtemps.

Camille a des responsabilités. Un travail, une famille, une vie à vivre que je n'ai pas. Qu'elle soit descendue pour partager un peu de mon désespoir ne me paraît pas correct, pas juste. Ce ne sont pas ses ténèbres, Limoges n'appartient qu'à moi.

Ce qui me peine, moi, c'est sa peine à elle. Elle est si loin du compte. Elle est si loin du compte parce qu'elle est à mille lieues d'imaginer combien j'ai creusé, et qu'elle n'a même pas effleuré ma surface. On ne se connaît plus. Quand j'étais petite, Camille était cette fille fabuleuse et un peu irritante, qui fait toujours tout parfaitement bien, même être grande sœur. Mes copines de classe avaient des fratries insupportables, qui les tourmentaient, les tournaient en ridicule, leur mettaient des bâtons dans les roues. Camille n'était pas comme ça. Ça rendait difficile le travail de détestation que j'avais parfois envie d'entreprendre, quand elle rencontrait tous les succès et que je collectionnais, sinon les échecs, du moins la banalité. Talentueuse artiste, bonne amie, excellente élève, puis séduisante, drôle, pleine de repartie et de culture, Camille me surpassait et je ne pouvais pas lui en vouloir pour de vrai. C'est que tout simplement, nous ne vivions pas dans le même monde, c'était à peine si nos dimensions parallèles se frôlaient parfois. Nous nous croisions, nous regardions, interagissions à travers une fissure. Dans mon monde à moi, rien n'était aussi facile. La lourdeur qui pesait dans chacun de mes gestes, dans chacun de mes pas, Camille n'a jamais connu ça. Alors quand elle est triste parce qu'elle part sans avoir réussi à me réparer, à me guérir, à me soigner, ce qui me rend triste, moi, c'est qu'elle ait cru pouvoir y arriver.

Camille s'arrête devant sa voiture, elle vérifie une nouvelle fois le billet qui lui a coûté un rein, dernière minute oblige. Elle me lance un regard désolé.

« Anaïs, je suis vraiment…

— Laisse tomber, je comprends, lui dis-je parce que c'est vrai.

— Je parlais d'hier.

— Encore ? On peut passer à autre chose, s'il te plaît ? »

Le souvenir douloureux de la veille me brûle l'estomac et je voudrais franchement ne plus avoir à en parler.

« Pour ça, pour tout le reste. Tu as raison, ce que tu fais ne me regarde pas. »

Ou plutôt, tu n'as pas très envie de regarder. Je comprends aussi.

« C'est pas grave. Je crois que… ce n'était pas une très bonne idée, que tu viennes. »

Camille est blessée.

« C'est-à-dire que…, reprends-je en cherchant plus soigneusement mes mots. On ne peut pas additionner nos peines et espérer les annuler. Ça ne marche pas comme ça. »

Ma sœur me regarde en fronçant légèrement les sourcils. Je ne peux m'empêcher de lui trouver un teint plus rose, l'œil moins creusé, les cheveux plus brillants.

« Je suis vraiment, vraiment désolée, Anaïs », murmure-t-elle en se mordant la lèvre.

Sa culpabilité exsude d'elle comme un gaz toxique. C'est cruel, mais j'ai hâte de la voir partir.

« Je crois que tu as raison. Je me sens mieux, moi, j'ai l'impression que venir était exactement ce dont j'avais besoin. Pour me remettre les idées en place, me ressaisir. »

Je réponds platement :

« C'est bien, tant mieux.

— Tu parles. Je vois bien, maintenant, que toi, tu n'avais pas besoin de ça. Que je vienne ici avec des valises pleines. Dans tous les sens du terme, d'ailleurs. »

Je la serre brièvement dans mes bras. D'un geste rapide, je replace une mèche blonde derrière son oreille, lui inflige une tape sur l'épaule et m'écarte, imprimant une distance entre nous qu'elle n'osera plus franchir.

Elle s'éclaircit la gorge une fois, deux fois. Jette un œil en arrière pour surveiller son train.

« Prends soin de toi. S'il te plaît. »

Elle monte dans la voiture, le sifflet du chef de bord retentit, la porte se ferme sur sa haute silhouette élégamment emmitouflée dans son manteau d'hiver. J'enfouis mes mains dans le mien, celui qu'elle m'a rapporté, celui qui sent encore l'odeur de la lessive que j'inspirais profondément dans le creux du cou de l'homme que j'ai aimé (que j'essaye de ne plus aimer), l'odeur laissée par sa chemise propre sur sa peau souple.

Le train part, un autre arrive sur la voie d'en face. Au milieu du quai, loin de la foule qui va et vient, je suis comme seule au monde, dans l'intemporalité qui baigne toutes les gares, les plus majestueuses surtout. Soudain je ne pense plus, un vide infini remplit ma tête et mon corps, et l'intégralité de l'univers se dissout dans la vacuité. J'entends la voix de la SNCF annoncer l'arrivée en gare du TGV numéro six mille trois cent vingt-huit en provenance de quelque part, je prends mon élan, je cours, je saute. C'est comme voler, se jeter dans le vide comme ça, je me sens presque pousser des ailes dans la fraction de seconde où mes pieds ont quitté le sol et où j'attends l'impact. Ma vie ne défile pas devant mes yeux, je n'ai pas de regret. Le temps s'étire, il se fait chewing-gum un peu collant, j'entends des rapaces hurler tout là-haut dans le ciel, j'entends une clameur s'élever dans mon dos, je crois qu'on m'a repérée et je crois qu'il est trop tard. Je suis suspendue dans le temps et l'espace, à peu de chose près c'est juste un fil qui me retient, attaché à la base de mon épine dorsale et qui guide le mouvement fluide de mon corps élancé dans le néant. Cascadeuse, acrobate, funambule, danseuse étoile. Gracieuse comme jamais je ne l'ai été, ça me fait éclater d'un rire cristallin, qui s'envole vers les cieux et retombe à mes propres oreilles en une nuée d'étoiles. Et d'un coup tout s'arrête, le silence le plus profond m'enveloppe suivi de très près par un bruit sourd qui me retourne le ventre, j'écarquille les yeux, mais déjà je ne vois plus rien. C'est fini, enfin.

Un cri d'enfant retentit à quelques pas de moi, je sursaute violemment, un nerf se coince quelque part dans mon dos et la douleur, électrique, me choque et me ramène à cette dimension dans laquelle je n'ai pas eu le courage. Je secoue la tête comme un chien qui s'ébroue, si seulement cette poisse pouvait partir sous le jet puissant de la douche, si seulement un détergent était assez puissant pour que tout devienne plus blanc que blanc. L'enfant sourit de toutes ses dents, son petit bonnet un peu de travers sur sa tête blonde, il serre dans ses bras un homme barbu qui sent vaguement la sueur et le soulagement. Je suis toujours là. Ma propre odeur me saute au nez, une odeur de peur et de lâcheté, aigre et déplaisante. Je retourne sur mes pas sans un regard en arrière, le dos encore un peu plus voûté, les yeux encore un peu plus secs, le cœur moins serré parce qu'il commence à disparaître. Je m'éloigne à nouveau de toute issue de secours, je retourne me terrer là où j'ai le plus mal.

Mise à jour

De nouveau confrontée à moi-même, je n'ai d'autre choix que de pondérer les quelques jours écoulés. Avec une froide lucidité, je fais le point sur ce train qui ne m'a pas fauchée, sur ma sœur qui ne m'a pas sauvée, sur ma présence ici qui ne prend pas plus de sens à mesure que le temps passe.

Je vois plus clairement ce que j'ai jusqu'alors refusé d'appréhender : le monde ne tourne pas autour de moi. Il faudrait que ça m'enfonce puis que ça me libère, parce que pour l'instant, c'est ce qui m'empêche et me confond. Je suis mortifiée de découvrir que ma vexation tient de n'être pas le sujet de toutes les conversations, l'objet de toutes les inquiétudes. Que mon malheur ne fait pas celui de tout le monde, parce que chacun porte déjà son propre fardeau.

J'en voulais à ma sœur de s'être déplacée pour se recentrer, mais c'était aussi ce que j'avais fait. J'ai été chavirée de remords et de regrets d'avoir voulu gâcher à Camille sa soirée puis de l'avoir ratée, et maintenant que je suis seule j'y repense, quelle bêtise. Sous le parapluie ouvert par Hémon comme une main tendue, j'aurais pu changer d'avis et de sweater et puis les retrouver, me baigner dans leur lumière.

Un après-midi au soleil mourant d'une fin d'automne enjouée, je descends les marches de ma tour d'ivoire et, penaude, je demande à Mme Conti le numéro de téléphone de son protégé.

Numérique

jeudi

Je suis vraiment désolée
pour ta chemise 08:22

(c'est Anaïs) 08:22

9:03 Salut Anaïs:)

9:04 C'est oublié, pas de souci.

*

mardi

14:56 Salut Anaïs, est-ce que
tu es avec Tiziana?

14:58 J'essaye de l'appeler et
elle ne répond pas, je
m'inquiète un peu.

Hello, on est à
la bibliothèque
avec Fabienne 15:09

15:11 Mais on n'est pas
mercredi !

Bien vu ! 15:15

Elles préparent un truc
pour les tout-petits, il y a 15:15
des marionnettes
impliquées, je suis pas
sûre de tout suivre.

Tu veux que je lui
passe un message ? 15:15

15:19 Non merci, ne t'embête
pas, je passerai demain.

Ça marche 15:23

*

vendredi

Hey 17:29

Tu as oublié ton écharpe chez T 17:29

17:35 Tu me la mets de côté ?

Non, je te la rendrai jamais 17:38

17:40 Je te l'échange contre
un apéro

Bon, OK 17:54

Mais tu me prends par
les sentiments 18:02

18:03 :)

*

samedi

02:17 Bien rentrée?

02:31 Ça va Anaïs?

02:46 Allô??

03:11 Bon, j'espère que ça va,
bises.

Oh merde désolée 10:42

En rentrant je me suis endormie
comme une masse 10:43

Merci pour la soirée 10:44

10:51 Me voilà rassuré!

*

mardi

22:06 J'ai dit quelque chose
qui t'a blessée tout à
l'heure?

Pourquoi tu dis ça? 22:17

22:22 On plaisantait et d'un
coup tu t'es renfermée,
tu n'as plus parlé de
la soirée.

Ah oui 22:24

Je pensais pas que
tu remarquerais. 22:29

22:31 Comment j'aurais pu
ne pas remarquer?

Les mecs ne remarquent
pas, en général. 22:45

22:45 Ah.

Bref 22:47

22:53 Tu ne vas pas me dire?

Non j'ai pas très envie
d'en parler 22:59

23:01 OK. Mais tu es fâchée
contre moi?

Non 23:05

*

mercredi

J'ai vu un petit chien
qui m'a fait penser à toi 11:26

12:21 Vous ici! Est-ce un
compliment ou...?

Il était très sérieux
et très élégant 12:40

avec un nœud papillon et tout 12:41

12:51 Il est vrai que le nœud
papillon me sied à ravir.

Pas du tout surprise... 13:02

*

lundi

15:03 Est-ce que tu m'évites?

Pourquoi je t'éviterais? 17:20

17:23 Bonne question.
Je ne te vois plus!

Je suis malade 17:31

17:33 Ah mince, désolé.
Quel égoïste je fais!

Ahah. 17:38

18:15 Repose-toi bien.

Merci 18:21

*

mercredi

Hey Axel 07:34

Ça fait longtemps que j'ai pas
eu de tes nouvelles 07:42

10:14 Je suis débordé

Tout va bien pour toi? 10:18

16:23 Top, boulot nickel, je
repars en déplacement
la semaine prochaine

Cool 16:46

19:21 😎🌊✈️

*

jeudi

Hey, j'ai envie de prendre l'air,
de me changer les idées 00:41

Tu me conseilles quoi ? 00:42

07:11 Euh... un ciné ?

Tu viens avec moi ? 09:20

*

< Notes à moi-même

jeudi à 20 :56

Je suis au cinéma avec un garçon. C'est marrant quand même, ça m'était pas arrivé depuis le lycée. Il est parti chercher du popcorn avant le début du film, les pubs bruyantes défilent, et je dois consigner quelque part le sentiment qui me parcourt à l'idée de passer 2h30 dans l'obscurité à côté de Hémon, parce que j'ai le cœur qui bat super vite et les mains moites, ce qui n'était pas prévu.

J'ai pas réfléchi, j'aurais peut-être dû choisir autre chose qu'un drame romantique sur fond de campagne anglaise, est-ce qu'il va y voir un signe? Merde. J'aurais dû choisir le film de super-héros. C'est beaucoup moins ambigu. Mais j'ai vraiment envie de voir une histoire d'amour qui finit mal, au point où j'en suis j'ai besoin de cette catharsis. S'il pense que je lui envoie des signaux, tant pis pour lui, il sera déçu et voilà. Ah, les pubs sont finies. Il revient, la lumière ne va pas tarder à s'éteindre. Il va penser que je suis accro à mon téléphone, vu comme je pianote furieusement.
Qu'il pense ce qu'il veut! Qu'est-ce que ça peut bien me faire?!
Anaïs, ressaisis-toi.

*

vendredi

00:28 Je suis content de t'avoir vue:)

Moi aussi 00:35

00:37 Je suis content de te connaître.

L'anniversaire

L'hiver s'installe pour de vrai. Il neige à Limoges comme il ne neige plus vraiment là où j'ai grandi. Noël approche et je me laisse ramollir par cette atmosphère qu'il m'est impossible de ne pas aimer un peu.

Mme Conti m'a offert un pull de Noël, rouge et blanc, brodé de rennes et de sapins enguirlandés. D'après elle, c'est quand même une honte à mon âge de n'avoir jamais possédé un « chandail pour les fêtes », comme elle les appelle. Assaillie par le souvenir de Noëls familiaux un peu guindés, où je n'avais le droit ni de me goinfrer ni de chanter les comptines apprises à l'école, j'ai essayé d'imaginer mes parents affublés de gros pulls à bonshommes de neige : vision saugrenue.

Je suis invitée à l'anniversaire de Mme Conti et je me soumets aux préparatifs, sous sa direction. Elle a sélectionné ses invités, nous avons discuté du menu. Uniquement des choses qui peuvent se manger debout, parce qu'il faudra pousser la table, dégager de l'espace pour danser. Hémon s'improvise majordome pour cette vieille femme qu'il chérit. Les bras chargés de sacs remplis de trésors de décoration, il donne son avis sur ceci, sur cela, passe en coup de vent tous les soirs de la semaine pendant laquelle on ne pense qu'à cette soirée. Il règne une euphorie presque grisante, qui ne parvient toutefois pas à me contaminer complètement.

Depuis que j'ai présenté mes excuses à Hémon, on passe beaucoup plus de temps ensemble. Autour d'un café ou d'une bière, il me raconte les frasques de ses élèves les plus difficiles avec un humour qui m'émeut, et quand je lui livre quelques bribes de ma routine moins colorée, il a la politesse d'avoir l'air intéressé. Je lui retrace ma vie d'avant, qui le surprend. Il m'avoue avoir cru que j'étais cheffe dans un restaurant.

« Pas forcément un étoilé, mais quelque chose de sympa et chaleureux, un peu sophistiqué. »

Révélation qui me fait sourire. Quelque fois la conversation m'amène à parler d'Axel en le mentionnant d'un trivial « mon ex », je le vois relever brusquement la tête chaque fois, mais il ne commente pas. Quelque part, il sait. Je suis soulagée qu'il ne demande pas de détails, qu'il n'en profite pas, je suis assez fissurée comme ça.

Le grand jour arrive et sifflotant presque, je me presse de me préparer pour descendre et retrouver mon Italienne, pour lui faire un anniversaire dont on parlera encore dans dix ans. *Faire. Verbe. Constituer par son action, son travail, quelque chose de concret à partir d'éléments, ou le tirer du néant. Fabriquer, réaliser, créer.* Des verbes que j'avais oubliés, qui sont comme des muscles endormis après une sieste prolongée.

Après-demain, c'est Noël. C'est aussi le vrai jour de la naissance de Mme Conti, ce qui explique peut-être ses signes de croix incessants et son assiduité aux messes du dimanche. Tout le monde a répondu présent pour célébrer son quatre-vingt troisième hiver. J'ai même acheté une robe pour l'occasion, une robe noire, qui couvre mes genoux et la moitié de mes mollets, en tissu tout léger. Une robe charmante agrémentée de poches, j'ai été transportée par la possibilité de glisser mes mains tout au fond pour y déposer à l'envi un trousseau de clefs, un briquet, un petit papier plié orné d'un numéro de téléphone. Un tulle léger se noue derrière mon cou et laisse mon dos dénudé, j'ai un véritable décolleté. Sans l'insistance de ma logeuse, je n'aurais pas acheté ce vêtement que je ne remettrai pas. Et puis j'ai pensé aux quelques fringues que m'a apportées Camille, qu'un jour je ne remettrai plus non plus. Tout a une fin, non ? Ça valait bien le coup, cette fois, de me sentir un peu plus jolie.

Les reines de gala doivent se sentir comme je me sens ce soir. Je suis ici et là-bas, je dispose des plats que j'ai passé la journée à élaborer tandis que Hémon prépare les cocktails d'un geste expert. Il secoue le shaker comme seuls les habitués des soirées bondées savent le faire. Vaguement étonnée, je l'étudie, avec ses lunettes et son air constamment paumé, mixer des *tequila sunrise* en rythme avec la musique, et avec le sourire de surcroît.

Dans le salon où retentit un twist italien, je vois Fabienne la bibliothécaire, Michel le maraîcher préféré de Mme Conti accompagné de sa femme, Sheila, vêtue d'un grand châle à sequins dorés. Il y a le facteur, la mère de Hémon qui porte des lunettes aussi et qui, avec un air pince-sans-rire, fait s'esclaffer l'attroupement formé autour d'elle. Il y a un groupe de très vieilles dames perchées ensemble comme autant de chouettes solennelles. Toutes ces personnes, et bien d'autres que je n'ai jamais vues en connaissent trop de moi – elles me jettent régulièrement des regards curieux ou entendus. Malgré ses apparences et ce qu'en disent les guides touristiques, Limoges est une toute petite ville. Ces autres qui savent qui je suis me paralysent. Je fais, je vais, je viens, être là a une gravité que je ne soupçonnais pas. Ma présence m'inscrit dans une histoire, dans des souvenirs, je me rends ce soir un peu plus permanente.

Le gâteau arrive, ma plus belle création. Après ça, je pourrai me détendre, profiter un peu de la fête. Je prends une flûte de champagne sur le plateau que me présente Hémon avec un sourire éclatant et me place quelques pas en retrait. Pour regarder Mme Conti souffler une bougie de plus. Le poids des années ne l'a pas beaucoup accablée. Encore si droite, si forte, si belle, avec ses longs cheveux blancs qu'elle a aujourd'hui relevés en un chignon majestueux qui siérait tout aussi bien à la reine Élisabeth qu'à une star de cinéma. Elle lève soudain son verre et se lance dans un discours :

« En autant d'années en France, j'en ai rencontré, de belles âmes ! Vous, mes amis d'hier et d'aujourd'hui, quel plaisir de vous réunir tous ici. C'est un peu présomptueux, ne nous mentons pas, que de me préparer une fête en l'honneur de moi-même. Mais ce n'est qu'un prétexte. Pour vous avoir tous à mes côtés, pour me sentir entourée. Ce n'est pas du luxe, à mon âge. Les vieux ont une fâcheuse tendance à crever tout seuls. Je n'ai même pas de chien pour me tenir compagnie, vous imaginez ! (Tout le monde rit.) Je n'ai pas envie de mourir toute seule, alors vous, ici, me rassurez un peu. Cela dit, je n'ai pas non plus envie de mourir tout de suite, pas d'inquiétude ! J'ai envie de rire encore, de manger encore, de danser encore, d'écouter encore cette belle musique, j'ai envie de boire à ma santé, qu'elle me soit longue et prospère, cette vie qui me reste. Et que vous soyez tous là, avec moi, pour la fêter ! »

Vivats, applaudissements, sifflets joyeux. La musique reprend, les bras s'entremêlent, une valse ou un tango, qui est bien capable de faire la différence ? Pas moi.

Ma vue s'obstrue, un voile flou qui ressemblerait à s'y méprendre à des larmes. Mon verre est vide, j'en prends un autre, Hémon repasse comme le furet du bois mesdames. Je bois. Je bois encore. Il reste des bouteilles sur la desserte près de la cuisine, je les vide peu à peu, avec méthode.

La différence flagrante de contenu et de contenant que représentent les existences juxtaposées de Mme Conti et de moi-même me saute au nez comme un vieux vinaigre. Je suis écœurée.

Ce n'est pas de la colère, ce n'est pas du désespoir, c'est un dégoût profond qui me broie les côtes et je ne peux qu'essayer de le noyer, dans l'alcool qui désinfecte. Instinctivement, je me saisis de mon téléphone, j'y vois plusieurs fois le nom d'Axel, je repose l'engin au fond de ma poche et les larmes débordent. Ne va-t-il jamais me foutre la paix ? Ne vais-je jamais, moi, décider enfin d'arrêter les frais ?

20:43 Tu es chez tes parents
pour Noël ?
Tu leur passeras mes
meilleurs vœux stp
20:44 À Camille et Marc aussi,
bien sûr

Je suis bien raide maintenant, j'encaisse moins bien qu'avant, ou alors j'ai perdu le compte. Je tangue un peu, j'ai chaud, j'irais bien danser, mais comme lors de ma première boum adolescente où je n'avais pas de cavalier, danser seule ? Très peu pour moi. Je m'adosse à un chambranle quelconque le temps de vider un nouveau verre et soudain je manque d'air. Je me dirige en chancelant à l'arrière de la maison, ouvre la porte de la cuisine, le froid me heurte les joues, les épaules, les chevilles. J'extirpe mon paquet de clopes des plis de satin, je m'assois sans élégance aucune sur un des petits murets qui délimitent le minuscule jardin de l'Italienne. Les jambes tendues, j'ai une vue imprenable sur mes tibias blancs et mes pieds chaussés de mes éternelles baskets. Je trouvais que le contraste entre le décolleté pigeonnant et les tennis élimées me permettait de rester moi-même. Au final, il n'en faut pas plus pour me sentir imposteur de ma propre peau, ce décalage qui pointe du doigt, au choix, une ridicule envie de plaire ou une fainéantise latente, l'absence de volonté de faire les choses jusqu'au bout. Ça m'aurait donc tant coûté d'acheter une paire de chaussures plus habillées ?

Je tire sur le filtre blanc de ma cigarette et l'arôme chimique du menthol me gèle la langue et le palais, j'exhale de minuscules cristaux, d'infimes glaciers. Il ne fait pas assez froid pour que les sanglots qui ruissellent sur mes joues se figent dans leur course, alors qu'ils ont un goût de résignation. Pas de mouvements involontaires d'épaules, pas de hoquets, le nez qui coule à peine, mais aucune perspective de fermeture des vannes, de bonnes grosses larmes cinématographiques. On est bien loin de la libération, de la catharsis salée. Chaque inspiration nicotinée, chaque expiration glacée, m'enserre un peu plus la poitrine dans un carcan de solitude.

Et puis derrière moi, la porte s'ouvre. Mon corps prostré est baigné brièvement d'une grande lumière chaude qui me donne presque envie de rentrer, de me réfugier, de trouver des bras dans lesquels me jeter. Quelqu'un s'approche de moi tandis que la lumière dorée disparaît à nouveau. C'est cette grande perche de Hémon, que je reconnais d'abord à son odeur. Une odeur nouvelle de menthe poivrée et d'un truc très masculin, loin de tous les mauvais souvenirs qu'une odeur pourrait faire remonter. Le parfum d'Axel s'estompe dans ma mémoire, remplacé par celui, inoffensif, de l'homme maintenant assis à mes côtés. Cette fois, je m'en remplis les narines à pleins poumons, je le hume sans retenue.

« Ça ne va pas fort, hein ? »

Sa voix est aussi chaude que la lumière. Ça frémit en moi, quelque part sous le carcan, la camisole de force.

« Comment t'as deviné ? »

Mon sarcasme m'épuise, mais m'échappe chaque fois sans que j'arrive à le museler. Hémon se rapproche de moi, la température que dégage son corps me réchauffe un peu, apaise la chair de poule qui hérisse le duvet de mes bras nus. Je frissonne, et c'est en grand gentleman qu'il pose la veste de son costume trois pièces follement élégant sur mes épaules. Il déboutonne ses manchettes et roule méticuleusement le coton, dénude ses avant-bras dans un geste fluide. Il appuie ses coudes sur ses genoux, ainsi penché en avant et les mains croisées entre ses jambes, il n'a rien du barman enjoué qu'il était à l'intérieur. J'apprécie son sens des circonstances, sa gravité soigneusement mesurée.

« Pas besoin d'être détective, ta tristesse saute aux yeux. »

Je détourne les miens vers le lointain, allume une cigarette au mégot rougeoyant de la précédente.

« J'aime bien être triste en silence », dis-je d'une voix lasse.

J'ai encore envie d'un verre. Hémon en a un dans sa main, un gros verre, viril, qui contient un liquide brun et fort, sûrement du whisky. Peut-être que c'est le genre d'homme à parler de single malt et de scotch, de tourbe et de fumée. Je prends son verre d'un geste d'autorité et j'en vide le contenu cul sec. L'alcool me brûle l'œsophage, puis l'estomac, j'arrive à ne pas grimacer ou recracher comme une débutante à son premier bal. Je me souviens de ma première cigarette, j'avais su faire la grande aussi, je n'avais pas toussé, j'avais avalé la fumée, déjà aiguisée, sous l'œil ébahi de mes camarades de classe qui avaient préparé leurs moqueries. J'ai longtemps été persuadée que cette aptitude innée à fumer m'était venue en rêve.

J'avais rêvé, une fois, que je fumais ma première clope à la fenêtre de ma chambre – chose qui aurait fait hurler ma mère, et c'était pour ça précisément que dans ce rêve, je transgressais la règle. Cette première bouffée onirique m'avait arraché la toux réglementaire, j'avais craché mes poumons, trouvé le goût dégueulasse, salivé abondamment pour l'oublier, mais dans un délire précoce d'autodestruction, ou pour me prouver que j'étais une grande fille, j'avais continué à fumer jusqu'à brûler le filtre. J'avais écrasé le mégot sur la tuile du toit sous le châssis de la fenêtre, puis jeté la preuve de mon crime dans la gouttière en priant pour qu'elle y reste et ne dégringole pas par terre, là où, au matin, ma culpabilité aurait été visible aux yeux de tous. Quand je m'étais réveillée le lendemain, j'avais encore le goût de cendre au fond de la gorge, la bouche pâteuse. J'avais porté mes doigts à mon nez et été surprise de n'y pas sentir l'odeur caractéristique du tabac refroidi. C'était pourtant si réel. Ce rêve avait été ma première clope et quand, presque un an plus tard, j'avais accepté la Black Devils à la vanille d'un petit mec aux lacets de Vans défaits qui voulait se donner des airs de gaillard, j'étais déjà une habituée.

Après un long silence ouaté, Hémon me demande d'une voix très douce :

« Pourquoi tu me dis rien, Anaïs ? Pourquoi tu me parles jamais ?

— Bien sûr qu'on parle !

— Tu sais très bien ce que je veux dire. Tu ne me parles jamais de ce que tu penses vraiment.

— Tu voudrais que je te dise quoi ? On est amis ? Je savais pas. »

Mes mots sortent de ma bouche avec l'énergie molle d'une anesthésie générale faisant trop lentement son chemin en intraveineuse. Je suis pathétique, mais bien trop bourrée pour m'en soucier.

« Oui, je pensais qu'on était devenus amis ! proteste Hémon en passant son bras autour de mon épaule pour me stabiliser, moi qui vacille comme une vilaine tour de Pise.

— Mais pourquoi diable voudrais-tu être mon ami ?

— Je sais pas, Anaïs. Je t'aime bien, voilà. »

Je m'écarte juste à temps pour le voir rougir un peu. Je parie qu'il regrette de ne plus avoir son whisky sous la main pour se donner une contenance.

« Malgré le café bouillant sur ta belle chemise ? Malgré les sautes d'humeur et les silences ? »

Il rit. Sur ses joues se creusent deux fossettes dans l'ombre de sa courte barbe, son sourire est doux, rayonne dans toutes les directions. Je m'en prends plein la gueule et ça me remue pas mal. Il retrouve son sérieux, regarde le sol entre ses pieds qui se couvre d'une fine couche de givre.

« Tu sais, ça finit par passer.

— De quoi tu parles ? demandé-je, perdue.

— La douleur de la séparation. »

Je hausse un sourcil et pour ne pas avoir à répondre, entame une troisième cigarette. Le menthol m'arrache la bouche. J'ai vraiment froid, j'ai envie de me serrer contre lui, si chaud et si grand à côté de moi, ne serait-ce que pour ne plus avoir le corps transi et les pensées bleues.

« Excuse-moi, ça ne me regarde pas. »

Je hoche la tête vigoureusement, il ne faudrait pas qu'il croie que ça le regarde, en effet.

« C'est juste que... j'ai été comme ça, aussi. Inconsolable, comme si je ne valais plus rien.

— Elle était comment ? »

Ma question s'échappe avant que mon cerveau embrumé réalise à quel point elle est cruelle. Il se redresse, frotte son menton d'une main pensive, redresse ses lunettes sur son nez un peu bosselé.

« Elle était tout. Cultivée, belle, drôle, elle aimait danser, aller au cinéma, elle était indépendante, elle aimait prendre des bains en sirotant du vin, on s'entendait à la perfection, on était toujours sur la même longueur d'onde. Jusqu'à ce qu'elle recouche avec son ex. »

Je marmonne un « Quelle connasse » qu'il accueille avec un demi-sourire amer.

« Mmmh. Bref. Je lui ai gentiment demandé de s'en aller. Ce qui m'a fait le plus mal, au fond, c'est qu'elle n'ait même pas essayé de me garder. Elle est partie et d'un coup, j'étais seul, avec une ombre à la place de nous. »

Il m'apparaît alors que lui et moi avons beaucoup en commun. Sous ses airs de petit bourge bien sapé, il y a une cicatrice qui, sous cet éclairage, ressemble un peu à la mienne dans sa forme ou dans sa profondeur. Il continue :

« Et puis le temps a passé, tout finit par passer. Je n'ai plus jamais revu cette fille, je suis pas vraiment masochiste, mais je vais bien, maintenant. Tu vas guérir aussi.

— Il a eu l'obligeance de me quitter avant de coucher avec l'autre, dis-je dans un murmure éméché. Ce qui m'a tuée, moi, c'est qu'il a préféré jeter notre histoire aux chiottes avant d'être sûr que ça valait vraiment le coup. »

Il émet un grognement que je choisis d'interpréter comme « La vie est une chienne, parfois ». Mon regard se perd dans un ailleurs tout proche, on n'y voit pas à trois mètres dans la nuit noire et épaisse, une nuit parfaite pour les conversations dramatiques. Je sens poindre sous mon crâne un tout début de migraine, il faut que je boive encore, ou que je prenne une aspirine, ou peut-être que j'aille me coucher. Hémon frotte mon épaule d'un geste doux et amical, comme un « Tu verras, ça va aller ». Ce à quoi je ne m'attendais pas, c'est bien cette traînée d'étincelles que ça allume partout dans mon corps.

Ça fait une éternité qu'un homme n'a pas eu pour moi un soupçon de tendresse. Les bises polies d'Axel, sa main qui saisit la mienne alors que mon visage se tord de douleur, dans mon dos quand je me suis étouffée, ça n'était pas de la tendresse. C'était de la décence. Ça fait une éternité qu'un homme ne m'a pas aimée, même juste « bien ».

Je me retourne vers Hémon, ses yeux s'agrandissent, sa bouche forme un *o* incertain sur lequel je m'écrase. Je l'embrasse, goûtant à son haleine alcoolisée, j'enfouis mes mains glacées dans ses cheveux propres et bien peignés, je me colle contre son torse qui irradie de chaleur. Ses lèvres ont la saveur du gâteau au chocolat que j'ai cuisiné et que je n'ai pas mangé, il sent le bois d'oud et le feu de cheminée, ma main descend le long de la ligne tendue de son cou pour se poser sur son sternum où je sens son cœur battre à toute vitesse. Sans m'en rendre compte, je suis arrivée à califourchon sur ses genoux, ma robe relevée haut sur mes cuisses, ma cigarette abandonnée, déjà éteinte et trempée à nos pieds.

Je desserre mon étreinte enflammée pour lâcher dans un seul souffle, mon front touchant le sien, les joues rougies :

« On monte ou tu préfères chez toi ? »

Mais à ma grande surprise, Hémon se saisit de mes poignets avec une infinie douceur, pour séparer nos deux corps pressés l'un contre l'autre. Il me repousse, tout simplement. C'est alors que je me rends compte qu'à aucun moment il ne m'a rendu mon baiser.

Regrets

Comment peut-elle avoir la peau aussi froide quand la mienne est si brûlante ? Je ne comprends pas ce qu'elle fait de moi, ce qu'elle fait de nos corps, ce qu'elle me propose. Tout est irréel, hors du temps, très mauvais épisode d'une série déjà médiocre. Alors qu'elle glisse de mes genoux pour retrouver le muret, je me lève, saisi d'une incontrôlable envie de marcher. Pas pour mettre de la distance entre nous, mais pour faire fonctionner au moins une des deux machineries qui me composent. La tête a complètement grillé, mais le corps peut encore se débrouiller.

Anaïs me regarde avec de grands yeux blessés. Figée, tétanisée, elle n'a plus du tout l'air enivrée, mais pas plus maîtresse d'elle-même pour autant. Elle est absente. Je m'en veux tout en sachant que j'aurais été incapable d'agir autrement, qu'il m'aurait été impossible de profiter d'une femme ivre et malheureuse comme les pierres. Je n'ai pas ce genre de brutalité en moi.

Je fais les cent pas avant de m'arrêter devant elle, j'aimerais qu'elle se lève pour ne plus avoir l'air de la regarder de haut. Elle ne lève que ses yeux, ils sont tristes à en mourir.

« Pardon, je... je peux pas... », commencé-je, confus.

Le son de ma voix la réveille d'un coup, elle sort de sa torpeur comme d'un sommeil amer, peuplé de créatures aux doigts crochus et aux dents longues.

« Ah ça, j'ai bien vu », répond-elle, la voix pleine de fiel.

Son regard a changé du tout au tout, de meurtrie elle est devenue vipère, des éclairs dardent de ses pupilles et, j'en suis persuadé, elle ne me laissera pas m'expliquer.

« Non, c'est pas ce que tu crois », reprends-je en rassemblant mon courage.

Elle se lève, enfin. Je la surplombe encore d'une trentaine de centimètres, mais la rage qui irradie de son corps tremblant me heurte comme une vilaine gifle, à revers. J'en saignerais presque du nez.

« Je suis trop bête. » Sa voix n'est qu'un murmure chargé d'électricité. « Quelle surprise, qu'un type comme toi ne veuille pas d'une fille comme moi. Fallait être naïve. »

Elle est là, toute l'ironie. Je ne veux pas l'interrompre, mais je sens aussi monter en moi une colère, celle d'être méjugé, pris pour quelqu'un que je ne suis pas. Je ne suis pas un snob, je ne me prends pas pour un roi, ça me rend dingue de voir tout en elle me hurler que c'est ce qu'elle pense de moi. Et comment lui expliquer la réalité, ce qui se passe vraiment, là ? Que je ne suis pas un grand partisan du sexe désespéré. Qu'elle me plaît, pour de vrai, mais que ce ne serait pas juste, ni bien, de la dénuder, de la prendre et de la laisser. Que si on faisait ça, je sais qu'au petit matin notre amitié naissante se muerait en gêne, comme une vieille mite poussiéreuse, qu'on ne ferait plus ensuite que s'éviter. Qu'au réveil je n'arrive pas à prédire qui de nous deux se détesterait le plus. Qu'on ne pourrait rien bâtir, pas forcément des châteaux ni des contrats de mariage, mais seulement quelque chose de sain, sur des fondations aussi dangereuses qu'une partie de jambes en l'air un peu décevante, qui ne lui fera rien oublier.

« Tu te crois trop bien pour moi, c'est ça ? », lance-t-elle en reculant vers l'escalier qui mène chez elle.

La vision furtive de nos deux corps emmêlés sous le ciel immense de la verrière me traverse, me raidit, j'expire avec une lenteur délibérée. Ce n'est pas le moment de me laisser déconcentrer.

« Non, vraiment, ce n'est pas ça du tout. »

Elle trébuche et s'étale par terre presque sans un bruit, il règne d'ailleurs dans la cour un silence pesant. À l'intérieur, la fête bat toujours son plein, me parviennent quelques notes d'une valse musette mâtinées de rires. J'accours pour aider Anaïs à se relever, les lacets de ses chaussures sont défaits, le nœud de tulle dans son cou aussi. Sa robe menace à tout instant de glisser et de dévoiler un sein, elle a de la terre sur les genoux, incrustée dans sa peau par petits éclats bruns qui tranchent avec son teint pâle. Cette femme-là, elle ne m'excite pas.

Quand je l'ai vue tout à l'heure s'affairer autour des toasts, dans cette robe, je l'ai trouvée si belle. Ses baskets m'ont fait sourire, j'ai eu l'impression de voir à l'intérieur de son âme, c'est d'une vanité, mais très fugacement ça a été vrai. J'ai vu en un éclair sa sensualité dissimulée et une farouche envie d'être bien à plat, de s'ancrer pour ne pas se perdre. Elle s'est ensuite tournée vers moi et elle m'a souri, un tout petit sourire en forme d'excuse, étonnée d'être là – j'ai eu le souffle coupé.

Et là maintenant qu'elle est à moitié nue et qu'elle s'offre à moi, je ne ressens pas l'urgence de la ravir, de la soulever dans mes bras et de l'emmener là-haut pour la faire mienne le temps que dure un ébat. Ce n'est pas son ivresse qui me répugne ou la rend moins digne de moi, comme elle a l'air de le croire, je ne peux nier que chacun de mes atomes meurt d'envie de se frotter aux siens. C'est qu'il est hors de question que ça se passe comme ça, dans des conditions aussi tristes, aussi vouées à l'échec. Je ne bande pas sans lendemain.

J'enserre toujours son bras dans ma paume désormais moite. Après ce qui ressemble à une éternité à la fixer droit dans les yeux, elle se dégage de mon emprise et je m'attends presque à ce qu'elle me crache au visage, tant la haine déforme ses traits. Elle s'arrache à moi, à la soirée, gravit les marches en chancelant et après avoir cherché la serrure deux bonnes minutes avec ses clefs, elle claque la porte derrière elle avec une force démesurée.

Je souffle profondément pour me débarrasser du maelström d'émotions qui me traverse de part en part. Dans les quelques mètres qui me séparent de la fête, en priant pour que notre absence n'ait pas été trop remarquée, j'aperçois au sol son paquet de cigarettes. Pris d'une soudaine inspiration, je glisse ma main dans la poche intérieure de ma veste – et me souviens alors que celle-ci est suspendue aux épaules d'Anaïs. Dans la poche de mon pantalon cette fois, je trouve mon stylo-feutre de prof maniaque. Je griffonne quelques mots sur le carton blanc à l'intérieur du paquet, que je dépose ensuite sur le paillasson devant la porte de son appartement. Je détesterais vraiment que notre fantôme, début, semblant d'histoire s'arrête là, maintenant, déjà, seulement.

Le réveil

Au matin, la gueule de bois est pire que rude. Ça vrille sous mon crâne comme un marteau-piqueur, je suis déshydratée, ma peau tire et mon ventre hurle. Si je bouge trop vite, je vais dégobiller. Je me redresse au ralenti, j'entrouvre à peine le rideau, je grimace et cligne des yeux, tout fait trop mal. Je sais où je suis, qui je suis, ce que j'ai fait hier soir, mais il me faut une bonne dizaine de minutes à regarder la cour en contrebas pour que le souvenir cuisant du râteau monumental que je me suis pris dans les dents me revienne en mémoire.

Qu'est-ce qui m'a pris, de me jeter sur Hémon comme une sauvageonne esseulée ? Sur le moment, ça me paraissait évident. Je voulais voir coïncider nos deux solitudes, s'imbriquer nos âmes, et rien ne me semblait plus pur que ce baiser, rien ne paraissait plus normal que de le prolonger. Je voulais le déshabiller, respirer son odeur d'alcool et de fumée, me noyer dans lui tout entier. Maintenant que j'ai retrouvé une certaine sobriété, la scène me revient dans une horreur grandissante.

Ce qui m'a douchée, poignardée, rendue folle, c'est ce refus catégorique de toucher mon corps, de m'aider à oublier. Le rejet me fait perdre pied. Je pensais pouvoir faire confiance aux hommes pour qu'ils se servent des corps des femmes selon leur bon vouloir. Je pensais que plus nous étions faibles et vulnérables, plus nous étions loin de notre conscience et de notre état normal, plus ils prenaient leur pied, à nous manipuler, à nous tordre et nous retourner. Je sais très bien, je ne suis pas stupide, qu'une baise à elle seule n'aurait rien réglé, rien comblé rien arrangé, mais le temps d'un moment, quelques minutes peut-être ou un peu plus longtemps, j'aurais aimé me sentir un peu moins vide. Je me revois, pitoyable et débraillée, supplier dans ma posture de Marie Madeleine un homme de bien vouloir me prendre, et lui de refuser. De me refuser, de m'interdire cet oubli, cette parenthèse, un intermède pendant lequel je ne serais plus un corps en souffrance, mais un corps de jouissance.

Je lève les yeux au ciel, exaspérée. Le mouvement de mes globes oculaires dans leurs orbites m'arrache un gémissement de douleur. Dans la cuisine, je fouille dans les tiroirs, trouve deux aspirines que je mets à fondre dans un grand verre d'eau. Avec une clope et un café, tout ira mieux. Je tâte mon peignoir, retourne les poches de ma robe qui gît sur le parquet comme un emballage de capote usagée. Sur la chaise juste à côté, la veste de Hémon flotte tristement à quelques centimètres du sol. Je détourne les yeux. Quelle ironie, ces deux vêtements abandonnés comme après une folle nuit d'amour.

Mon paquet de cigarettes est introuvable. Ça me donne envie de tout casser, que la vie me fasse autant chier, mais tant de bruit et de mouvement achèverait de m'exploser la cervelle. Je mets en route une cafetière que je compte bien m'enfiler tout au long de la journée, mais avant ça, il me faut des clopes.

Avec la pire volonté du monde, j'enfile un vieux pantalon informe, un gros sweat-shirt et rien dessous, je glisse mes pieds sans chaussettes dans mes baskets et armée d'un billet de dix, je me résous à descendre au tabac. J'ouvre la porte, avance d'un pas et m'arrête juste avant d'écraser irrémédiablement mon paquet de cigarettes perdu.

À moitié ravie de l'avoir retrouvé, à moitié agacée de m'être habillée pour rien et après avoir retrouvé mon peignoir et ma nudité, j'ouvre le paquet, saisis une cigarette, l'allume et inhale avec un plaisir de bagnarde. Le café est passé, son arôme embaume tout l'appartement. Je m'en sers un mug et alors que j'allais le ranger, j'aperçois du coin de l'œil un gribouillis noir à l'intérieur du paquet. Je l'approche de mon visage brouillé et parviens à lire :

Buvons un café, s'il te plaît.
J'aimerais qu'on se parle.
– H.

Une esquisse de sourire me surprend, ce *H.* à peine lisible me fait penser au *A.* que j'ai lâchement avorté sur un bout de papier, trop peinée pour écrire mon nom en entier. Ici, cette lettre prend toute la place. L'écriture est ferme, déterminée. Elle veut dire : « Peu importe que vous parveniez à me déchiffrer, j'ai fait mon job, à vous de faire le vôtre. »

Quelque chose à l'intérieur de moi fond un peu à l'idée qu'il y a quelqu'un, quelque part, qui m'attend. Ne serait-ce que pour boire un café et parler. Pour *se* parler.

Cette précision me plaît, l'idée qu'on a des choses à se dire, tous les deux, des choses importantes. Il va falloir que je sois honnête avec lui, il va falloir que je lui dise qu'au fond je ne vais pas très bien. Le souvenir de ses lèvres sur les miennes resurgit sans prévenir. Ce baiser à sens unique n'était pas doux, pas beau, pas tendre, mais il m'a laissé entrevoir une foule de possibles. Je l'aime bien, moi aussi, ce prof de français binoclard. En tout cas, j'aime sa droiture, son sourire, et puis aussi son odeur. Je prendrais bien un café avec lui, oui.

Je compose son numéro, approche le combiné de mon oreille, prête à affronter le bruit strident de la sonnerie qui cognerait contre ma migraine. Il décroche rapidement, d'un « Allô ? » un peu endormi mais – est-ce possible ? – plein d'espoir.

« OK pour un café. »

Il étouffe un rire, je crois presque l'entendre se frotter le visage.

« Désolée, je te réveille…, dis-je, penaude.

— Non, non ! Enfin… si, bredouille-t-il en riant toujours. C'est pas grave. Il est un peu tôt, là, mais on dit quatorze heures ? Le café au bout de ta rue ? »

Je souris comme une idiote, ça m'agace, mais je me laisse faire.

« Ça marche, à tout à l'heure. Désolée. »

Je raccroche avant d'avoir le temps de changer d'avis.

Je continue d'ignorer les messages qui s'amoncellent dans ma boîte de réception, c'est comme avec Facebook, je pourrais tout bloquer, mais j'aurais l'impression d'avoir perdu du pouvoir, une illusion de contrôle. Ne pas répondre à Axel n'équivaut pas à la moitié de mon déchirement, mais ça fera l'affaire. Lire ses textos répétés où il prétend se soucier de moi sans jamais interpréter mon silence pour ce qu'il est, ne plus jamais lui répondre, ça ne me rend pas plus noble, mais ça m'apaise un peu. Je pose mon téléphone sur la table et vais me doucher. Je pue l'alcool, la honte et la frustration.

À quatorze heures, en quittant l'appartement, j'ai les yeux profondément enfoncés dans mon crâne et tout m'est encore bien trop douloureux. Mon estomac se tord d'angoisse, mais au moins mon ventre se tient tranquille. J'appréhende ce café, car je ne sais pas comment on est censé regarder en face quelqu'un qu'on a essayé de déshabiller sans façon la veille, je ne sais pas pourquoi ce quelqu'un est si gentil avec moi, et je ne sais pas ce qu'il me veut, ce qu'il attend de moi. Je ne sais pas grand-chose, et l'ignorance mène à la peur, tout le monde sait ça.

Je pousse la porte du café, il est tôt et surtout on est le 24 décembre. La plupart des mortels ont autre chose à faire aujourd'hui que de tenir des rendez-vous embarrassés, si bien que l'endroit est vide. Je n'ai pas besoin de chercher longtemps pour trouver Hémon, tout au fond, adossé au mur, devant une immense tasse de café. Lui aussi a le visage cerné, sa barbe est plus sombre qu'hier, il a oublié ses lunettes. Il fait mine de se lever quand je m'approche, mais je lui fais signe d'arrêter tout de suite ces politesses. Je m'installe en face de lui sans l'avoir encore salué. Fallait-il que je lui fasse la bise, lui serre la main ? Rien de tout ça n'a de sens.

« Hé, salut, dit-il, l'air sincère et content de me voir. Je pensais que tu ne viendrais pas.

— Ça commence bien, dis donc. »

Il m'accorde un sourire indulgent. D'un geste brusque, je lui tends sa veste et il la saisit à la fois nonchalant et un peu surpris. Que j'y aie pensé ? Que je la lui rende ? Quand le tissu quitte le creux de ma main, je me prends en effet à penser que j'aurais dû la garder plus longtemps. Mais il est trop tard, il la pose déjà sur le dossier de sa chaise. Elle paraît bien moins triste, là, avec lui devant pour l'habiter.

Je commande un allongé, on se regarde dans le blanc des yeux jusqu'à ce que le serveur le pose devant moi. Je me racle la gorge tant le silence qui nous entoure est inconfortable.

« À propos d'hier..., commencé-je sans grande conviction.

— Non, laisse-moi parler, à propos d'hier. J'ai essayé de t'expliquer, mais tu n'as pas voulu m'écouter.

— ... hm, marmonné-je en rougissant. J'étais... énervée.

— Laisse-moi parler, maintenant. »

J'acquiesce sans mot dire, en déchirant le papier du tube de sucre en poudre avant de le verser dans la tasse et de mélanger le noir et le blanc pour qu'ils ne fassent plus qu'un.

« Il faut que je te dise. Camille m'a parlé de toi, de pourquoi tu étais là, commence Hémon avec une certaine hésitation dans sa voix profonde qui s'élève à peine plus haut qu'un murmure.

— Comme c'est étonnant, réponds-je avec un sourire amusé. Te voilà donc en possession de tous mes plus sombres secrets.

— Ah ça, j'en doute. Ce ne sont pas tes baskets et ta mine revêche qui m'empêchent de penser que tu caches beaucoup de choses. »

Je décide de ne pas relever l'affront.

« Je t'ai blessée hier », dit-il posément en vrillant ses yeux verts et brillants dans les miens.

Ce n'est pas une question, et la vérité lui va bien, à Hémon. Elle lui donne une dimension supplémentaire, que nous autres, pauvres menteurs, n'avons pas. Ou alors c'est cet air sérieux, aggravé encore par sa mâchoire carrée, qui lui confère cette aura.

« Je ne pouvais pas te donner ce que tu voulais. »

Il commence à jouer avec sa cuillère à café, son regard a quitté le mien, comme si l'embarras le gagnait.

« Je voulais quoi, d'après toi ? demandé-je, juste pour savoir.

— Remplir le vide à l'intérieur de toi ? Baiser pour oublier ? Te sentir vivre un peu plus fort ? Je sais pas exactement, mais je sais que je ne suis pas le mec qu'il faut appeler dans ces moments-là. »

Je me croyais plus opaque que ça, visiblement je suis un livre ouvert. J'attends la suite en lorgnant sa tasse de café à lui, encore pleine, quand la mienne est déjà presque vide. Il la pousse vers moi après une demi-seconde de réflexion.

« Je t'ai dit que je t'aimais bien. C'était vrai, pas de la politesse, OK ? Je t'aime *vraiment* bien. »

Il se frotte les yeux longuement, agacé par son manque de vocabulaire.

« Mais je... je ne suis pas fan du sexe bourré, je trouve ça stupide. »

Ses mots me percutent de plein fouet. J'étais soûle, mais je sais très bien quel genre de fille je suis, et certainement pas le genre à rougir de mes ébats. S'il avait cédé à mes pathétiques avances, j'aurais même été plutôt fière, il faut voir le type, quand même. Est-ce à dire que lui aurait été submergé de honte de m'avoir sautée ? Hémon intercepte mon regard alors qu'il se charge d'orage et il rétropédale sans difficulté.

« Je n'aime pas *baiser*, Anaïs, me dit-il avec un sérieux encore inégalé. Je trouve ça très quelconque. Vraiment, terriblement, sans aucun intérêt.

— Ah bon ? T'aimes pas le sexe ? »

Ma curiosité est piquée. Incroyable, qu'un mec aussi bien foutu ne profite pas au maximum de son potentiel. Il soupire, ce qu'il est en train de me dire lui coûte visiblement beaucoup, alors je m'enfonce encore un peu plus dans mon siège et me résous à me taire, une fois de plus.

« J'aime le sexe, c'est pas ça le problème. Ce qui me gêne, c'est quand ça n'a aucun sens, explique-t-il en se massant les tempes. J'aime les choses qui ont du sens.

— Du sens ? »

Je sais que j'ai l'air ingénue, voire un peu conne, mais je ne pige absolument rien de ce qu'il me raconte. Il prend une grande inspiration avant de balancer sans plus d'apparat :

« Si un jour hypothétique, toi et moi, on est amenés à faire l'amour… j'aimerais, quitte à choisir, que ce soit à un moment où tu n'as pas deux grammes dans le sang. Où on serait tous les deux pleinement présents, qu'on le veuille vraiment, tous les deux, pour ce que c'est réellement. »

Il me jette un regard d'avertissement, mais je ne peux pas m'empêcher de dépasser les bornes.

« C'est quoi ton truc, alors ? Le sexe tantrique ?

— T'es super chiante en fait, c'est ça ton truc à toi, non ? »

Un silence gênant retombe sur notre joute verbale. Le corps de Hémon s'éloigne un peu du mien, il semble vouloir s'en aller, alors même que ses yeux, moins brillants à présent, restent fixés sur moi. Je suis hypnotisée, pour la première fois depuis longtemps, je ressens au fond de moi la tristesse manifeste d'avoir peut-être blessé quelqu'un.

« Désolée. Je suis chiante, tu as raison. Surtout quand je suis gênée. »

Si j'ai disjoncté hier, ce n'est pas uniquement la faute de l'alcool. J'ai envie de lui, c'est indéniable, et c'est là entre nous depuis quelque temps, un truc envahissant qui flotte dans l'air qu'on respire et qui m'a fait, une fois ivre, oublier la décence et la distance. J'ai envie de lui, au fond du ventre, et aussi un peu, je crois, quelque part dans une région de mon intellect. Son regard ne me renvoie pas le mépris que j'attends sans le savoir chaque fois qu'un homme s'adresse à moi. Non, il m'étudie avec attention, et intérêt, et une certaine malice qui ne m'aide pas à me concentrer.

« Wow. Ça, c'est quand tu es gênée. Pourquoi t'es gênée ? »

Je soupire, à la recherche d'une porte de sortie, peut-être que si je vais aux toilettes maintenant, je n'aurai pas besoin de lui rendre sa franchise.

« Parce que hier, je me suis conduite n'importe comment. Tu parlais de ton ex, à un moment j'ai vrillé, je me suis dit que ma tristesse et la tienne trouveraient bien à s'emboîter. »

Il a un petit rire de gorge. Je continue avant de ne plus en avoir le courage.

« Tu as raison évidemment, j'ai envie de baiser pour oublier, c'est quelque chose que je n'ai jamais eu l'occasion de formuler. En tout cas pas à un mec, et surtout pas à celui que j'ai essayé de baiser sans succès. »

Je me mords l'intérieur de la joue si fort que le goût du sang emplit ma bouche. Je ne peux plus m'arrêter de parler.

« C'est très bizarre, d'être là, de te regarder, d'être regardée par toi, je devrais me sentir humiliée, mais plus on parle, moins je ressens ça.

— J'aime bien quand t'es gênée, dis donc, me dit Hémon avec un sourire dans la voix qui fait à peine remuer son visage, bien que je voie quand même l'ombre d'une fossette se creuser dans sa joue mal rasée. T'es bien plus bavarde, c'est agréable. »

Je lève les yeux au ciel, amusée.

« Tu devrais te méfier de moi », dis-je avec une once de regret.

Instantanément, le sourire s'élargit, s'épanouit. Son propriétaire se détend, va même jusqu'à se caler contre le dossier de sa chaise et à passer la main dans ses cheveux soyeux. Son shampoing a une odeur poivrée un peu vieillotte, que je ne suis pas certaine de pouvoir oublier.

« Tiens donc, et pourquoi ça ? me demande-t-il d'une voix indolente, pas du tout inquiété par mes propos.

— Je vais pas bien, Hémon. Je sais pas qui je suis, où je vais, ce que je fais, et je suis assez malheureuse. »

Il hoche lentement la tête, pas surpris pour deux sous.

« C'est pas romantique, ça ne finit jamais bien ce genre de délires.

— Oh, tu trouves pas que c'est un peu cliché, la nana torturée qui prie son soupirant de fuir et de se préserver ? Je suis un grand garçon. Je fais ce que je veux. »

Son ton est catégorique et je détourne le regard, embarrassée. Il se penche soudain vers moi, les mains croisées sur la table en Formica qui imite assez mal le bois. Je suis fascinée par ses ongles très blancs et parfaitement limés.

« C'est trop tard, Anaïs. Je t'aime bien, je t'ai dit. (Il hausse légèrement les épaules.) Pour le reste, on verra. »

J'imite son mouvement d'un geste pourtant moins assuré. Pour le reste, on verra.

Et la santé surtout

Les matins enneigés rendent la ville belle et endormie. La lumière qui peine à traverser l'épais velours tendu à la fenêtre de ma chambre a une teinte irréelle, d'un bleu presque argenté, et partout l'air a une qualité transparente. Je ne me lasse pas d'inspirer profondément, comme si chaque souffle était le dernier.

La torpeur caractéristique de la fin de l'année me donne une chance de découvrir un nouvel équilibre. Il m'arrive d'être étreinte d'un sentiment inattendu. Une gratitude timide qui me prend à revers, quand je me rends compte brutalement qu'il m'est naturel d'accompagner Mme Conti où qu'elle ait besoin de moi, quand mon expresso s'améliore et qu'elle le goûte à petites gorgées, exigeante en toutes choses. Elle repose la minuscule tasse et hoche la tête, me traverse de son regard transparent, murmure un « *Molto bene* » qui me rend fière. La voix malveillante qui susurre à mon oreille que je ne vaux pas un kopeck se fait plus rare. En ce moment, je n'ai plus à cœur d'être si malheureuse, c'est une tâche trop lourde qui, paradoxalement, me demande trop d'énergie.

« Non, maman, je ne rentre pas non plus pour le réveillon. »

Je suis allongée dans le canapé, mon téléphone en haut-parleur posé sur la table basse, ma mère au bout du fil. C'est le reboot de la conversation qu'on a déjà eue la semaine dernière, quand je lui ai annoncé que « Non, maman, je ne rentre pas pour Noël ». Je suis un peu moins sur la défensive, mais il y a cette fois une faille béante dans mon discours : je n'ai pas vraiment d'excuse. Il serait erroné de dire que Catherine, ma mère, a parfaitement compris ma décision d'assister à l'anniversaire de ma logeuse plutôt que de faire le trajet pour rejoindre ma famille à Noël, mais au moins avais-je l'ascendant moral de ne pas vouloir rompre une promesse. Là, rien. Je n'ai toujours pas l'intention de mettre un pied dans un train qui m'éloignerait de cette ville sous cloche, mais ma mère ne veut rien entendre.

« Enfin, chérie, c'est ridicule, tu ne vas pas passer le réveillon toute seule dans ton cagibi !

— Je ne vis pas dans un cagibi. Et je n'ai pas envie de faire la fête. »

Elle retient une exclamation frustrée.

« Je ne te comprends pas, Anaïs, dit-elle d'une voix pointue.

— Ah ça, je sais, maman.

— Tu ne veux pas voir ta mère, c'est ça ? »

J'inspire très profondément pour m'empêcher de répondre avec trop de sécheresse. Bien sûr que non, je ne veux pas voir ma mère. Je ne veux pas prendre le train en sens inverse, plaquer un sourire sur mon visage et inventer un sens à Limoges, un sens qui rassurerait mes parents. Ni les décevoir, si mes mensonges ne sont pas convaincants. Je ne veux plus faire semblant.

« Anaïs… Tu nous manques, tu sais. »

Je soupire. C'est tellement ma mère, ça. Cacher son *je* derrière un *nous* qui ne trompe personne – d'ailleurs Camille m'avait prévenue qu'elle préparait une offensive pour me faire remonter. J'avais imaginé ma sœur, le téléphone coincé entre l'oreille et l'épaule, s'occupant d'une Ninon à qui j'avais souhaité un joyeux Noël et qui était trop petite pour se vexer de mon absence.

Je crois qu'elle s'inquiète, ma mère, mais ça ne m'atteint pas. Je n'ai pas de ressources en moi pour me sentir coupable. Je mâche les mots d'une réponse qui ne céderait rien, mais ne lui ferait pas plus de mal que nécessaire, quand mon téléphone vibre. Un ping aigu annonçant un texto. L'estomac noué – priant pour que ce ne soit pas Axel, encore –, je jette un œil pendant que ma mère lance :

« Qu'est-ce que tu fais ? C'est désagréable, dis-le si je te dérange. »

18:34 Salut. Tu as quelque
chose de prévu pour
le réveillon ?
Si non : ceci est une
invitation solennelle
à une soirée.
Chez moi, avec des
amis.

« Maman, il faut que je te laisse, dis-je en direction du téléphone en retenant un sourire. Je passe le réveillon avec un ami.

— Quel ami ?

— À l'année prochaine ! »

Je raccroche d'un doigt victorieux sur l'écran tactile.

Y aura-t-il de l'alcool
et puis-je fumer ? 18:38
Si oui : je serai de la partie 18:39

Trois petits points s'affichent. Hémon écrit, mon estomac se tord. J'ai l'impression d'avoir été invitée au bal de promo alors que j'avais fait ma paix avec l'idée de passer la soirée en pyjama à regarder des vieux épisodes de *Top Chef*. C'était même un programme alléchant. Les derniers réveillons, passés avec Axel et sa bande de managers, m'avaient laissé un sentiment désagréable, celui de n'être qu'à moitié visible encore, de n'avoir rien de bien passionnant à raconter. Quand on a fait trois fois le tour du monde en business class, qu'a-t-on envie d'entendre de la bouche d'une vendeuse de casseroles ?

18:43 Tes attentes sont incroyablement
basses, wow.
18:44 Oui et oui, il y aura même à
manger et de la musique.
Tu sais : une fête, quoi.

Un rire bête m'échappe.

Tu me sauves des griffes
de ma mère ! 18:45
Pour lui échapper, j'aurais
accepté même une invitation
à la messe ou à une partie
de Trivial Pursuit 18:47

18:49 C'est une provocation
en duel, ça ?

Tu gagnerais à coup sûr et je suis mauvaise perdante, alors partons sur une vraie fête 18:50

18:54 Super. On se voit bientôt, alors.

Je fixe l'écran et sa lumière bleutée, un fantôme de sourire doux comme du velours sur mes lèvres gercées.

Quelques textos faussement désinvoltes et quelques jours plus tard, me voilà au milieu du salon de Hémon, dans mon plus beau jean, avec mon plus beau pull, celui qui n'est même pas élimé aux manches. La neige a fondu et l'air s'est radouci, pour faciliter la transition.

Je suis arrivée en retard, comme si j'étais une fille cool qui avait mieux à faire. Pour ne pas arriver la première, aussi. La musique battait déjà sa percussion dans le couloir de l'immeuble. J'avais monté les trois étages avec gravité, me préparant soigneusement à rien du tout. Rien du tout pour ne pas être déçue. Ce n'est qu'une soirée comme une autre, me disais-je au moment de frapper à la porte. Hémon m'a ouvert, et je me suis demandé comment ça pouvait n'être qu'une soirée comme une autre. Il m'a souri de toutes ses dents et tout est devenu trop lumineux, j'ai dû fermer les yeux.

« Hééé, j'ai bien cru que tu ne viendrais pas ! »

Décidément. Il avait déjà bu, si j'en croyais ses joues rosies et ses yeux brillants, mais il avait l'air sincèrement heureux de me voir. Il m'a serrée brièvement contre lui et il sentait la chaleur d'un espace clos où de nombreux corps se pressent. J'ai inspiré à plein nez. Il m'a débarrassée de mon manteau, de ma bouteille, de ma gêne aussi, en me présentant à tous ses amis avec une tendresse qui ne lui demandait aucun effort. J'ai serré des mains calleuses, fait la bise à des joues poudrées, senti des parfums et des eaux de Cologne. La tête qui tourne et une odeur de weed, Hémon qui me lance un regard d'excuse quand il me laisse le temps d'accueillir deux femmes vêtues de paillettes, qui se tiennent par la main sur le pas de la porte. Un homme à l'air sérieux, les joues un peu creuses, une chemise à motifs de flamants roses sur son corps fluet, me tend mon premier verre :

« Alors c'est toi, la protégée de Tiziana ?

— On peut dire ça comme ça. Et toi, tu es qui ?

— Un copain de fac, répond-il en trinquant avec moi. Eddie. »

Je souris, bois une gorgée, laissant le feu du rhum déguisé sous le jus d'orange brûler mon œsophage. Je lui demande pourquoi les flamants roses. Il me parle. Je l'écoute et je me dis : C'est donc ça. C'est donc aussi facile que ça ? Il suffirait de poser une question à un inconnu, et de s'intéresser à la réponse, et voilà. On ferait partie d'une certaine bande. Des connaissances d'Eddie se joignent à notre conversation, un éclat de rire puis deux, ma langue se délie à mesure que je bois et que je constate qu'il n'y a ici aucun manager, aucune business class, et que personne ne me lance un regard de pitié quand je dis « Je suis au chômage ». Une femme blonde au rouge à lèvres impeccable me gratifie même d'un coup de coude compatissant : ça fait chier. On trinque à nouveau, à Pôle emploi avec un ricanement féroce. Hémon n'est pas loin, nos regards s'accrochent, il sourit encore.

Plus tard quelqu'un a mis la main sur la playlist et diffuse un enchaînement savant de sons électros uniquement faits pour nous inciter à investir la piste improvisée au milieu du salon, dont je devine que tous les meubles ont été poussés. À quoi ressemble cet endroit quand il n'est pas le théâtre d'une fête ? Le mur du fond est entièrement dissimulé par une bibliothèque dans laquelle se côtoient des livres de poche fanés et de grands volumes reliés. En face, le sofa est étroit, mais il y a un fauteuil profond tapissé de velours dans lequel il doit être agréable de se vautrer si j'en crois la femme en tailleur-pantalon qui a passé une jambe nonchalante sur l'accoudoir. Il fait trop sombre et il y a trop de mouvement pour que je puisse inspecter les lieux tout à mon aise. Au grand jour et dans le calme, sûrement, Hémon ferait crooner un disque de jazz, ça m'a l'air d'être son genre.

Autour, le monde. Cent vingt battements par minute qui résonnent dans ma cage thoracique et les deux filles pailletées accrochent les lumières quand elles s'embrassent, parmi les autres corps qui dansent. Je danse aussi, mon pull depuis longtemps abandonné sur le dossier d'une chaise pliante, des auréoles de sueur sous mes aisselles, le visage chauffé par l'alcool et la joie furieuse. La blonde prend ma main et me fait tourner sur moi-même, je trébuche et elle me rattrape avant que je tombe, puis la chanson change et elle lance ses bras en l'air en criant. Mes oreilles sifflent, j'ai trop chaud, mais je continue à bouger, en transe, comme si demain n'était pas voué à arriver. Les danseurs de l'aube du troisième millénaire avaient-ils vécu cette course contre la montre, danser pour rattraper le temps, danser pour basculer ?

Le compte à rebours a commencé, égrené par Eddie de sa voix de baryton – la musique laisse place aux cris des convives, leurs visages tournés vers le plafond, appelant de leurs vœux à tourner la page. Trois, deux, un. Je ne trouve plus ma voix tandis qu'autour de moi explose un « Bonne année ! » à l'unisson. Je suis prise dans une embrassade générale aussi moite qu'enthousiaste, la musique reprend progressivement son rythme et son volume, enfle à nouveau dans l'air comme un gaz hilarant. Les corps toujours se pressent en une marée inexorable mais imprévisible. Enivrée, molle comme une poupée de son, je me heurte finalement à Hémon. Droit comme un *i* malgré ses cheveux ébouriffés et ses manches retroussées sur ses avant-bras, il vrille ses prunelles dans les miennes et, pour la deuxième fois de la soirée, il m'attire à lui et me serre – un peu plus fort que nécessaire, peut-être, un peu trop chastement, c'est sûr. Son odeur a changé maintenant, un mélange d'herbe et de rhum et de transpiration, mais toujours dans le creux de sa clavicule, sous le col de sa chemise dont il a défait les premiers boutons, se cachent le savon et la menthe. Je presse mes mains dans son dos, à plat sur les muscles qui roulent en dessous de ses omoplates. Il me relâche, me retient à bout de bras, me regarde encore. Il me regarde beaucoup, cet homme. Que voit-il ?

On pourrait s'embrasser, je crois. Mais je tourne la tête, il se mord la lèvre, je souris comme on s'excuse et il acquiesce. Pour l'heure, nos corps se séparent.

Le ciel s'éclaircit de manière infinitésimale. Les amis sobres et ceux qui habitent tout près sont rentrés, quelques dormeurs sont emmêlés dans les fauteuils, des plaids et des manteaux posés sur leurs poitrines qui se soulèvent doucement. Je suis accoudée au garde-fou du balcon qui offre une vue sur les toits recouverts de givre. Après minuit, tout est flou – pas parce que j'ai trop bu et que ma mémoire s'évapore, mais parce qu'à minuit j'ai tout lâché. J'ai décidé d'arrêter de m'inquiéter de ce qu'on allait bien pouvoir penser de moi, et je n'ai plus eu le temps de graver en moi chaque pénible détail d'une quelconque inaptitude sociale. Je regarde en arrière alors que le jour pointe à peine et les souvenirs qui me reviennent, stroboscopiques, sont dans mon corps et pas au-dessus. Cette nuit, je me suis habitée.

La porte-fenêtre s'ouvre derrière moi avec un léger grincement. Il y a un déplacement d'air froid qui s'engouffre à l'intérieur, et la chaleur d'une présence humaine à mes côtés. Hémon me tend une tasse fumante. C'est le matin sur l'horloge, c'est encore la nuit de l'hiver, je resserre les pans de mon manteau sur ma gorge exposée. Le café réchauffe le bout de mes doigts, je sors une clope de mon paquet écrasé, l'allume sans trembler. Je suis bien consciente de la proximité de nos bras, tous les deux appuyés contre le fer forgé, de nos souffles dont les buées se mélangent.

« Merci de m'avoir invitée », dis-je en expulsant un nuage de fumée grise.

Je ne tourne pas la tête, de crainte de voir cette pitié à laquelle j'ai échappé toute la soirée se dessiner sur ses traits fatigués.

« Merci d'être venue, surtout. »

Sa voix est chaude et un peu enrouée d'avoir chanté à tue-tête toutes les chansons de Queen qui sont passées entre deux et quatre heures du matin. Apparemment, personne ne peut *stop him now.*

« Tu n'as pas dormi ? »

Je hausse les épaules. Avant qu'il arrive, cela faisait déjà de longues minutes que j'observais la nuit se désagréger le plus lentement du monde. Avant ça, j'avais été tenue éveillée par une longue conversation avec une des deux amoureuses à paillettes, dont j'ai appris qu'elle s'appelait Sonia et qu'on partageait une même passion pour les podcasts d'enquêtes criminelles.

« J'ai pas eu sommeil » est ma réponse alors même que j'étouffe un bâillement à m'en décrocher la mâchoire.

« Tu n'es pas partie non plus », remarque-t-il.

Son intonation refuse de fermer la phrase, la laissant en suspens comme une presque question.

« Finement observé, détective. »

Je bois une nouvelle gorgée, espérant que la caféine fera son effet avant que je reprenne la route. Je suis venue à pied et la perspective de marcher avec une nuit blanche dans les jambes pourrait bien me les couper, justement. La tasse vidée, je la pose à mes pieds et entreprends de finir ma cigarette, le silence nous enveloppant sans qu'il fasse plus froid. Je pose ma tête sur l'épaule de Hémon. La laine de son gros pull gratte un peu contre ma joue. Je dis tout bas :

« J'étais bien. »

Il passe le bras autour de moi et je crois que j'entends le plus léger des soupirs.

« Tes amis sont gentils, dis-je pour trancher dans le vif que cette infime respiration fait naître dans ma poitrine.

— C'est vrai, tiens, répond-il avec un sourire dans la voix. J'aurais pu avoir des amis méchants plutôt, pourquoi je n'ai pas fait ça ?

— OK, je vois, monsieur se moque de moi.

— Mais non, pas du tout. »

Je continue, j'essaye d'expliquer pourquoi je n'ai pas fui, pourquoi je suis toujours là.

« Non mais, quand j'ai rencontré les potes de mon ex, ils m'ont tous demandé ce que je "faisais dans la vie", tu vois. C'était horrible, vu que je faisais rien de très intéressant "dans la vie".

— Mmh, je suis sûr que c'est faux, mais passons.

— Aucun de tes amis ne m'a posé cette question. On a parlé d'autres choses que de mon plan de carrière inexistant. La bouffe, la ville, est-ce qu'on préférerait avoir des bras en mousse ou des jambes en bois. C'était cool. »

Je n'ai pas envie de me redresser, de quitter son épaule, de revoir le monde à l'endroit. J'aime assez l'angle biscornu d'où je suis, où les toits sont presque plats. Je ne le vois pas, mais je le sens remonter les lunettes sur l'arête de son nez. Je l'entends se frotter les joues, la peau de sa paume qui accroche à sa barbe naissante.

« Ils t'ont trouvée cool », répond-il enfin d'une voix douce.

Un ricanement enfle dans ma gorge, là où la trachée et le nez se rejoignent. Il serre un peu sa prise sur mon bras, comme pour m'empêcher de mettre de la distance dans cette confession. Je résiste en effet à l'envie de me dégager et de secouer la tête pour chasser l'idée d'être parue ce que je ne suis pas.

« Chut, Anaïs. Ne gâche pas ce moment. Ce ne serait pas cool. »

Je m'entends rire, d'un grand éclat qui repousse encore plus la nuit et une barrière à l'intérieur. Hémon sursaute presque, interloqué. On dirait qu'il a entendu pour la première fois le cri d'un oiseau craintif. Je rougis dans mon rire. Le mélange est chamarré, d'or et de rose, une joie pure et une gêne pudique. Il ne dit rien, il n'est pas indélicat. On replonge dans un mutisme charmant, l'un contre l'autre mais pas tout à fait ensemble, les yeux perdus dans les étoiles. Mes deux mains agrippent fermement la balustrade, je n'ose bouger, pétrifiée à l'idée d'égratigner Hémon à nouveau, de tout ruiner encore.

Je me découvre une fragilité nouvelle, qui ne m'est plus si indésirable quand elle provoque les moments où Hémon passe son bras autour de moi. Je réapprends qu'il y a des présences qui font grandir et, en même temps, que ce n'est pas grave d'être petite.

Période

Il passe ainsi quelques jours de l'an nouveau sans que le poids de ma peau de chagrin m'accable. Je parviens presque à me bercer de l'illusion qu'il me suffirait de secouer brièvement les épaules, résolue, pour m'en débarrasser définitivement. Je sens cependant qu'elle s'accroche, tenace. Elle me tient chaud aussi. Après si longtemps à n'avoir qu'elle pour seule compagnie, j'ai peur d'avoir froid. Et de me réveiller.

Mais aujourd'hui j'ai mes règles. C'est la troisième fois que j'ai mes règles à Limoges, un spasme me traverse, puis un autre, et j'ai soudain terriblement besoin d'un café. Je n'avais pas anticipé que je vivrais encore ces matins d'un autre monde, et qu'il me faudrait encore courir à la supérette du coin y acheter un paquet de serviettes super-absorbantes. Je n'ai pas fait de stock. Je n'avais aucune idée de ce à quoi ma vie ici finirait par ressembler.

Une fois la cafetière en route, je sors du tiroir un précieux cachet. Je sens la fameuse migraine du premier jour poindre sous mon œil droit. Je ne pourrai pas l'éradiquer totalement, du moins puis-je tenter de la museler un peu. Mes réserves se sont amenuisées, mais rien de dramatique. Je compte méticuleusement les pilules : deux boîtes pleines, une plaquette intacte et sept cachets restants sur celle que je tiens dans la main. Ça devrait aller.

Le café noir et amer tourbillonne dans ma tasse, cadeau de Noël de Mme Conti. Je ne lui ai rien offert, moi, sinon un repas à cinq plats, dont le point d'orgue a été une bûche que j'ai mis deux jours et demi à préparer. J'aime ce mug en céramique presque tout bête, sa forme ronde entre mes mains, ses éclats d'or entre les fêlures, l'élégance d'un rafistolage artistique qui donne toute sa beauté aux endroits brisés.

Pendant les quelques secondes qui ont suivi mon réveil, j'avais en moi la force de gravir des montagnes. Une fois sortie du lit pourtant, la réalité m'a rattrapée. Debout, la gravité fait peser mille tonnes de graviers dans le fond de mon ventre, et je le sais, je le sens : je vais saigner. Là, maintenant, sans délai. Je me dirige vers les toilettes, une main entre les jambes pour éviter de souiller ma culotte, j'ai déjà envie de pleurer. En m'essuyant, le papier ressort taché d'un liquide épais, couleur de rouille. La première fois, ça m'avait dégoûtée. Quinze ans, presque deux cents lunes plus tard, je suis habituée.

Chaque mois sans faillir, l'instinct animal de mon corps se réveille. Adolescente, lors de mes premières règles, le flot de sang me surprenait souvent au plus mauvais moment, je ne le sentais que trop tard, une fois mes cuisses et mes pantalons maculés. C'était humiliant d'être devenue experte dans l'art de nouer un sweater autour de ma taille pour cacher la tache vermillon qui fleurissait sur mes fesses. Mais peu à peu, c'est comme un sixième sens que j'ai développé. Mes règles me préviennent, elles frappent discrètement à la porte. Elles me réveillent, quels que soient la profondeur de mon sommeil, mon état d'ébriété ou de fatigue. C'est un réveil naturel, en douceur. Je me demande pourquoi j'ouvre les yeux alors qu'il fait encore noir, ou que mon réveil n'a pas encore sonné, et je me rends compte que j'ai envie de faire pipi. Je traîne, je tarde, paresseuse à l'idée d'affronter le froid alors qu'il fait si douillet sous la couette, pourtant je finis toujours par me décider, non pas que l'envie soit urgente, mais puisque je n'arrive pas à me rendormir… Et mon corps a toujours raison, cette force invisible ne s'est jamais trompée une seule fois depuis qu'elle s'est manifestée. Je reste bien emmerdée par le sang qui coule et les crampes qui surviennent ensuite, mais elle me rassure, l'exactitude dans ce mouvement de pendulier.

Mais aujourd'hui c'est plus dur. Peut-être parce que c'est la troisième fois de trop, peut-être parce que l'aiguille dans mon œil est enfoncée plus profondément que d'ordinaire. Peut-être. Je laisse le temps au café, au cachet, de faire leur office mais j'attends en vain. Sous la douche, je laisse l'eau brûlante marteler mon crâne, je tiens mon ventre à deux mains, le dos collé contre le carrelage, irradiant d'une douleur acide. Je retiens un sanglot rageur. Ce corps qui trahit, qui s'autodétruit, pourrai-je un jour le dompter ? Je me traîne, un boulet invisible logé entre les reins, et l'estomac vide et au bord des lèvres tout à la fois, je referme les rideaux puis le lourd édredon sur mon enveloppe battue. Avant de clore mes paupières pour ne plus voir la moindre étincelle d'une lumière injuste et insupportable, je pense à ce jour de bibliothèque. Je dégaine un texto à Hémon.

Salut, j'ai mes règles et la
migraine. Je vais pas pouvoir
accompagner Tiziana. 07:52

Est-ce que tu peux
l'appeler pour lui dire
que je suis malade? 07:53
Je peux pas décrocher
le téléphone,
ma tête va exploser. 07:54

Quelques secondes plus tard – je l'ai cueilli juste avant la première sonnerie.

07:55 Je m'en occupe. Tu as besoin
de quelque chose?
Qu'on m'assomme. 07:55

Il met un peu plus de temps à répondre, j'ai dû court-circuiter ses bonnes intentions.

07:59 Je suis désolé.
Repose-toi bien.

Je gémis en reposant le téléphone sous mon oreiller et je roule sur le côté, défaite.

Trois coups frappés à ma porte, ce qui n'est pour ainsi dire encore jamais arrivé. Le son est presque feutré, comme si le frappeur ou la frappeuse avait enveloppé sa main dans du velours. Je ne peux pas me résoudre à crier « J'arrive ! », je ne peux pas sentir ma propre voix découper mon globe oculaire au scalpel, alors je prie pour que cette visite inattendue avorte dans l'œuf. À la place j'entends, loin là-bas :

« C'est moi ! Ne bougez pas, j'entre ! »

Tiziana entre sur un bruit de clefs qui s'entrechoquent, ses talons plats sur le parquet, clic clic tic tic. Un froissement – sa veste qu'elle pose sur le canapé, peut-être. Et sans un autre bruit, elle rejoint la chambre noire où, allongée, le gras du bras appuyé contre mes yeux, j'attends en vain. Elle hésite à peine avant de venir s'asseoir sur le bord du lit, précisément dans le creux formé par ma silhouette recroquevillée, et sa main parcheminée vient se poser, plume poudrée, sur mon épaule tendue.

« Ça ne va pas mieux, hein. »

Encore un borborygme qui s'échappe de ma gorge crispée. Je bredouille, j'essaye de trouver la politesse en moi, l'humaine en moi, mais je ne suis qu'une masse informe qui grouille de sa propre douleur. La voix de Tiziana, elle, n'est qu'un murmure doux qui, Dieu merci, ne siffle pas, ne claque pas. Elle glisse dans mes oreilles sans s'accrocher aux aspérités, ne réveille aucune vrille. Du miel.

« Je vous ai apporté du bouillon, pour manger ce soir, dit-elle, conspiratrice.

— Oh merci, fallait pas, dis-je faiblement, tristement.

— Pas de chichis entre nous, Anaïs, enfin ! Je n'allais pas vous laisser comme ça ! »

Elle me réprimande tendrement dans ce chuchotement qui clapote au rythme de son accent. Sa main sur moi a un petit mouvement de caresse, comme on rassure une enfant blessée, un animal meurtri. De ma vie, je n'ai été ainsi cajolée alors que la guerre en moi précipite son sang entre mes lèvres et ses taches noires dans mon champ de vision. Ça réchauffe, cette sollicitude. Je me redresse un peu, embarrassée de ma joue striée par l'oreiller, de mes cheveux collés à mon front, moites de sueur. Je grimace quand une contraction me surprend – bouger un muscle peut en réveiller un autre.

« Ah, ma pauvre petite. Quelle saleté. J'ai pas été mécontente d'en être débarrassée, je vous le dis.

— M'en parlez pas, réponds-je en grommelant. J'attends la ménopause comme le messie. Si on pouvait me retirer l'utérus, là maintenant tout de suite, je payerais pour ça je crois. »

Un silence.

« À mon époque, on vous retirait l'utérus pour un oui ou pour un non. Le mien, ça fait longtemps qu'il n'est plus là. Oh, ça fait plus de cinquante ans que je n'ai pas saigné !

— Oh. Je suis désolée, je... je ne savais pas. »

Tiziana part d'un rire presque sans joie. Elle laisse sa main posée sur moi, la pierre qui orne sa bague reflète vaguement la faible lumière dans la pénombre.

« Bien entendu, ce n'est pas quelque chose qu'on dit entre la poire et le dessert ! Mais ne vous mettez pas la rate au court-bouillon, ma petite. Ça ne m'a jamais trop dérangée.

— Qu'est-ce qui s'est passé ? »

Cette conversation à quelques décibels seulement me garde à flot. Nos voix très basses pour couvrir les marées qui s'écrasent contre mes parois.

« J'avais un problème. Des fibromes, des kystes, je ne sais plus trop. J'avais mal, c'était dangereux, dit-elle avec l'attitude de celle qui voyage loin dans ses souvenirs. Ils ont tout enlevé. J'étais d'accord, bien sûr ! Tout pour arrêter d'avoir si mal. Je ne voulais pas d'enfants, de toute façon, alors ce n'était pas grave.

— Oh. C'est… courageux, non ? »

Une jeune femme belle comme le jour, les seins ronds, les hanches dorées, le ventre vide. Il fallait en avoir, de l'audace, pour décider que ça ne serait pas grave. La main de Tiziana se fait un peu plus pesante sur moi, elle s'agite un peu, hésite. Quand elle reprend, c'est avec un autre rire, gêné.

« Oui, mais ça, on s'en rend compte après, figurez-vous. Quand on n'a plus aucun prétendant, parce que tout se sait, tout le monde sait que la fille De Luca n'a plus de ventre, qu'elle ne pourra jamais être mère.

— À ce point, hein… »

Elle se redresse, le dos droit, toute sa dignité impeccable et intacte.

« C'était rigolo, oh ! la la, qu'est-ce que j'ai ri des fois en pensant à tous ces parents qui s'étaient imaginé que j'allais épouser leurs fils gominés et leur donner des brassées de petits-enfants. Alors que j'ai toujours su, toujours, que je n'en aurais pas, des gosses. Mais il a fallu que je me fasse opérer pour qu'ils y croient. Les imbéciles ! »

Elle sourit.

« Heureusement, j'ai rencontré Andrea. Il s'en fichait lui, ça lui allait très bien. Tout le monde lui disait qu'il était fou, qu'il n'aurait jamais d'héritier. Il s'en fichait. »

Là, sa voix s'est voilée de deuil, et j'ai posé ma main sur la sienne. J'ai fermé les yeux, ravalé une crampe comme un jus amer. Elle tapote la couverture. Je me concentre sur le bruit de nos respirations, pas tout à fait à l'unisson, un autre ressac. Quand je suis entourée, presque apaisée, maîtriser la douleur est un peu plus facile. J'ai moins l'impression qu'elle me dévore tout entière.

« Il a continué de m'aimer, même après que j'ai perdu la vue. Il disait que j'avais été aveuglée par mon propre reflet dans le miroir, tant j'étais belle. Ça nous faisait rigoler, ça aussi. »

C'est peut-être ça, l'amour, me dis-je confusément tandis que je serre ses doigts fragiles dans ma paume moite. C'est tout surmonter avec le sourire. On n'arrivait pas à faire ça, Axel et moi.

La rupture

(encore)

Mon téléphone vibre, le nom d'Axel apparaît. Je soupire puis lis :

10:11 Il y a quatre ans
aujourd'hui, j'entrais
dans un magasin
au hasard et on se
rencontrait.
Je ne l'ai jamais
regretté, quoi qu'il se
soit passé ensuite.
Bises.

Je repose le téléphone. Bois une gorgée de café brûlant. Regarde à nouveau l'écran, incrédule. Dans ma gorge grandit une bulle dangereuse, il ne faudrait pas qu'elle éclate, mais mes doigts fourmillent. J'ai passé ces dernières semaines à prendre soin d'ignorer les quelques messages qu'il m'a envoyés, me disant qu'il finirait par comprendre que je n'ai pas envie de lui parler – ou plutôt que j'ai besoin de ne pas lui parler, et ça n'a pas été chose aisée. Les jours où, entourée et occupée, j'ai eu bien mieux à faire que de m'apitoyer sur trois années passées sans avoir l'impression d'avancer, c'était facile. De supprimer sans lire, d'oublier mon téléphone au fond d'une poche. Les jours moins mouvementés, dans le creux des vagues de mes douleurs et d'une solitude indéniable, il a fallu que je me fasse violence, que je m'arrache à la contemplation de ses mots, toujours les mêmes, une diligence immaculée, une inquiétude de si bon ton, des bons sentiments. Tout plutôt que d'être le méchant.

Je voulais me l'arracher de moi comme un sparadrap usé. Je voulais disparaître dans un nuage de fumée. Lui faire un peu peur, qu'il culpabilise et qu'il ait honte. Que cette honte l'immobilise, qu'il se terre et se fasse tout petit. Chacun des messages qu'il m'envoie est une manière de me dire que je ne gagnerai jamais, peu importe le jeu qu'on est en train de jouer. Je n'en connais pas les règles, et il est forcément nocif, mais je déteste perdre.

Ce matin, je n'ai plus de patience, je veux gagner à nouveau. Je me saisis de mon téléphone et tape avec fureur :

T'es vraiment en train de
me souhaiter l'anniversaire
de notre rencontre
alors que tu m'as larguée
comme une merde ?
Dis-moi que je me
trompe et que tu n'es pas
en train de faire ça. 10:15

Quelques secondes plus tard :

10:16 Pourquoi tu es si
amère ?
10:20 Notre histoire était belle le
temps qu'elle a duré, non ?
Moi, j'ai envie de célébrer
ces années passées
ensemble.
J'ai tellement grandi
à tes côtés.

Je vois rouge. « Tellement grandi », on croirait rêver. Je suis censée faire quoi, me féliciter d'avoir permis à ce si grand homme de devenir meilleur, pour qu'une autre que moi en profite ? En quoi exactement est-il devenu meilleur, hein ? Est-ce qu'il a un jour décidé de s'intéresser à moi, autrement que pour se faire mousser ? Pas une seule fois. Est-ce qu'il a fini par apprendre à faire tourner la machine à laver, au lieu de me reprocher ses pénuries de chaussettes ? Non plus, jamais. Alors si « mieux » il est devenu, ce n'est pas moi qui m'en régale et c'est une information au mieux inutile, au pire cruelle.

Je continue de ruminer sous la douche. Saigner sans interruption est déjà un calvaire, je n'ai pas besoin des platitudes d'un ex pavé de bonnes intentions pour empirer la situation. L'eau chaude sur mon ventre et mes reins apaise les contractions qui vident mon utérus de son trop-plein. J'en ai pour une semaine, de cette sensation tenace d'être salement barbouillée. Chaque fois, je doute d'avoir la force nécessaire pour surmonter tout ça.

La matinée passe difficilement. Le sang qui coule m'a toujours gênée, et je n'aurais jamais cru que les mots d'Axel puissent surpasser cette sensation entre mes jambes. Son texto débile me hante, ma colère ne désemplit pas. Pour la première fois depuis mon départ, je regrette les kilomètres qui nous séparent. J'aimerais aller sonner chez lui ce soir et, comme dans les films, enfoncer mon index dans son torse pendant que je lui jette à la figure tout ce qui me rend « amère ». Le point positif, c'est que j'avance peut-être dans les étapes du deuil dont Camille m'a rebattu les oreilles au téléphone l'autre jour, persuadée qu'apprendre tout ça changera ma vision de l'existence.

Aux alentours de midi, je parcours la ville, les bras chargés de courses. Mon ventre est sens dessus dessous et je n'ai qu'une envie : m'allonger sur le trottoir et fermer les yeux. Mon téléphone vibre à nouveau, au même moment qu'une crampe m'oblige à m'arrêter sur un banc, pantelante. Je pose mes sacs et mon corps, lourds et douloureux.

12:14 Tu boudes ? Je pensais
qu'on pouvait rester amis.

Cette goutte d'eau fait déborder l'océan de ma patience. Les courants qui le traversent tiennent encore de la surprise qu'Axel s'inquiète toujours pour moi, mais aujourd'hui je ne suis plus si sûre que ce soit de l'inquiétude, ni d'avoir besoin de cette sollicitude. Sa présence en demi-teinte me fait du mal, il faut qu'il arrête, ça ne peut plus durer. Dans ce dernier message qu'il imagine anodin, je revois toutes les fois où il m'a dit : « Mais tu vas pas faire la gueule pour ça ? », ne me laissant que trop rarement le loisir de lui en vouloir, de le tenir pour responsable.

Il faut que ça cesse.

Quelques touches sur l'écran lancent un appel, je colle l'appareil à mon oreille pour ne plus pouvoir revenir en arrière.

« Anaïs ? »

La voix ahurie d'Axel contribue à faire enfler la rage sourde contenue en moi. Ah, ça, tu ne t'y attendais pas.

« C'est moi. Il faut que tu arrêtes de m'envoyer des messages. »

Ma voix, je crois, j'espère, ne souffre aucune négociation. Un ton sans réplique empreint d'une fermeté que je suis bien loin de ressentir dans mes entrailles.

« Ah. J'ai fait quelque chose de mal ?

— Pas exactement. Mais ce que tu fais, là, ces messages... tu m'empêches de passer à autre chose. On ne peut pas être amis. J'ai toujours l'impression d'espérer quelque chose qui ne viendra jamais. »

Un silence me répond à l'autre bout de la ligne, je l'entends murmurer quelque chose à quelqu'un, sans pouvoir discerner ses paroles. Je l'imagine en compagnie de sa belle, dans un embarras terrible, encore que ce n'est pas vraiment son genre. Axel est sans vergogne, à l'aise en toutes circonstances. Je profite de son mutisme pour continuer sur ma lancée, pour balancer tout ce qui me gêne aux entournures. Tout ce que je n'ai pas pu dire sur ce bout de papier abandonné sur un coin de table.

« Tu avais raison, entre toi et moi ça marchait plus. C'est pour ça que je suis partie, sans faire de bruit. T'as pas à t'inquiéter, tu n'as plus rien à faire dans ma vie. Tu as perdu le droit de savoir comment je vais. Tu n'as plus besoin de te forcer à t'y intéresser.

— Mais je ne me force pas !

— Peu importe... Je m'en fous. Juste, laisse-moi, OK?

— Je suis désolé...

— On s'en fout ! l'interromps-je, soudain à bout de nerfs. Axel, on s'en fout, que tu sois désolé, merde à la fin, ce n'est vraiment absolument pas la question ! »

Un soupir retentit. Je vois son visage se fermer, ses bras se croiser sur son torse large, je le vois se mettre en posture d'écoute, où il essaye de tout capter, où il hoche la tête d'un air pénétré, mais où je ne me suis jamais vraiment sentie entendue.

« C'était gentil de t'inquiéter pour moi. Vraiment. Mais ça-ne-m'aide-pas. J'ai besoin que tu n'existes plus, sinon j'arriverai jamais à me reconstruire. »

Ces quelques mois passés à guetter chaque texto, pour ne pas perdre la sensation d'être bien vivante aux yeux de quelqu'un, un quelqu'un que j'aimais et qui m'avait aimée, ces quelques mois à tenter de faire perdurer ou revivre une flamme depuis longtemps étouffée, ce temps perdu m'a mis du plomb dans les ailes. Sans ça, peut-être aurais-je déjà tourné cette page lourde de souvenirs et de regrets, mais peut-être aussi qu'il n'est pas trop tard ?

« Tu m'entends ? J'ai besoin que tu me laisses.

— OK », répond-il après un long silence, comme on baisse les bras.

Je suis stupéfaite, les yeux tournés vers la rue où défilent les passants sans un regard pour moi.

« OK?

— Oui. Je t'entends. Désolé, dit-il très vite avant de s'éclaircir la gorge, gêné de s'être excusé à nouveau. Je pensais bien faire, je me suis trompé. Je te laisse tranquille. Je... Au revoir. »

Il attend que je lui réponde, une dernière politesse pour la route, mais je n'ai plus de mots. Je sors une cigarette de son paquet et l'allume. Quand je tire la première bouffée, j'entends encore un soupir et le clic : il a raccroché.

Mon cœur bat trop fort dans mes tympans. Derrière, vaguement, j'entends le bruit de la ville. Les klaxons et mon ventre qui saigne. Je m'effondre. Les larmes qui jusqu'alors m'avaient désertée me submergent. Mes épaules secouées de sanglots me font mal, la tête entre les mains je me balance d'avant en arrière, j'ai mal, j'ai mal, j'ai si mal bordel, je n'en peux plus de cette souffrance creusée tout au fond de moi.

Bourbon

Bonjour ! Vous êtes bien sur le répondeur de Camille. Je ne suis pas disponible...

C'est la quatrième fois qu'elle appelle, et Camille ne répond pas. Évidemment, que Camille ne répond pas en plein milieu de l'après-midi, évidemment que personne ne répondra. Elle tente le numéro de Hémon, une fois, deux fois, trois fois. Sa voix grave la cueille, mais là aussi c'est sa boîte vocale, et elle ploie encore un peu plus, elle craque comme une branche morte sous le poids qui, logé derrière son sternum, la brise de l'intérieur.

Elle veut qu'on lui dise que ça va aller. Mais il n'y a personne et elle a froid.

Elle empile avec soin les boîtes jaunes et blanches sur la table basse, à côté du verre et de la bouteille de bourbon retrouvée dans le placard sous l'évier. Elle fixe l'ensemble d'un regard distant. Il est quinze heures trente, le jour gris et pâteux commence déjà à décliner. Un verre.

Sur ses joues les ruisseaux débordent de leur lit. Un verre.

C'est tellement dur de dormir sans personne pour l'enlacer. Chaque soir passé dans un lit qu'elle est seule à réchauffer est un enfer. Une violente douleur étreint son bas-ventre et lui arrache un gémissement pathétique. Un verre.

Son téléphone émet un faible bip et s'éteint, plus de batterie. Un hoquet, un sanglot, un verre.

La nuit tombe tout doucement, les réverbères s'allument maintenant. Le froid du dehors pénètre en dedans, elle titube et trouve une coupelle, elle fume une cigarette, puis deux, puis trois, *À quoi bon te restreindre maintenant, à quoi bon feindre, à quoi bon prétendre que t'as le contrôle. À quoi bon tout ça, je te le demande. À rien. T'aurais pu si tu avais voulu avoir une vie bien comme il faut, t'as rien voulu, t'as rien eu. Ah comme t'as l'air con maintenant, avec tes grosses larmes et tes vagues crampes à l'estomac, ressaisis-toi, ma grande, tout le monde a avancé et toi, toujours à la traîne. Tu n'as rien, tu n'es rien, regarde-toi.*

Ton téléphone s'est éteint et ce n'est pas grave parce que tu n'as personne à qui parler, tu tiens pas debout, pauvre idiote, un verre. *T'es même pas capable de te finir correctement. Avale-les, tes satanés cachets, qu'on n'en parle plus. Tu fatigues tout le monde avec tes conneries.*

Un verre. Un autre, et encore un. La bouteille se vide et elle sort les plaquettes de médicaments, une à une, pour les aligner sur la table en reniflant ses larmes. Elle plie chaque alvéole, en fait sortir chaque cachet, qu'elle aligne aussi par blocs de seize. Et elle ne dit plus rien, ne pense plus à rien, même pas à ce qui l'attend.

In extremis

Mon poing s'abat sur la porte, coups sourds qui retentissent sans rencontrer de réponse. Je frappe plusieurs fois, j'appelle :

« Anaïs ? Anaïs, ouvre-moi, c'est Hémon ! »

L'oreille collée au panneau de bois, je n'entends rien. Pas un pas, pas un bruit, comme si tout l'intérieur de l'appartement retenait sa respiration en attendant que l'intrus s'éloigne. Fou d'angoisse, je redescends les marches et entre chez Tiziana où je dérobe le double des clefs suspendu à un crochet.

La clef tourne dans la serrure, je pousse la porte d'un coup d'épaule et j'entre, enfin. Devant moi, assise dans le sofa, Anaïs ne m'octroie pas un regard. Elle compte. Elle compte et recompte, l'œil vitreux, l'air de n'avoir rien entendu du raffut ni remarqué mon entrée. Au pied du canapé traîne une bouteille. L'air empeste l'alcool bon marché.

Les multiples appels manqués sur mon téléphone à la sortie des cours m'ont précipité dans une crainte fulgurante que je n'avais encore jamais ressentie. C'était un mauvais pressentiment, sans savoir vers quoi je me dirigeais, j'ai été submergé par l'urgence et je n'ai pas réfléchi à deux fois avant de me ruer chez elle. Devant le spectacle qui se déroule sous mes yeux, je me rends compte que je m'attendais au pire. Ou que j'aurais pu arriver trop tard. Je lâche un long soupir de soulagement.

Une fois expulsé l'air raréfié par la terreur qui s'était logée dans mes poumons, mon corps se remet en marche, intraitable. Anaïs remplit à nouveau son verre, sans bien sûr s'arrêter aux deux doigts réglementaires. Le niveau dans la bouteille est dangereusement bas. Je fonds sur elle et lui arrache le tout des mains, ce qui me vaut un sursaut et un glapissement étranglé. Hagarde, elle me suit dans la cuisine où j'entreprends de vider le fond de whisky dans l'évier. Elle essaye vaguement de m'en empêcher, mais ses gestes sont flous et me ratent chaque fois. Je retourne dans le salon armé d'une pelle et d'une balayette, j'y balance tous les cachets soigneusement déballés, et je cours les jeter dans la cuvette des toilettes. Anaïs, derrière moi, pousse un cri strident, me bouscule et tente maladroitement de me retenir quand j'actionne la chasse d'eau. Ses ongles s'enfoncent dans mon bras, je la repousse avec violence, ivre d'une rage que je n'avais pas sentie monter.

Je la saisis par les poignets, je la secoue, je crie :

« Tu en as avalé combien ? »

Elle me fixe, ses lèvres blanchies résolument closes, son odeur mêlée à celle de l'alcool est douceâtre, désagréable. Son teint est cireux, des cernes creusent son visage sous ses yeux rougis et gonflés. Je la secoue encore sans aménité.

« Réponds, bon sang ! »

Elle hausse les épaules avec lenteur, balbutie :

« J'ai pas eu le temps. »

Ce n'est pas vraiment que je la croie sur parole, c'est que ça coïncide avec mon impression, confuse mais tenace, d'être arrivé juste à temps. Je la repousse encore, incapable de rester planté là, je ne veux plus la voir, je ne peux plus voir son visage défait et sa silhouette chancelante, mais chaque seconde qu'elle passe hors de ma vue me donne des sueurs froides. De quoi est-elle capable ?

Elle me regarde maintenant comme ahurie, depuis l'autre bout du couloir. J'arpente le salon, bouillant d'une énergie noire, j'ai l'impression d'avoir aspiré tout le désespoir qui infusait dans l'atmosphère lourde de vapeurs de l'appartement où, confinée depuis des heures, Anaïs s'est enivrée. Je marche, je fulmine, et Anaïs reste debout, les bras ballants, le visage défait. Des larmes perlent au coin de ses yeux et mon cœur se brise très lentement, le bruit des éclats qui s'en détachent me perce les tympans.

Il y a une seconde le silence était partout, il étouffait le bruit de mes pas sur le parquet et le grognement sourd qui montait dans ma gorge, l'instant d'après l'air est saturé du son perçant qui s'échappe des lèvres d'Anaïs, une plainte venue des tréfonds de son être, qui fait tout trembler, les vitres, mes mains, jusqu'à la lumière du jour qui se meurt.

Son corps s'effondre, secoué de sanglots déchirants. J'ai à peine le temps de me ruer vers elle pour ralentir sa chute, l'entourer de mes bras et la serrer, si fort que je crains de la blesser. Elle ne dit rien. Elle pleure comme je n'ai jamais vu personne pleurer, les larmes brouillent ses traits, elle s'accroche à ma chemise comme à une balise, je la sens se noyer juste là, sous mes doigts, sans pouvoir rien faire d'autre qu'espérer que ma présence suffira à la retenir. On glisse tous les deux sur le parquet, entre deux portes, son visage est pressé contre mon torse, ma main passe et repasse dans son dos, nos jambes emmêlées, ce n'était pas comme ça que je les avais envisagées. J'ai la gorge nouée, les mots s'y retrouvent coincés, j'ai tant de choses à dire et tout est dérisoire.

Dans mes bras, je sens tous ses muscles se tendre au rythme des pleurs qui la traversent, elle renifle tout près de mon oreille, sa voix cassée s'échappe encore de ses lèvres entrouvertes et son souffle chaud et erratique me tutoie. Elle est bien vivante, est-il possible d'être plus vivante qu'elle ne l'est maintenant, un amalgame d'humanité poisseuse et tremblante, un mètre soixante de vie, écroulée contre moi.

Je la serre plus fort encore. Nos corps étroitement enlacés se balancent de gauche à droite comme des bateaux ivres sur des mers agitées.

Il fait totalement nuit dans l'appartement désormais. Tout au bout, par la verrière, un lampadaire répand une flaque orangée dans le salon. Au bout d'un moment qui me paraît une éternité, les sanglots se tarissent et le corps d'Anaïs relâche un peu de sa tension. Le temps s'est arrêté.

« Je crois que je vais rester ici, ce soir. OK? »

Ma voix, même dans son murmure rauque, brise le silence, comme un tissu qu'on déchire. La main d'Anaïs resserre sa prise sur l'étoffe de ma chemise, comme pour m'interdire de partir, je cherche ses yeux des miens, je m'y plonge en apnée, j'ai peur de ce que je vais y voir. Au fond de ses prunelles, le désespoir prend toute la place, mais j'y vois aussi une terreur plus grande, celle d'être seule encore, d'être livrée à elle-même et d'être dévorée par une nuit sans pitié.

Avec lenteur, nous nous relevons, mes jambes engourdies se réveillent à grand-peine. Nos pas nous mènent machinalement dans la chambre où le lit, gigantesque et défait, semble n'attendre que nous. Anaïs se déshabille, comme un robot, à nouveau oublieuse de ma présence. Son jean se froisse sur le sol, son soutien-gorge le rejoint, et sans un mot elle se glisse entre les draps, sa longue chemise sur ses épaules grelottantes, ses chaussettes entortillées à ses chevilles. Moi, je me couche à côté d'elle, tout habillé, sidéré. Sans mot dire elle se rapproche de moi et pose sa tête sur ma poitrine. À nouveau, je l'entoure de mes bras, bon qu'à ça. Pourvu que ça suffise. Je l'entends renifler et quelques instants plus tard, elle dort.

Incapable de fermer l'œil, je passe la nuit à surveiller bêtement qu'elle respire encore.

Revivre

Cela fait quelques semaines que je n'ai pas réussi à disparaître, que je me suis réveillée la gueule en vrac, le nez dans le cou de Hémon, trop nauséeuse pour réussir à croire que j'avais traversé le voile. Quelques semaines sans Hémon, après que je lui ai fermé la porte au nez.

Qu'il est bon de ne pas être morte. On n'imagine pas à quel point c'est bon de ne pas être morte, avant d'être confrontée à un matin auquel on ne s'attendait pas, qu'on n'espérait plus. Le tambour sous mon crâne était puissant et la première chose que j'ai pensée a été : « Il faut *vraiment* que j'arrête de boire. » J'ai compté rapidement sur mes doigts les regrets récents, tous alcoolisés. Un début de problème.

Tout m'est revenu comme un boomerang, une mauvaise farce, et comme j'en avais marre de me sentir ridicule, j'ai décidé de me sentir misérable. Je me suis redressée et j'ai regardé le visage endormi de Hémon, ses cheveux en bataille, l'ombre du jour qui tombait sur sa peau hâlée, mon cœur s'est serré. Ce pauvre mec, qui n'avait rien demandé à personne, dans quel merdier je l'avais entraîné.

Une odeur âcre a assailli mes narines lorsque j'ai bougé, et c'était mon odeur. Les relents répugnants d'une terreur mâtinée de tord-boyaux. Sous la douche, j'ai espéré que Hémon se serait volatilisé quand j'en sortirais. Je ne suis pas équipée pour affronter ces situations, je n'ai pas le goût de la mise à l'épreuve. Je rêve d'une tranquillité lâche – ou d'une lâche tranquillité. Il y a bien des couards qui ne s'embarrassent pas d'états d'âme, qui s'éloignent sans jamais se retourner et qui dorment chaque nuit sur leurs deux oreilles, alors pourquoi ne suis-je pas de cette engeance insouciante et détestable ?

J'aurais dû m'y prendre autrement, me dis-je parfois. J'aurais dû inverser le processus. Un cachet, une gorgée, plutôt que de me soûler. Mais au fond je sais que je n'aurais pas pu y arriver sans état d'ébriété. Quand Hémon a fait irruption, quand j'ai vu son visage, mon cœur a raté un battement, électrisé par le désir intense qui m'a parcourue tout entière. Ce n'était pas physique, c'était plus profond, céleste, ça touchait à mes tissus les plus fragiles. J'avais appelé à l'aide et il était venu. Aussi vite qu'il avait pu. Comme mû par un devoir de loyauté, d'un ami envers une amie, et si ça voulait dire que je comptais enfin pour quelqu'un ? Ça m'a foutue à terre, presque littéralement. Il s'est débarrassé de mon arsenal et je n'ai réagi que par un vague sens du principe, je n'avais déjà plus en moi la force nécessaire pour me projeter dans le néant. Je ne voulais plus y être. Je voulais vivre encore, enfin.

Quelque chose en moi s'est libéré, pas vraiment un électrochoc, plutôt... une curieuse révélation. Celle de m'être trompée, sur toute la ligne. J'ai trop pleuré d'avoir perdu un homme, d'en avoir fait mon seul repère. Mais ce n'est pas grave. De l'avoir pleuré, d'être sans repère... L'important, c'est que je m'étais trompée. D'accepter de voir les choses en face, à force d'avoir mis tant de soin à fermer des portes et à faire la sourde aux signaux du monde, j'ai oublié que je n'étais pas seule. Que j'étais quelqu'un, je crois, pas la femme la plus fascinante au monde, mais quelqu'un quand même. C'est tout ce qui devrait compter.

Affranchissement

10:16 Salut Camille
Anaïs ne va pas bien du tout,
je l'ai trouvée hier
à deux doigts de faire «une
bêtise» comme on dit dans
les films. (drôle d'euphémisme)
Elle m'a demandé de la
laisser alors je te la laisse
Désolé
10:18 C'est Hémon (de Limoges)

J'avais traîné au lit, mon téléphone éteint, sa batterie vidée, branché dans le tiroir de la table de chevet. J'étais rentrée la veille tard et je m'étais écroulée. Encore à moitié endormie, j'avais entré mon code, le réseau avait affiché ses quatre barres et j'avais reçu, coup sur coup dans le désordre, un texto de Marc, un message vocal de la nounou, les SMS de Hémon, et enfin, la pastille rouge sur l'icône représentant un combiné : (5) appels manqués, un de Hémon et quatre autres d'Anaïs Nollet.

Devant les parenthèses de Hémon, j'ai souri à travers l'émotion qui me submergeait. J'avais tout loupé.

Que faire ? me suis-je demandé. Descendre en urgence, la ramener manu militari, la secouer, lui faire cracher le morceau, la faire interner ? Je récupère la charge d'un truc trop lourd pour moi, dont personne ne veut s'occuper – vite, je secoue la tête, ce n'est pas vrai, ce n'est pas de ça qu'on parle, il faut que je sépare le blanc du jaune, là. Anaïs n'est pas trop lourde pour moi, et si Hémon me prévient, c'est qu'il n'a pas le choix. C'est que ce n'est pas sa place non plus.

Je me suis concertée avec moi-même, avec Marc, et puis enfin, en dernier recours, avec Ninon. L'enfant est étrangement silencieuse, ses oreilles dressées comme celles d'un petit animal curieux. Je lui dis, avec les mots que je peine à trouver :

« Nana est très très triste. Qu'est-ce qu'on fait, ma Ninon ? »

Elle n'arrive pas à prononcer le prénom Anaïs, mais elle sait dire Nana, et quand elle dit Nana en présence de sa tante, c'est vers elle qu'elle tend les bras. Chaque fois, devant l'air étonné et flatté qui s'étale sur le visage de ma sœur, je me demande si elle aussi trouve cette enfant fabuleuse. Je ne m'attends pas à ce que ma fille réponde à ma question, je me dis juste, peut-être, que la poser à voix haute dans les termes les plus simples pourrait faire apparaître une solution claire. Mais Ninon me dit, très sérieuse :

« Donne des bisous ? »

J'ai passé en revue toutes les possibilités : aller à Limoges maintenant risquerait de tout aggraver. Risquerait de casser définitivement ce qui s'est fissuré la dernière fois, ce serait douloureux, laborieux. Et Anaïs s'échapperait, je crois, dans un déni qui consisterait à dire : « Hey, maintenant, ça va. » Peut-être qu'elle a besoin de ça, de se dire que pour l'instant, aujourd'hui tout va bien. Je me sens malhabile, à refréner mon envie de grand geste hollywoodien, parce que l'œuf que je tiens dans les mains est trop fragile et trop précieux.

Donner des bisous. Ça, je sais faire.

*

Je suis un peu en retard, alors je fais mes lacets à la va-vite et je manque de tomber en me prenant les pieds dans le tapis du salon. Le marché, Mme Conti, reprendre comme si de rien n'était. Une main sur la poignée de la porte, l'autre serrée autour de mon trousseau de clefs, je sursaute quand on tambourine sèchement. Une voix féminine inconnue :

« Bonjour ! C'est la Poste ! J'ai un colis pour Mme Anaïs Nollet ! »

Personne n'a mon adresse, me dis-je, décontenancée. J'ouvre et je dois avoir les yeux écarquillés, la surprise éclatante, car la factrice en uniforme bleu marine me sourit avec connivence.

« Vous ne vous y attendiez pas, hein ! Un admirateur secret, peut-être ? Signez ici, s'il vous plaît. »

Je ricane, dubitative, en même temps que je signe le reçu et puis bonne journée, merci, à vous aussi, au revoir. Je suis tiraillée par la curiosité, mais je suis très en retard surtout maintenant, et Tiziana est sortie de sa cuisine, son châle sur ses épaules : elle m'attend. Je pose la boîte cartonnée sur le guéridon à côté de la porte, que je referme derrière moi avant de la verrouiller.

Je descends les marches en sifflotant. *Fake it until you make it.*

*

Marc me tend un sac cartonné très chic, dont les anses sont des rubans dorés à l'allure princière. Il me glisse :

« Je crois que la moitié du ticket de caisse, c'est pour l'emballage… »

Je souris et j'extirpe d'un papier de soie coloré un petit écrin au liseré d'or, encore, qui contient des gaufres. C'est *too much*, mais c'est parfait. À côté de moi, Ninon dessine ce qui pourrait bien être sa plus belle œuvre d'art. Elle a sorti tous les pastels gras, ceux dont je préférerais vraiment qu'elle ne les utilise pas à proximité des murs blancs. La feuille sur laquelle elle exprime tous ses talents est immense, et on la pliera en autant de fois qu'il le faudra pour qu'elle rentre dans la boîte. Je place les gaufres tout au fond, j'ajoute des barres de chocolat, un paquet de thé, un livre, une bougie, une boule de bain effervescente, et, au-dessus, je pose l'enveloppe verte où j'ai écrit, de ma plus belle plume, le prénom de ma sœur.

Ninon, concentrée, apporte la dernière touche à son tableau.

« Fini ! »

J'insiste pour qu'elle m'explique son dessin, il y a un soleil, un champignon, la forêt, le chat, des nuages et un grand cœur rouge – elle me le pointe du doigt, il a la forme d'un blob, mais j'acquiesce. Un grand cœur rouge : parfait.

On referme la boîte toutes les deux et Ninon, dans sa candeur, plante un gros baiser sur le couvercle en carton. Son père la couve d'un regard tendre. Moi, je pense à Limoges, là-bas, où il faudra que tout arrive à bon port pour rétablir la ligne.

*

Quand je rentre, j'ai oublié le colis. Je ne le vois pas tout de suite, je range mes légumes au frigo (il faut que je recommence à cuisiner pour moi, m'a dit Tiziana), je pose sur la table basse la bouteille de limonade qui me faisait envie, et quand je me redresse, il me surprend, posé là, impérieux. Brun et anonyme, à part pour l'étiquette collée sur le dessus, que je ne peux pas déchiffrer de loin comme ça. Je m'approche. Un admirateur secret ? Je frissonne d'effroi. Axel ? Comment saurait-il où j'habite ? *Hémon* ? J'ai du mal à comprendre pourquoi, mais l'idée qu'il m'envoie un… cadeau – si toutefois c'en est un – me paraît plus saugrenue, plus intrusive aussi, qu'un coup de fil.

L'étiquette est petite, le texte y est minuscule. Il fait sombre, je plisse les yeux. Expéditeur : Camille Nollet.

Le soulagement me submerge, une vague chaude et confortable. J'arrache le scotch, impatiente maintenant. Quand Camille a quitté le domicile familial pour la première fois, pour quelques années d'internat où son potentiel de musicienne prodigieuse serait exploité et mis en valeur, mon père et moi lui envoyions des colis. On y mettait sa pâte à tartiner préférée, un DVD, de la colophane pour les cordes de son violon. J'étais toujours chargée d'écrire la carte qui devenait vite une lettre tant j'étais bavarde, autant que mon père était taiseux. Camille répondait par un coup de fil surexcité, à vingt heures trente tapantes, le seul moment où elle avait le droit d'utiliser son téléphone personnel. Qu'elle profite de ces quelques minutes de liberté pour appeler sa petite sœur, voilà qui me remplissait de joie. J'aimais sa voix quand elle disait juste « Oh ! la la trop bien, merci » avant de me raconter quelques-unes de ses aventures. Sa gratitude était sincère, et ses anecdotes étaient sa manière de me mettre dans le coup, de me faire prendre part. Elle me demandait mon avis sur la dernière querelle qui faisait trembler la formation, on décryptait ensemble le comportement de tel rival ou de tel prétendant, et on riait, beaucoup. J'étais alors presque avec elle, et c'était doux.

Quand j'ouvre le carton, je suis de nouveau presque avec elle : ça sent indubitablement l'encens et le bébé.

*

J'ai pris Ninon dans le porte-bébé et, le nez dans ses cheveux bouclés, nous avons marché jusqu'au bureau de poste. Cérémonial risible, où j'avais besoin de faire ce trajet moi-même, à pied, où j'avais besoin de prendre le temps. Le poids de Ninon se fait sentir, je crois qu'elle s'endort. Mon cœur palpite très fort, l'air est dur, le ciel bleu, les arbres nus. Le vent fouette mes joues, mais la tête de ma fille est protégée par un bonnet, par ma main qui fait écran, ma main pâle et rêche. Je croise des femmes lourdes d'un enfant blotti en dehors ou en dedans, ou au contraire dénuées de petite ombre accrochée à leurs pas, mais sûrement chargées d'autres fardeaux. Je croise des hommes aux barbes clairsemées et aux épaules voûtées, leurs mains libres enfoncées au chaud dans leurs poches. Aucun d'entre eux n'a le bras tendu par un bambin qui traîne des pieds, la douleur qui remonte jusque dans l'épaule, à en oublier qu'un petit ne peut marcher aussi vite qu'un grand. Aucun de ces hommes n'est ralenti. C'est une coïncidence, sûrement. Je souris à un chien.

Quand le colis disparaît dans les mains de l'employé de la Poste, mon cœur se serre. Puisse cela être assez – c'est si peu, en vérité.

*

Il y a un papier épais plié mille fois sur lui-même qui, aplati, recouvre presque toute la table basse. Je me rends compte que c'est le premier dessin que m'offre ma nièce. Sous ce trésor, l'enveloppe qui porte mon nom, en grandes lettres rondes. *Anaïs.* C'est moi.

Ma sœur, dit-elle,

J'aimerais être là, plus proche de toi, mais je ne sais pas – est-ce de ça que tu as besoin ? Tu avais raison, je ne sais pas ce qui est bon pour toi. J'essaye de remonter à la dernière fois où j'ai su, et je ne retrouve plus. C'est peut-être – je ne sais pas – que je suis trop concentrée à essayer de deviner ce qui est bon pour Ninon. Ce n'est pas une excuse que je me cherche, je crois, tu comprends, n'est-ce pas ?

Je te le dis : je suis là.

Si tu as besoin de moi, je suis là. Dis-moi.

Je t'aime et je suis désolée.
Camille

Je souris à travers des larmes qui n'en finissent plus de rouler.

Sa mère

La cuisine m'appelle et m'envoûte pour une infinité de raisons, les plus simples surtout. Pendant que mes mains pétrissent, coupent et saisissent, mon esprit entreprend de tisser des toiles pour relier les bouts de ma vie qui se sont barrés en orbite à mesure que je grillais les fusibles. À la fin, un peu triste parce que la signification de tout ça m'échappe, je suis réveillée par le four qui sonne, et alors là, j'ai créé quelque chose qui a du sens. Un sens qui se décuple chaque fois qu'il est partagé, par de plus ou moins grandes tablées, au rythme du cliquetis des couverts et des conversations. Je cuisine pour mettre de l'ordre dans mes placards sombres, pour en virer les cadavres et pour secouer la poussière.

Elles sont quatre avec Mme Conti autour de l'îlot de préparation, à attendre mes instructions. J'y vais la tête la première. Créons du sens, c'est tout ce qu'il nous reste à faire.

Fabienne, à qui Mme Conti raconte des blagues crues, est maintenant particulièrement concentrée. Il y a aussi Monique et Sophie, que j'ai aperçues une ou deux fois entre les rayonnages de la grande bibliothèque, et je réalise bien tard, en émergeant de mes pensées, que la quatrième élève de ce cours sans prétention n'est nulle autre que la mère de Hémon. Avec son chignon haut perché au sommet de son crâne, son rang de perles autour du cou, elle n'a l'air d'avoir besoin de rien ni de personne, et pourtant elle aussi suit mes directives, avec quelque chose qui ressemble à de la dévotion – une expression qu'on voit souvent sur le visage des cuisinières.

J'observe les mains lisses ou fripées de ces femmes pour qui être ici revêt une importance unique et singulière. Qui espère séduire une productrice rencontrée à un concert, qui veut nourrir des petits-enfants capricieux. Qui est seule et en a marre de manger des trucs sans âme et sans saveur.

Mme Roger-Lebrun, quant à elle, ne dit rien. Cela ne l'empêche pas de me regarder du coin de l'œil dès qu'elle pense que j'ai le dos tourné. Sa présence est presque menaçante, une impression pas vraiment tempérée par la ride du lion qui se creuse entre ses sourcils quand nos regards se croisent au loin.

Personne n'est intrinsèquement mauvais en cuisine. Surtout pas les femmes, par le truchement d'un destin qui depuis des millénaires nous y a confinées. Et si l'idée que de nombreuses heures de cuisine sont gâchées chaque jour pour des hommes malotrus et des enfants ingrats me hérisse parfois le poil, je n'en oublie pas que cuisiner pour ceux qui comptent, c'est un cadeau précieux. Alors on se retrousse les manches et on apprend à dire je t'aime avec une pincée de sel, un trait de crème fraîche, et ce n'est pas plus mal. Au fond, peut-être, il n'y a que ça de vrai.

Le cours se termine et les participantes glissent leurs préparations dans des boîtes en plastique fleuri, le rose aux joues et le sourire aux lèvres. Dans la cuisine, les effluves se mélangent agréablement, au creux de mon estomac pèse la sensation familière d'une faim discrète mais tenace. Il y a dans une poêle un reste de légumes caramélisés, au four quelques pommes de terre à l'ail et au romarin. Tandis que j'épuise toute ma réserve de sourires, je salive à l'idée du déjeuner tardif qui m'attend, et que j'ai très envie de savourer dans un calme solitaire, protégée par l'immensité de cette cuisine immaculée. Une membre du quatuor reste en retrait, le pas traînant, apparemment peu pressée de rentrer chez elle. Mme Roger-Lebrun, les sourcils toujours froncés, a visiblement toutes les peines du monde à fermer le couvercle de son Tupperware. Je m'approche d'elle, hésitante :

« Je peux vous aider ? »

C'était le signal qu'elle attendait : elle repousse la boîte d'un petit geste sec et fait cliqueter ses longs ongles sur le marbre du comptoir avant de me fixer avec une intensité qui n'a pas grand-chose à voir avec sa boîte. Ses yeux bleus me transpercent, sévères. Je me sens jaugée, jugée, et il est évident que je ferais mieux de me tenir tranquille. Je me demande de qui Hémon est le portrait, car ce n'est pas de sa mère qu'il tient ses yeux doux et son amabilité.

« Il faut que je vous parle, mademoiselle, mais je ne sais pas trop comment aborder le sujet sans dépasser les limites. »

Un nœud se resserre au fond de ma gorge. Quoi qu'elle ait à me dire, ça ne peut être rien de bon. Je fais mine de croiser les bras sur ma poitrine puis me ravise, doutant de l'image que ça renvoie de moi. J'espère que mon visage ne reflète pas combien je considère, d'ores et déjà, mes limites comme dépassées.

« C'est à propos de Hémon.

— Oui, je me doute, réponds-je, agacée par sa manière de tourner autour du pot.

— Vous vous êtes disputés… (Je lève les yeux au ciel.) Ne faites pas cette tête ! s'exclame-t-elle soudain. Je ne l'ai jamais vu comme ça !

— Jamais, vraiment ? », réponds-je en haussant un sourcil mesquin.

Je sais qu'elle ment, qu'elle se mêle de ce qui ne la regarde pas. J'ai passé l'âge de me faire engueuler par les parents des garçons que j'éconduis, et le ton professoral dont Madame ne semble pas vouloir se départir ne fait rien pour atténuer cette sensation d'un aller simple pour l'adolescence. Mon trait d'esprit ne me vaut qu'un nouveau regard assassin.

« Puisque vous insistez, je l'ai, en effet, déjà vu comme ça. Une fois. Et je me passerais vraiment d'un remake. »

Son ton, soudain, se fait plus doux, presque implorant.

« Votre dispute… Je n'ai pas besoin de savoir quel en était le sujet (*Manquerait plus que ça !* me dis-je en retenant une nouvelle roulade oculaire), mais je dois vous poser une question… C'est réparable ? »

Involontairement, je ferme les yeux, une furieuse envie de me masser les tempes du bout des doigts. Je préférerais mille fois disparaître, plutôt que répondre à cette question. Je fais signe à Mme Roger-Lebrun de s'asseoir (est-elle Roger, ou Lebrun, ou les deux ? Quelle est sa part à elle dans ce nom à géométrie variable ?)

et je lui sers une tasse du thé, préparé une dizaine de minutes auparavant. Il est un peu tiède, il n'y a rien de mieux sous la main, ça sent la cannelle et le tanin.

« Je vous trouve très intrusive, pour être honnête », dis-je d'un ton que j'espère neutre.

Je hausse les épaules.

« On ne s'est pas disputés. Et je tiens beaucoup à votre fils, reprends-je avec un fantôme de sourire. Mais moi, en ce moment, je ne peux pas être amie avec lui, c'est tout. Le reste, ça ne vous regarde vraiment pas. »

Je vois bien dans ses yeux qu'elle n'est pas convaincue par mon faible argumentaire. Pourtant, c'est rare, j'ai dit la vérité. C'est une vérité toute moche et qui ne mérite pas plus de mots, mais parfois les vérités sont comme ça, éloignées de toute noblesse, de toute grandeur.

« Bon, dit alors la mère de Hémon en claquant de la langue, impatiente. Vous l'aimez bien, je me trompe ? »

Mon regard fuit le sien tandis que je grommelle une réponse inaudible.

« Lui, il vous aime bien. Je le vois, je le connais bien, mon fils. Nous avons lu les mêmes livres, nous nous parlons dans la même langue. Il n'en dit rien, mais j'entends dans chacun des mots qu'il emploie pour parler de vous que vous êtes en train de lui briser le cœur. »

Et vlan.

« Vous avez vos raisons, continue-t-elle, je ne peux pas me mêler de ça. Mais je crois que vous l'aimez bien aussi, alors peut-être que vous devriez réfléchir à ces raisons. Je ne sais pas. Peut-être ne sont-elles pas aussi bonnes que vous voulez le penser.

— Mes raisons me regardent, en effet. Je sais que je fais ce qu'il y a de mieux pour Hémon comme pour moi. Je nous protège », répliqué-je d'une voix acerbe.

Mme Roger-Lebrun n'est pas impressionnée, elle éclate même d'un rire froid dépourvu d'humour.

« Mais la vie fait mal, mademoiselle, c'est comme ça. Et pendant que vous vous retranchez derrière votre petite armure, la vie continue. Elle ne vous attendra pas, et lui non plus. »

Sur ces mots, elle se lève, replace une mèche échappée de son chignon et tourne les talons sans m'accorder un autre regard. Et moi, je reste coincée dans mon mouvement pour la raccompagner, sous le choc d'une gifle dont je sens presque la chaleur sur ma joue.

La porte d'entrée se referme dans un cliquetis sourd et j'entends le pas précautionneux de Mme Conti se rapprocher de la cuisine. Elle s'installe dans son rocking-chair en chantonnant tout bas. Tant pis pour le petit repas tranquille.

« Elle n'a pas tort… »

La voix rauque de Mme Conti me parvient comme de très loin. Je décide de l'ignorer et je pars plutôt remettre le gaz sous la poêle de légumes.

Non, elle n'a pas tort. Là n'est pas vraiment la question. Qu'importe ce que disent les uns et les autres, j'ai raison, moi aussi, je le sais. Non, je ne peux pas nier le battement incertain de sentiments naissants au fond de mon ventre. Mais ce n'est pas une raison, ce n'est plus une raison, j'ai fait l'erreur une fois et ça ne se reproduira pas.

« J'aime les choses qui ont du sens. »

La déchirure

(le lendemain)

Au sortir de ma douche, Hémon était toujours là. Il avait préparé le café, il avait sorti des tasses. Il avait retiré la chemise froissée dans laquelle il avait dormi, j'ai découvert alors qu'il mettait des marcels, et c'était adorable. On a mangé sans rien dire, il restait du pain de la veille, un peu de beurre. Un petit-déjeuner surréaliste, qui n'aurait pas dû exister. Je n'osais pas le regarder dans les yeux, alors j'ai volé des bouts de lui en l'observant du coin de l'œil. C'est lui qui a brisé le silence qui nous enveloppait comme un suaire.

« Tu veux qu'on parle ?

— Bof. »

Hémon a acquiescé avant de replonger dans sa tasse sans insister. Qu'est-ce qu'on peut bien dire, quels mots sont adéquats, quand on ne devrait plus être là pour pouvoir les prononcer, mais qu'on n'est pas certaine non plus d'avoir vraiment voulu cesser d'exister ? J'aurais bien aimé, plutôt, retrouver mes esprits, conférer avec moi-même. L'ivresse de la douleur qui m'avait submergée la veille s'était apaisée, remplacée par la sensation de tiraillement d'une brûlure qui tend à vouloir guérir. Ne restait que cette pelote nouée, l'absence de manuel pour survivre à une tentative de suicide ratée. Ce n'était pas plus mal, théoriquement, mais c'était surtout gênant.

Au final, n'y tenant plus, Hémon a relevé la tête et m'a fixée de ses yeux vert forêt, une phrase au bord des lèvres. J'ai soutenu son regard pour l'encourager, ou bien le décourager, je n'étais pas certaine.

« C'est grave, Anaïs, a-t-il fini par dire en se mordant la joue. J'aimerais bien pouvoir t'aider, mais…

— Mais tu ne peux pas. »

Les mots m'ont quittée comme un dernier soupir. Ils avaient la saveur fade d'une platitude qu'on a laissée trop longtemps reposer, un verre d'eau éventée qui retrouve tout son goût de calcaire et de rouille.

Des tas de trucs se sont passés entre nous, parmi lesquels la nuit entière vécue flanc contre flanc. Sans qu'il songe jamais à m'abandonner, dans ses yeux, j'ai vu la peur, pour moi peut-être, à l'idée de me laisser seule sûrement, comme s'il craignait qu'à peine le dos tourné je retente le diable.

Il y avait un peu d'espoir qu'il se soit trompé, que je ne sois pas tout à fait aussi cassée qu'il l'avait soupçonné, et qu'on puisse peut-être tout oublier. Ou alors c'était un autre espoir, celui qui voulait qu'on me répare rapidement, un impact plus petit qu'une pièce de deux euros, un petit tour chez Carglass et hop, c'est du passé.

Et puis au-delà de tout ça, je m'attendais à un malaise, à une gêne de me faire face, de contempler mon spectacle. Et à la place, il y avait, incroyable mais vrai, une tendresse infinie. Il m'envelopperait tout entière, je pourrais trembler aussi fort que je le voulais, me disait-il du fond de son cœur, il serait là.

« Bien dormi ? », m'a-t-il demandé soudain, ses yeux toujours accrochés aux miens.

Il m'est alors apparu qu'une fois les larmes taries, ma joue contre son torse et dans l'oreille sa respiration profonde, j'avais dormi d'une traite et d'un sommeil sans rêves. J'avais cru à un moment sentir une main glissée dans mes cheveux emmêlés, qui m'avait rendormie aussi sec. Il y avait longtemps que mon sommeil n'avait rien réparé. J'ai cillé bêtement, une flotte de papillons accrochée à mes paupières, et j'ai dû me racler la gorge discrètement pour répondre.

« Étonnamment bien. Et toi ? »

Ma voix est partie en vrille sur cette question, l'espace entre nos deux visages s'était réduit imperceptiblement, je discernais sur les épaules nues de Hémon, dans la périphérie de mon champ de vision, des taches de rousseur que je tremblais de frôler. Je me suis demandé à quelle distance j'étais floue à ses yeux. Lesdites épaules ont été secouées d'un rire silencieux.

« Je n'ai pas fermé l'œil de la nuit. »

Je m'en suis voulu, et puis son sourire, et puis je ne savais plus quoi dire, je suis restée silencieuse et lui a continué, abattant ce qui devait être sa dernière carte.

« Tu es très tactile quand tu dors. Tu ne m'as pas lâché. »

Sa voix n'était plus qu'un murmure enroué qui m'a liquéfié les entrailles. J'ai ouvert la bouche – sans avoir la moindre idée de ce que je devais dire en retour –, mais une sonnerie électronique nous a interrompus. Le contact qui nous unissait s'est brisé quand on a tous les deux tourné la tête, à la recherche de l'origine du bruit. Hémon s'est levé pour fouiller dans les poches de sa veste qui gisait sur le canapé. Son téléphone vibrait dans ses mains et bien que contrit et désolé, il a décroché.

Polie, j'ai détourné mon attention de la conversation qu'il menait sans grand entrain, ce répit dans la tension qui s'était installée dans la cuisine m'a fait du bien. J'ai fini mon café d'un trait et, les bras levés vers le ciel, j'ai étiré toute ma colonne vertébrale dans un craquement bruyant. Chaque « pop » sonore a remis mes idées à leur place. Sous mes côtes, mon cœur s'est enflé, et puis il a voulu déborder de partout, les larmes se sont accumulées. Il a fallu que je respire profondément pour les refouler encore, j'aurai tout le temps de pleurer plus tard, il faudra que je pleure, me suis-je dit, pour faire passer tout ça. Ce champ de mines au fond de moi, où personne n'a encore marché. J'ai lavé ma tasse à l'évier, dehors Limoges était blanche, encore, perdue sous un manteau épais. C'était comme si le temps s'était arrêté pour que je puisse reprendre mon souffle.

Hémon a raccroché et s'est approché de moi, je n'ai pas entendu ses pas nus sur le carrelage, mais je l'ai entendu se saisir de son mug encore posé sur la table, dans mon dos. Une fois mes mains essuyées soigneusement, j'ai trouvé le courage de me tourner vers lui, mais pas celui de le regarder en face. Je n'ai pas réussi à lui laisser entrevoir combien mes propres mots déchiraient mon âme.

« Il faut que tu partes. »

Ma voix vibrait, mon corps se recroquevillait. Campée sur mes deux jambes indécises, je paraissais faire la moitié de la taille de l'homme qui, sous mes yeux, buvait la coupe jusqu'à la lie – et en grimaçait.

« Vraiment ? », a-t-il dit dans un grondement qui a fait trembler la terre et avec elle moi tout entière.

J'ai hoché la tête lentement, j'ai dégluti. Toute la scène m'était trop pénible.

« Tout ce qu'on pourrait construire ensemble, ce serait… (j'ai cherché mes mots longtemps, il m'a regardée avec patience, j'aurais pu le gifler d'être aussi gentil)… ce serait comme plier mille grues en papier et s'attendre à les voir s'envoler un jour de pluie. C'est trop fragile, c'est trop bête, je peux pas te demander ça. »

Il a haussé un sourcil narquois, mais aussi infiniment triste. Comme s'il avait compris, déjà, comme si tout ça était tout à la fois inévitable et insensé.

« Je suis désolée… et merci. Mais pour l'instant… je peux pas. »

Je me suis brisée en même temps que la fin de ma phrase, tout était douloureux. Encore ce trou dans mon ventre. J'ai dû me retourner pour cacher tout ça et retenir un peu en moi les lambeaux d'une dignité qui ne donnait plus le change à personne.

Hémon s'est encore rapproché, je sentais sa chaleur dans mon dos, puis ses bras autour de moi, dans une étreinte si pudique qu'elle en était presque comique. J'ai fermé les yeux, j'ai inspiré, et puis il n'était plus là. Un froissement de tissu, une toux un peu gênée, la porte s'est refermée en silence sur le bruit de ses pas.

HÉMON : « Nous aurons d'autres soirs. »

Bien plus souvent que nécessaire, je rends visite à Tiziana, laquelle n'est pas dupe. Je cherche tous les prétextes pour me rapprocher du premier étage au fond de la cour. Je guette en arrivant, en repartant, le regard tendu vers ses fenêtres, j'espère la voir, l'apercevoir au moins, chaque fibre de mon être meurtrie d'être privé d'elle. Il a fallu, dans cette absence, dans cette carence, que je me rende à l'évidence : je l'aime, cette fille.

Je ne sais pas comment c'est arrivé, est-ce que c'était avant ou après le café renversé ? Avant ou après ce catastrophique baiser ? Pendant cette séance de cinéma où elle a plaqué sa main contre sa bouche pour ne pas pleurer, un regard en coin coulé vers moi, comme si j'allais la juger de ressentir très fort des émotions en Technicolor ? Ou ce premier matin de janvier, où je l'ai sentie trembler contre moi dans le froid, les yeux fermés à ce moment-là pour graver dans ma mémoire ce fragment d'intimité ? Je ne peux plus me méprendre sur cette fièvre qui me tient éveillé – ai-je vraiment dormi depuis cette nuit irréelle passée à la serrer contre moi pour la retenir, pour la nourrir d'un peu d'envie de vivre encore ? Hanté par le bruit de ses sanglots étouffés, par ses grands yeux noyés, par son odeur de sel et de whisky, chaque nuit, je voyage sur des mers d'orage où se lamentent les âmes de mille damnés. Chaque nuit, je me dis qu'elle pourrait les rejoindre, mais le jour finit toujours par se lever, la nuit finit toujours par s'égarer – et l'espoir revient. De la revoir, que tout s'arrange, que le printemps arrive enfin.

J'ai failli à mon devoir de vaillant soldat. Quel genre d'homme tourne les talons et abandonne quelqu'un dans une telle situation ? Mais je ne pouvais pas rester. Non seulement ma présence n'était plus la bienvenue, mais j'ai appris aussi à ne pas avoir la vanité de croire que je peux sauver quiconque. Les mots d'Anaïs sont parvenus à mes oreilles dans un fracas épouvantable, un raz-de-marée de l'inéluctable. Depuis l'aube, la monstrueuse réalité qui flottait entre nous se faisait plus palpable. Que cette vie, pour l'instant, n'était pas assez large pour nous contenir tous les deux.

Alors je suis parti. La gorge serrée, les mains glacées dans mes poches rêches, la tête engourdie de possibles, de peut-être et de jamais. Pas totalement inconscient, à peine le coin de rue tourné, j'ai essayé d'appeler Camille. Sans succès. Démuni, j'ai tapé un SMS dérisoire en mesurant combien il est malaisé d'expliquer ce qui se joue à six cents kilomètres d'elle, entre deux presque inconnus qui comme deux aimants mal polarisés s'attirent autant qu'ils se repoussent. Sans trop l'alarmer, parce que tout est bien qui finit bien, mais sans minimiser non plus. Ce qui s'est passé n'est pas anodin. J'espérais que personne ne m'en voudrait, de cette poignée de mots jetés, qui ne rendaient pas justice à la situation. Je n'avais plus de rôle à jouer, alors j'ai quitté la scène et il n'y a pas eu de vivats. L'ombre, la nuit. Les regards courroucés de ceux qui m'entourent et qui ne comprennent pas où je suis parti, si je vais revenir un jour.

Ce soir encore, je suis chez Tiziana. Elle m'accueille un peu froidement, je commence à en avoir l'habitude et je n'arrive pas à m'en trouver peiné. Son air pincé me révèle qu'elle m'en veut. Alors que j'entame une litanie de banalités polies, Tiziana m'interrompt sans pitié.

« Hémon, dis-moi, il y a quelque chose que je ne comprends pas bien… »

Elle prononce mon prénom « Hémônn », en traînant légèrement sur le *n*, chaque fois ça donne une autre dimension à ce prénom étrange dont je n'ai parfois pas l'impression qu'il est le mien.

« Pourquoi tu ne montes jamais voir la petite ? Je sais que c'est elle que tu cherches. »

Je rougis violemment et j'ai très mal au cœur soudain. Tiziana ne peut remarquer ni l'un ni l'autre, mais ça ne m'est d'aucun réconfort. Je tousse, mal à l'aise.

« Vous êtes brouillés, c'est ça ? insiste-t-elle.

— Eh bien, je ne sais pas... Tu lui as demandé, à elle ? »

Mon ton nonchalant ne trompe personne.

« On ne parle pas de toi, figure-toi ! Crois-le ou non, mais tu n'es pas le centre du monde, mon petit. Alors ? Tu attends quoi pour lui déclarer ta flamme ?

— Ma flamme ? m'étranglé-je, confus de ma propre transparence.

— Si même moi, je vois que tu en pinces pour elle... c'est que tout le Limousin est au courant, dit-elle, exaspérée.

— Je ne sais pas, *nonna*, c'est compliqué, réponds-je en haussant les épaules. De toute façon, elle ne veut pas me voir.

— Qu'elle est sotte, alors !

— Mais non, elle n'est pas sotte, elle est malheureuse. C'est différent. »

La vieille dame fait claquer sa langue en secouant la tête lentement.

« On peut être malheureux, mais rien n'oblige personne à rester tout seul. C'est ridicule, si tu veux mon avis, énonce-t-elle d'un ton docte avec sa voix rauque. L'homme est un animal social, tu sais. Ce n'est pas de moi, c'est d'Aristote.

— Elle n'est pas toute seule… Elle te voit tout le temps ! Il y a sa sœur aussi, et puis le cours de cuisine…

— Pff, ça n'a rien à voir. Tu es trop jeune, mais quand on a mon âge… on sait ces choses-là. Qu'aurais-je fait toutes ces années, pour surmonter les épreuves, si je n'avais pas eu mon mari pour me soutenir ? »

Elle saisit mon bras de sa main osseuse et serre un peu trop fort.

« Enfin… C'est vos affaires, après tout », lâche-t-elle en reniflant avec dignité, le nez rougi.

Elle tapote mon épaule avant de se lever sans difficulté apparente. Avec les années, j'ai fini par comprendre que Tiziana met beaucoup d'efforts à faire croire à son indépendance totale. Sans rien dire, je glisse la main sous son bras pour l'accompagner. Elle relève la tête, le nez en l'air comme l'aristocrate qu'elle sait si bien donner l'impression d'être. Elle se dirige vers le salon, son royaume. Avant de se rasseoir dans son fauteuil préféré, celui qui tourne le dos à toutes ces photos qu'elle connaît par cœur, elle me dit :

« Tu me feras le plaisir, dorénavant, de ne venir que si tu as envie de me voir. D'accord ? »

Je murmure une excuse inaudible et je m'en vais, talonné par la culpabilité.

Une chose pareille

Camille est revenue. Les mains croisées sur ses genoux serrés, elle se tient droite sur la chaise du petit café dans lequel elle m'a traînée. J'avais hâte de la retrouver, de revoir ce visage familier dans la foule d'inconnus qui traverse ma vie et bouscule mon âme. Et maintenant qu'elle est là, ma grande sœur, si grande dans sa blondeur, elle me bouscule à son tour et je ne sais plus quoi lui dire.

Elle attend des explications, elle fuit mon regard aussi. La gêne qui avait commencé à s'esquisser lors de sa dernière visite a mué. J'imagine qu'il est difficile de faire face à une personne qu'on aime et qui a bien failli ne plus jamais exister. M'en veut-elle terriblement ? Je ressens le besoin de m'excuser, mais je suis coincée dans le rôle que je me suis donné : mettre ça derrière moi, essayer d'oublier.

Elle ouvre la bouche, elle la referme, elle joue avec une mèche de ses cheveux qu'elle a maintenant coupés en un carré très court dans la nuque. J'aperçois la cicatrice qu'elle s'est faite il y a longtemps, elle devait avoir dix ans. Notre mère refusait tout net de raccourcir ses longs cheveux, mais têtue comme une mule, elle avait pris un cutter et s'était entaillée à la base du cou, ça avait terriblement saigné. Plus de peur que de mal, quelques points de suture, une traînée argentée pour toujours effilée sur sa peau dorée.

« Je suis désolée de ne pas être venue plus tôt, balbutie-t-elle, avec la tournée…

— C'est très bien comme ça, Camille, ne t'en fais pas. »

Je ne sais pas si j'aurais aimé la revoir plus tôt. Je ne sais pas non plus quand j'ai compris qu'elle avait compris, ou su, ou qu'on lui avait dit. Toute ma gratitude en regard de sa présence aujourd'hui est le fruit d'une lente fermentation, d'une solitude en forme de forteresse, où il aura fallu que j'accepte d'abaisser le pont-levis par moi-même. Il aura fallu aussi qu'on puisse, elle et moi, sauvegarder les apparences. Nous laisser croire, l'une comme l'autre, qu'elle venait me voir pour mon anniversaire. Pas parce qu'il avait failli ne plus jamais y en avoir.

Et pourtant je sais qu'elle sait et qu'il faudra vider nos sacs. Ça fait tellement de temps qu'on évolue sur des chemins parallèles qui ne se rencontrent pas, comment m'y prendre pour être vraie ? Je ne tiens pas à réveiller le trou noir qui me guette en dedans, qui n'attend qu'un infime gravier dans mes rouages pour me faire trébucher.

Le café est froid et il n'est pas très bon, malgré son prix et l'atmosphère affectée que dégagent les meubles en bois clair et le comptoir recouvert de pâtisseries au glaçage si lisse et brillant que je pourrais me maquiller dedans. Derrière Camille, une fille parle de cette ex que son mec veut revoir. « Je suis pas jalouse hein, juste… je suis pas à l'aise quoi, 'fin je sais pas… » Ses cheveux roux sont roulés en chignon serré et je n'entends qu'elle, même plus mes propres pensées. C'est trop tentant de l'écouter babiller sans fin, pour ne pas devoir parler. Je secoue la tête pour m'arracher au son de sa voix, nasillarde sans être tout à fait désagréable.

« Bon, on va faire un truc, d'accord ? » dis-je après avoir pris une grande inspiration qui m'a demandé environ tout mon courage.

Camille saisit sa tasse pour se donner une contenance. Elle hoche la tête, trempe ses lèvres dans son café et grimace.

« Tu vas me demander ce qui se passe et je vais te répondre. OK ? On va pas rester deux jours à se tourner autour en marchant sur des œufs, merde. »

Ma sœur a un rire silencieux qui anime les quelques rides au coin de ses yeux. De très légères pattes-d'oie qui creusent un peu plus notre distance, qui lui donnent aussi un air plus doux. On dirait qu'elle rit beaucoup. Elle acquiesce, d'un geste absent elle fait tourner son alliance autour de son doigt.

« OK. Alors, qu'est-ce qui se passe ? », finit-elle par dire, du bout des lèvres.

Je secoue la tête violemment. Ça ne peut pas marcher comme ça.

« Non. Des questions précises. Comme ça, ça sortira plus facilement. J'ai besoin de questions précises, sinon je n'y arriverai jamais. »

Elle tripote ses cheveux, son pendentif, son alliance, le sucrier, avant de poser ses deux mains bien à plat sur la table.

« OK. Pourquoi tu as fait ça ? »

Son regard traîne depuis la porcelaine blanche de sa tasse jusqu'à mes yeux, où il se pose avec une force qui me scotche. Pourquoi j'ai fait ça ? Oui, tiens, pourquoi ? J'essaye en vain de me libérer de ce regard à la fois accusateur et implorant, je ne peux pas lui faire ça, à elle aussi, l'éviter. Alors je réfléchis mais pas trop, et je me lance, oubliant bien vite qu'elle est là, pour ne me tenir qu'au fil de ma voix.

« Au moment *t*, ça paraissait logique. La seule chose à faire. Plus rien ne m'attendait, j'étais au pied du mur. Mais *pourquoi*, précisément, je sais pas vraiment. Quand je suis arrivée ici, j'étais anesthésiée, et ce soir-*là*, c'est comme si je m'étais enfin décongelée. Je savais qu'il me manquait quelque chose, mais ce n'est qu'à ce moment-là que j'ai vraiment *senti* le trou en moi. Et... C'était pas la rupture le problème, ou le chômage, le problème il était ailleurs et j'avais pas du tout envie de chercher. C'était plus facile comme ça, tu vois ? J'avais trop mal, je voulais juste que ça s'arrête. »

J'ai la bouche sèche et tout est flou parce que je pleure. Les doigts de Camille se referment sur les miens, les broient, je l'entends renifler, loin, très loin. La rousse derrière ma sœur se retourne, elle nous regarde étrangement je crois. Je ne suis plus très sûre de rien et cette ignorance me va très bien. Pour l'instant.

« Comment tu as pu faire une chose pareille... », murmure Camille.

D'un coup, elle a l'air tellement en colère.

« Pourquoi tu m'as rien dit ? demande ma grande sœur en me transperçant de sa douleur. Pourquoi tu n'as rien dit ? Au lieu de me laisser jacasser sur mes petits problèmes débiles...

— Pas le bon endroit, pas le bon moment. Ça m'arrangeait bien, tes petits problèmes. Tu me regardais pas de trop près. »

Camille ravale un rire sarcastique.

« Je voulais juste qu'on me fiche la paix, continué-je à voix basse. Je voulais pas penser à ce qui se passait. Et puis je voulais pas te faire de mal, que tu t'inquiètes. »

J'étouffe, il faut que je sorte d'ici pour ne plus avoir à contempler le visage défait de ma sœur face à mon abîme. Un silence s'installe, j'en profite pour payer et pour renouer mon écharpe autour de mon cou.

« Viens, on y va », proposé-je avec un pas vers l'extérieur encore embué d'hiver. Le printemps perce à peine, il arrive sur la pointe des pieds.

On déambule dans les rues sans rien voir autour de nous, trop occupées à regarder en nous-mêmes. Moi, je sens que cette lassitude que je traînais depuis des années ne demande qu'une chose : s'envoler. Je la retiens en faisant des pieds et des mains, parce que je ne connais qu'elle. À quoi ressemblerait la vie, sans elle ? Serait-elle vraiment plus belle ? Une peur panique d'être heureuse me saisit à la gorge.

Camille marche tout à côté de moi, absorbée par ses propres pensées. Aux portes des jardins de l'Évêché, on est plus loin que je suis jamais allée depuis mon arrivée. Trop triste, trop froid, tant de bonnes raisons de ne jamais m'éloigner de ce que j'ai toujours connu. L'endroit est grand et majestueux. Il semble indécent d'y parler à haute voix.

La main de Camille se glisse dans la mienne, nos doigts s'entremêlent et pour la première fois depuis longtemps, je pense à Ninon. Cette toute-petite qui ne fait qu'éclater de rire à longueur de journée, qui ne sait pas ce qui l'attend.

« Il faut que tu me dises, maintenant, d'accord ? dit Camille d'une voix cassée. Je vais forcément m'inquiéter pour toi, mais ça va, je gère. J'ai besoin que tu me dises, que tu me fasses confiance. Si tu vas mal, je veux le savoir. Avant qu'il soit trop tard. »

Les fêlures dans ses silences emplissent l'air tout entier, il y a tant de déchirement là-dedans que ça me fait grincer des dents. Je n'ai pas de place pour cette culpabilité qui m'étreint d'avoir laissé Camille dans le noir.

« Tu serais partie ? Sans rien dire... reprend-elle, doucement incrédule. Sans penser à moi ? À papa et à maman, à la petite, à Marc ? Qu'est-ce que j'aurais fait sans toi ?

— J'ai pensé à rien. Ça m'a valu une belle migraine le lendemain, crois-moi. »

Elle ne relève pas mon sarcasme. Nos mains sont moites et le vent, sans rencontrer d'obstacle à travers les arbres nus, nous heurte de plein fouet.

« Pense à nous, Anaïs. Tu n'es pas obligée de tenir tout le monde à distance.

— Je sais plus vraiment faire autrement », réponds-je, la gorge serrée en pensant au bruit que fait le cœur de Hémon quand il bat contre mon oreille.

Camille s'arrête, se plante face à moi et m'attire à elle sans mot dire. Je laisse passer la vague d'inconfort qui me donne tant envie de la repousser, à laquelle j'ai l'habitude de céder. Je lui résiste et m'abandonne. Ce n'est pas si compliqué, bordel, même que ça fait du bien. Camille passe sa main dans mon dos, comme quand j'étais petite. Elle murmure à mon oreille :

« Tu me fais confiance ?

— Tu sais bien que oui. Je te confierais ma vie.

— Ta vie je sais pas, c'est beaucoup d'un coup, sourit-elle. Commence par me confier tes soucis, OK? »

Quelle chance j'ai. À cet instant précis, je me fais le serment de ne plus jamais oublier cette veine implacable d'avoir une sœur qui prend son rôle très au sérieux. Je ne dis rien, mais j'y pense très fort : il faudra que je sois à la hauteur, que Camille ait une sœur elle aussi, et plus seulement un fardeau. Qu'elle puisse compter sur moi.

Ma gorge pique, l'air froid me brûle les joues, je ferme les yeux très fort jusqu'à voir se former des paillettes sous mes paupières serrées. Le vertige, le même que ce soir-*là*, me submerge encore, je vais perdre pied si personne ne me retient. Dans ma trachée monte une onde incontrôlable de sanglots qui éclôt sur l'épaule bienveillante de Camille. Elle me berce d'avant en arrière, je ne sens que ma peur et ma douleur et mon malheur qui valsent, endiablés, entre mes côtes soudain trop étroites. Oh, disparaître. Une bonne fois pour toutes.

« Je suis là, petite sœur. Ça va aller. Pleure, vas-y, je suis là pour te rattraper. »

Sa voix me parvient par-dessus la marée. C'en est peut-être la musique, peut-être le rythme, qui me ramène à la terre ferme en évitant tous les écueils.

(Re)naître

(communion)

Camille est déterminée à ne pas perdre une seconde de son week-end, maintenant qu'on a ouvert les vannes. Elle me pose toutes les questions qui lui passent par la tête, depuis : « C'était qui déjà, le premier mec que tu as embrassé ? » jusqu'à : « Mais au fait, c'est quoi ton plat préféré ? » On n'a jamais autant parlé, le son de ma voix finit par sonner étranger à mes propres oreilles. Nos rires aussi, qui gonflent comme des bulles de savon jusqu'au plafond pour éclater sans bruit.

Il est presque deux heures du matin et nous en sommes à notre deuxième litre de tisane Nuit calme quand Camille me demande soudain :

« Mais au fait… Pourquoi Limoges ? »

Je me trouve con, un peu honteuse d'avoir à révéler un secret que j'aurais dû emporter dans ma tombe. À ce stade d'honnêteté pourtant

– après lui avoir avoué qu'à six ans je lui avais coupé une mèche de cheveux dans son sommeil pour lui jeter un sort –, je n'en suis plus à une confession près.

Je lui raconte le tatouage, qu'en fait elle n'a jamais vu et qu'elle observe maintenant sous toutes les coutures. Debout au milieu du salon, mon tee-shirt relevé sur mes côtes dans l'air un peu froid pendant qu'elle se contorsionne pour mieux distinguer les traits de Daphné. Camille me demande si j'ai eu peur, elle me demande si j'ai eu mal, transpercée des milliers de fois par les aiguilles. Il y a dans sa voix une pointe d'admiration à l'écoute de mon récit, comme s'il n'y avait rien de plus fou. Elle a l'air d'oublier tout ce qui la rend, elle, si incroyable.

Vient le moment où je lui répète, mot pour mot, comme ils sont gravés dans ma tête depuis ce jour où je me suis fait graver le derme : « Limoges, c'est une ville où l'on va pour mourir. » Camille éclate de rire. Pourtant, moi, je n'ai jamais trouvé ça drôle. Peut-être parce que je n'ai jamais été certaine qu'Yvain plaisantait vraiment.

Je sens la nymphe contre moi, pour la première fois depuis longtemps. C'est bon signe, me dis-je, de retrouver cette proximité physique entre moi et ma première folle décision. Je baisse les yeux, oui, elle est toujours là, avec ses jambes enracinées et soudain, il m'apparaît que Daphné c'était moi. Tableau prémonitoire de mon état, asservie malgré moi à l'attention d'un homme qui ne m'allait pas. Je passe un doigt attendri sur le dessin encore si noir. Il faut parfois longtemps pour se défaire d'une malédiction.

Une fois calmée, Camille se rassoit et sans me faire face, elle murmure :

« Pourquoi t'es partie ?

— Pour être loin, pour oublier. Qu'il y avait des gens auxquels me raccrocher. »

Camille médite ces paroles en s'allongeant finalement sur le tapis, ses longs cheveux blonds étalés comme une aura de lumière autour de son visage tourné vers le ciel noir et or.

« Hé ! Demain, tu as vingt-six ans, lâche-t-elle après de longues minutes de silence, d'un ton à la fois rêveur et émerveillé.

— C'est demain, déjà ?

— Tu as vingt-six ans ! Déjà ! » souligne Camille, sourire aux lèvres.

Et soudain, elle dit :

« Viens, on se fait tatouer ? Toutes les deux, pour fêter ça ? »

Ma grande sœur s'est redressée, surexcitée, et se trémousse en me lançant son regard qui veut dire « Mon idée est géniale, n'ose même pas me contredire ».

C'est bien la dernière chose à laquelle je m'attendais. Un tatouage. À deux. J'ai envie de penser, devant son visage illuminé, que la perspective de libérer sa punk intérieure, sous clef depuis si longtemps, l'enchante et l'effraye. Je hoche la tête, sans dire un mot. Elle se jette à mon cou en riant, parce que Camille rit souvent. J'aurais dû voir, ces derniers mois, qu'elle riait beaucoup moins. J'étais trop occupée à me regarder le nombril. J'espère que je serai excusée, si quelqu'un, quelque part, tient les scores.

Demain, j'ai vingt-six ans. Et avec Camille, on va s'encrer l'une à l'autre.

On a passé la nuit à réfléchir aux dessins qui allaient venir se poser à nos surfaces. Être sœurs, c'est déjà quelque chose dont on ne se débarrasse pas facilement. Avoir l'autre comme ça dans la peau, dans le cœur, c'est une autre histoire encore, une histoire volontaire, un choix délibéré qui va nous transmuter.

Le jour commençait timidement à se lever sur l'horizon d'un doré très foncé quand nous avons eu toutes deux l'épiphanie qui nous a laissées pantoises. Un germe d'idée et pourtant une évidence. Une continuité. Côte à côte allongées par terre, nos deux mains accrochées l'une à l'autre contre nos corps fatigués, on a vu nos poignets se rejoindre dans un V comme deux veines qui forment la même artère, deux rivières qui créent un fleuve, les deux branches d'un même arbre. On a vu nos vies se dérouler comme une longue phrase mal ponctuée, où on ne sait pas vraiment quand prendre sa respiration avant de continuer, où les mots s'entremêlent et les interlignes se superposent dans une savante cacophonie, un flou artistique. Nos tatouages seraient à cette image. C'est blotties l'une contre l'autre qu'on s'est finalement endormies, sur le tapis, dans une chaleur qu'on n'avait encore jamais partagée.

On se prépare à parcourir tout Limoges à la recherche d'un tatoueur qui acceptera notre demande de dernière minute. Je me sens toute petite. Ma sœur me fait remarquer, amusée, que de nous deux c'est moi qui devrais mener la danse. Mais c'est comme si mon premier tatouage venait d'un autre monde, d'une autre vie, que toute l'audace que j'avais rassemblée il y a de cela des mois s'était évaporée. Comme si j'étais une autre personne.

À notre grand étonnement, de notre liste de tatoueurs potentiels nous n'avons rencontré que la première. Clémentine est une toute petite nana couverte d'encre, la lèvre inférieure fendue d'un anneau, la longue chevelure colorée dans d'incroyables nuances de mauves et de roses. Elle est tellement belle que j'en tomberais à la renverse, il m'est difficile de croire qu'un visage puisse être aussi parfait. Dans sa minijupe, avec ses collants fleuris et sa chasuble transparente portée sous une chemise à carreaux, elle pourrait très facilement me faire complexer. J'ai ce problème avec la féminité des autres, elle me place dans une zone d'insécurité qui me paralyse. Comment ne pas me sentir pataude et ridicule quand de telles vénustés se baladent en liberté ?

Heureusement pour moi, Clémentine est d'une gentillesse pure et simple. Le salon vide nous laisse tout l'espace et le temps pour lui expliquer ce que nous sommes venues chercher. D'abord hésitantes, prêtes à nous faire renvoyer à chaque instant, Camille et moi, on bredouille, on a du mal à trouver les mots qui rendraient notre quête moins futile et notre projet moins minuscule. Clémentine nous écoute avec patience, et quand elle comprend que ce qu'on lui demande ne prendra pas plus de cinq minutes, mais changera probablement nos vies, elle hoche la tête d'un air entendu. Je crois qu'elle voit, de son troisième œil habitué à décrypter les demandes parfois brumeuses, ce que cachent avec maladresse nos phrases alambiquées.

Je retrouve toutes les sensations qui m'avaient tant marquée dans la cave sous les pavés de Tours. L'odeur de l'antiseptique, le mauve profond du stencil sur nos peaux, le vrombissement discret du dermographe. Camille photographie chaque instant à chaque clignement de paupières, et d'un regard je lui demande si elle est sûre de ce qu'on est en train de faire. Elle me sourit, tellement fière. Elle passe la première, c'est son baptême de l'air, du feu et de la terre, elle tremble un peu, mais elle me dira après que c'était comme de rentrer en scène, le microscopique instant juste avant que le rideau se lève. Un trac qui pousse à avancer, le vent sous les ailes.

Il y a sous l'épiderme de Camille, dans le creux de son poignet gauche, tout un réseau de veines bleutées qui courent jusqu'à la main, qui remontent à l'intérieur de son bras et qui disparaissent en s'y enfouissant. Une grâce que je n'avais jamais perçue, son articulation si fine, la manière unique qu'elle a de casser son poignet pour tendre la peau, je vois dans ce geste le fantôme du violon qu'elle a presque greffé à son identité. Un beau violon foncé, qu'elle fait chanter, qui fait danser. J'observe la tatoueuse gantée de noir dessiner tout contre ces veines deux parenthèses qui se font face, l'espace infini et pourtant minuscule qui les sépare me fascine. Il y a tant de choses à dire entre ces deux courbes, et tant de choses à faire. Tout un monde qui s'ouvre dans cet espace fermé mais pas tout à fait.

Clémentine nettoie, emballe et scotche Camille, qui reste bouche bée devant son poignet orné à jamais. Elle lève les yeux vers moi et murmure :

« Qu'est-ce que j'ai fait ? »

La tatoueuse se retourne, interloquée, mais Camille la rassure vite en tournant vers elle son visage transcendé. Ma sœur a mis beaucoup de secrets entre ces parenthèses, certains qu'elle a partagés avec moi hier dans la nuit opaque, beaucoup qu'elle a gardés serrés contre son cœur. Elle me sourit timidement et lance d'un ton bravache :

« À ton tour ! »

Je suis plus nerveuse que je ne l'aurais imaginé.

Cette fois, je n'arrive pas à regarder les aiguilles se planter sous ma peau, et bien que je passe encore moins de temps que ma sœur le bras tendu sous la lampe frontale de Clémentine, je me sens écorchée vive. La douleur frotte contre la peau, papier de verre au grain très fin, et ne dure que quelques instants. Un écho qui se répercute dans tous mes recoins les plus sombres. Et puis, aussi vite qu'elle est apparue, elle s'efface et il ne reste qu'un point-virgule d'un noir de jais logé entre deux de mes propres veines violacées. Souvenir d'avoir décidé de continuer mon histoire, plutôt que d'y mettre une fin définitive.

Je le fixe intensément, je m'attends à ce qu'il s'efface à tout moment. Il est pourtant bien là, narquois, aussi permanent que je voudrais l'être. Pendant que la tatoueuse range son matériel, Camille insiste pour qu'on immortalise notre moment de folie en une photo mièvre dont elle seule a le secret. Elle s'empresse de l'envoyer à son mari, accompagnée d'un « Tu devineras jamais ce que j'ai fait ! » exalté.

Clémentine me lance, de sous ses cils incroyablement longs, un regard en coin empli d'une émotion que je peine à discerner. Compassion, pitié ? Empathie, curiosité ? Je décide de m'en moquer, ce qui me demande moins d'effort que prévu. Elle jette ses gants qui claquent en atterrissant au fond du bac poubelle. J'entends alors la musique qui retentit en fond sonore depuis notre arrivée, les clients qui entrent et sortent à l'avant de la boutique et le monde qui continue de tourner.

En quittant le salon, Camille plante un baiser sonore sur ma joue rosie. Elle me dit merci et me demande comment ça va.

« Et toi ?

— J'étais preums ! rétorque-t-elle sans se laisser avoir.

— Je crois que ça va. Genre "là tout de suite, ça va pas trop, mais au fond ça va quand même", tu vois ?

— Je vois. »

Bras dessus bras dessous, nous reprenons la route en sens inverse d'un commun et silencieux accord. Nos deux poignets sous cellophane, suintant de la lymphe et du sang comme autant de larmes qu'on n'aurait pas osé pleurer.

ANTIGONE : « Oui, j'aime Hémon. »

Le nez dans mon écharpe, j'ai les pensées tournées vers demain, vers tous les demains de cette année supplémentaire qui m'attend au tournant. Je m'apprête à demander à Camille ce que ça lui fait, cette encre figée en elle pour l'éternité, mais je n'en ai pas l'occasion, car au moment où j'ouvre la bouche, je l'ai vu.

Il est à quelques mètres de moi, assez près pour que je distingue ses traits, trop loin pour sentir son parfum boisé. J'avais oublié jusqu'à l'allure de sa silhouette. Enfin... c'est ce que je pensais, c'est ce que j'ai voulu me faire croire. Comme je suis douée pour me mentir. Plus le temps passe et mieux je me bluffe. Non, en fait, je n'ai rien oublié, ni son regard un peu perdu, ni la forme de ses lunettes, et encore moins le goût de ses lèvres. Ça me heurte de plein fouet comme un train lancé à grande vitesse.

J'aurais dû m'en douter. C'est une petite ville, Limoges, c'est même fou que ça ne soit pas arrivé plus tôt. Dans un moment élastique qui me saisit à la gorge, dans un soudain qui dure une éternité, nos regards se croisent. Il ne m'a pas oubliée non plus, je le vois au sursaut qui allume le vert de ses yeux en un éclair enflammé. Je le vois à son corps qui se soulève dans une inspiration qui doit le traverser comme un poignard effilé.

Je le vois, il me voit, des milliards de particules invisibles à l'œil nu traversent l'espace qui sépare nos deux corps. Ce qui se passe entre nous, ça a la saveur du naturel, et même du trop longtemps retenu, c'est un barrage qui a cédé. C'est un flux qui n'aurait pas dû s'interrompre, un lien qui ne s'est jamais brisé, mais qui, étiré au maximum, nous fait serrer les dents, les poings, le cœur.

Mon corps se tend vers le sien dans un schisme d'avec mon cerveau qui, lui, ne demande qu'à fuir. Je détourne la tête et nos regards se déchirent. Camille m'observe à la dérobée, prête à bondir. On prend la contre-allée, Hémon sort de mon champ de vision, son visage déconfit par ma lâcheté reste imprimé sur ma rétine et j'en vois l'ombre partout, qui me suit à la trace. Je suis défaite à l'intérieur, chacune de mes mailles se détricote lentement, il me coûte d'avancer sur mes jambes aussi fragiles que des aiguilles. Mais je fuis et entraîne Camille dans une ruelle.

Une fois que nous sommes bien au chaud chez moi, Camille se retourne sur moi et m'accule, sans pitié.

« C'est quoi ton problème ? »

Je reste interloquée, encore bouleversée par cette rencontre ratée, manquée, qui me laisse le souffle coupé. La moitié de ma capacité pulmonaire s'en est allée rejoindre Hémon, on dirait.

« Il faut qu'on soit combien à te supplier, pour que tu comprennes ?

— Mais de quoi tu parles, à la fin ?

— De toi, merde, et de ta sale habitude de mettre ta petite tête de mule dans le sable ! »

Camille me jette un regard vénéneux et je me ratatine en un instant.

« C'est pas parce que tu fermes les yeux que la lumière s'éteint. Tu dis que tu es seule et que tu as mal, mais c'est toi qui t'enfermes, qui repousses tout le monde. Tu n'es pas seule, à la fin, regarde autour de toi ! »

Ma sœur fulmine, fait les cent pas. Je la suis du regard, médusée, ramassée sur moi-même au bout du canapé.

« Que tu m'envoies balader, d'accord, je ne suis que ta sœur, après tout. Que t'aies besoin de changer d'air, OK, je comprends aussi. Mais c'est quoi ton excuse maintenant que t'es là et que d'autres gens t'ouvrent les bras ? C'est quoi ton excuse pour continuer à pleurnicher ? »

Assise sur la table basse, elle se penche vers moi, perce la bulle de mon espace intime, elle me fixe avec ses grands yeux bleu foncé qui ne présagent que le tonnerre. J'ai toujours du mal à respirer.

« Et tu sais ce qui me tue ? J'ai envie de te dire que si tu continues, tu finiras toute seule et tu l'auras bien mérité, mais c'est même pas vrai. Tu seras jamais toute seule, parce que je serai toujours là, je t'abandonnerai jamais. Donc voilà, tu pourras faire ta pourrie gâtée autant que tu voudras.

— Super, merci, réponds-je, dans une dérision qui ne me vient qu'à défaut d'autre chose.

— Tu vas le laisser filer, Hémon, continue Camille, ignorant ma sortie. Tiziana aussi ? Tu vas plus jamais te faire un seul ami, plus jamais avoir un seul amant, c'est ça ton plan ? Je t'ai vue, je t'ai vue, espèce de menteuse, le dévorer des yeux…

— Mais c'est pas ça le problème, Camille ! explosé-je, n'y tenant plus.

— Ah ouais ? Eh ben vas-y ! Explique-moi le problème ! »

Deux lionnes défendant leurs territoires, on tourne autour de la table basse dans un pas chassé d'une lenteur inexorable. Je repense au poids du bras de Hémon autour de moi, à Tiziana et sa voix éraillée quand elle a dit « Je n'allais pas vous laisser comme ça ».

J'allume une cigarette que je fume sans même en sentir le goût.

« On fait comment pour aimer bien les gens quand on ne sait pas s'aimer du tout ? Tu me dis ça, toi qui sais tout ? C'est juste, c'est normal, de savoir qu'on va faire souffrir les gens et de s'en foutre ? C'est fair-play, tu crois ? »

Camille reste silencieuse un petit instant, juste assez pour que je croie avoir fait mouche. En réalité, il apparaît que je l'ai exaspérée, et attendrie, aussi. Elle me répond d'une voix apaisée, ses iris éclaircis :

« Il faut que tu comprennes un truc. J'ai mis du temps à le comprendre, moi aussi, alors si je peux te faire ce cadeau… Tu m'écoutes ? Ce n'est pas à toi de décider que tu es un fardeau trop lourd à porter pour les autres. Les gens qui t'aiment t'aimeront, avec ou sans tes fêlures. Les autres n'y arriveront pas et ils disparaîtront. Ça fait mal, c'est vrai, mais c'est la vie, et tu peux survivre à ça. Tu peux survivre à ça parce que ceux qui te tourneront le dos ne seront pas les plus nombreux. Tu as survécu, non, à ce petit con d'Axel ?»

Je grimace.

« Tiziana t'adore. Et Hémon, lui, il t'ouvre les bras. Il n'attend que toi. Tu crois pas qu'il est assez intelligent pour savoir s'il en a vraiment envie ou pas ? »

Le lendemain, nos embrassades sont à nouveau teintées d'un peu d'embarras, rien de comparable cependant à l'espèce de gelée collante qui nous empêchait de nous mouvoir naturellement la dernière fois. Alors que Camille remballe ses petites affaires pour retourner auprès de ses deux grands amours, j'évalue secrètement ma capacité à retrouver une solitude qui, elle a raison, ne me convient plus tout à fait. Nos échanges roulent dans ma tête comme autant de grains dans un sablier qui ne cesse de tourner. Camille me jauge, elle essaye de se rassurer, de s'assurer que je ne cours aucun danger. Moi, je le sens dans mes os, je n'ai plus la force de fuir, plus la force de creuser. Il n'y a plus qu'à taper du pied au fond de la piscine pour refaire surface. J'ai failli me laisser happer par le chlore et la fatigue, mais j'ai retrouvé l'envie. Je veux faire la paix.

Aujourd'hui que j'ai survécu à vingt-cinq années, je ne prends pas le temps de me demander à quoi ressemblera le quart de siècle suivant. Devant une part de tarte aux pommes et un chocolat chaud plein de cannelle, Camille s'enquérait de mes projets. J'ai reconnu n'en avoir aucun, être plus perdue que jamais. J'ai pourtant pu dessiner les contours de ce que je ne voulais plus faire : ni rentrer chez nous, ni redevenir vendeuse.

« C'est un bon départ », m'a-t-elle dit.

Elle m'a conseillé de prendre le temps, mais de pas trop traîner non plus, que la vie attend un peu mais pas indéfiniment. Elle me demande si je viendrai les voir, me montre des photos de Ninon, qui a tellement grandi que mes paupières papillotent et que le goût du sel de mes larmes me pique la gorge.

Je dis oui, oui à tout. J'ai passé trop d'années à dire non sans même réfléchir, et soudain il est tellement plus simple de dire oui. Oui, je viendrai, oui, je serai là, oui, les anniversaires, le baptême si tu veux, et Noël tant qu'à faire. Je peux être cette présence au loin, celle qui prend les trains, celle qui rejoint. Alors quand Camille doit partir pour ne pas rater le sien, il n'y a pas besoin de l'accompagner à la gare, il n'y a qu'à planter deux bises sur ses joues, moi sur la pointe des pieds et elle qui sourit, pas besoin d'adieux larmoyants, pas besoin de corps perdus, de cœurs qui tremblent. Elle part, mais c'est pour mieux nous retrouver. Avant de refermer la porte, derrière elle le premier jour d'un mars qui annonce la belle saison, elle me dit :

« Je t'aime, petite sœur. »

Je n'arrive pas encore à répondre dans le même élan, je vois tant d'amour dans son regard, je fais taire la voix qui essaye de me siffler à l'oreille que je ne la mérite pas, cette grande sœur inébranlable. Je n'arrive pas à répondre alors j'acquiesce, les yeux embués de trop d'émotions mélangées. Elle sourit encore, dévoilant ses dents blanches et plantées un peu en biais, et elle s'en va.

Ma poche vibre et pensant que c'est Camille qui m'envoie une dernière niaiserie avant de disparaître, je lève le téléphone à hauteur de mon visage, éblouie par la lumière bleue dans l'obscurité naissante. J'ai reçu deux textos d'un coup.

De Camille :

17:43 C'est Hémon qui m'a prévenue. Ne lui en veux pas trop, il a bien fait.

17:43 Et va voir un psy, s'il te plaît.

Mes soupçons, qui ne pesaient pas bien lourd, sont donc confirmés. Il y a quelques jours, quelques semaines, peut-être que cette information aurait eu de l'importance. Plus maintenant.

J'ouvre le deuxième texto.

17:43 J'espère que tu passes un bon anniversaire.

J'appuie sur répondre, mais mon doigt ripe ou alors mon cerveau court-circuite, d'un coup je lance un appel et en moins de temps qu'il n'en faut pour raccrocher, j'entends « Allô ? » au bout du fil, de cette voix qui seule a le pouvoir de me mettre dans cet état.

« Oh, euh, Hémon… salut, bafouillé-je.

— Comment vas-tu, Anaïs ? » demande-t-il d'un ton plaisant, comme si on avait pris un café pas plus tard qu'hier.

Avec plus de douceur, peut-être, comme si le café en question avait été un peu amer, un peu triste.

« J'ai envie de te voir. »

C'est sorti tout seul et il n'y a plus rien à rattraper. C'est si vrai que ça crève l'écran, ce n'est plus possible de mentir, et tant pis pour la mosaïque de moi pas encore recollée, tant pis pour le mal théorique que je pourrais faire à cet homme que je connais si peu, mais que j'ai tant envie d'aimer. C'est simple et beau, ça sent le coton propre, la menthe poivrée et les draps froissés. Dans son silence, je tisse un filet d'espérance qui devrait me permettre de tenir le coup s'il avait décidé, entre hier et aujourd'hui ou même avant, qu'il ne fallait pas jouer aux funambules, qu'il serait plus sage de se retirer, de laisser couler les bateaux sur lesquels on n'avait posé encore qu'un pied.

« Viens. »

Sillons

« Viens. »

Un souffle, une invitation, une promesse. Viens avec moi, ailleurs, loin de tout ça, où tu voudras, au bout du monde, au creux de moi, viens dans ma vie, je t'en prie. Ce dimanche sans saveur ouvre en une syllabe à peine murmurée tout un éventail d'horizons. Dire que je n'attendais rien serait une demi-vérité, j'attendais beaucoup de choses, mais ça, peut-être que je n'y croyais pas.

Je ne sais pas si j'avais perdu espoir tout à fait. Dans l'effort nécessaire pour ne pas me laisser submerger par des sentiments impossibles à contrôler, j'ai construit un mur entre elle et moi, j'ai mis de côté la couleur de ses yeux et le son de sa voix, dans un coin où ça ne m'atteindrait pas. Pas trop, en tout cas. Mais hier dans un éclair, dans une valse improbable, nous n'étions séparés par presque rien au milieu de la ville compacte, et tout m'est revenu en plein cœur.

Comme je l'ai sous la peau, comme je n'attends qu'elle et comme rien autour ou presque n'a plus d'importance. Ce n'était pas prévu, ça m'a pris le ventre, les poumons, ça a touché tous mes organes vitaux et c'est comme vivre deux vies à la fois. Moi, petit prof de français distrait qui récite *Le Cid* à des élèves désabusés, je suis aussi l'amoureux transi prêt à faire le pied de grue sous un balcon, ma mère avait raison, à peu de chose près, à se pendre dans un tombeau si ça pouvait garantir à Anaïs d'être heureuse enfin. *Que n'ai-je tant vécu que pour cette infamie ?* Je finis mes tirades sur un point d'interrogation, toujours la même attente dans la voix, qu'on se trouve pour ne plus se lâcher.

Quand Anaïs frappe à ma porte, j'ai le nez dans la sauce et l'air sent l'huile d'olive et le cumin. Malheureusement, mes lunettes sont embuées, mes cheveux sont aplatis par la vapeur échappée du four et je porte mon seul tablier, qui clame haut et fort que je suis « Le Roi du Barbecue ». Elle a un petit sourire en coin quand son regard, pile au bon niveau, déchiffre l'inscription avant de remonter s'arrimer au mien. Difficile de croire alors que lorsqu'on s'est tenus si près l'un de l'autre cet ultime matin, c'était pour la presque dernière fois. Difficile de croire qu'on ait réussi à détourner les yeux d'une alchimie que je ne suis pas le seul à ressentir, j'en suis persuadé, je le vois dans la tête qu'elle fait.

Au bout d'un moment passé à nous observer sans bouger, je m'efface pour la laisser entrer.

« Qu'est-ce que tu bois ?

— Un Coca, ou un jus de fruits, si tu as. »

Je la sers, elle me remercie et, le verre à la main, entreprend de faire le tour du salon, son attention naviguant sur chaque surface plane encombrée de babioles, de livres surtout, de fragments d'une existence qui soudain a le goût d'incomplet, sans elle sur mes photos encadrées. Je la revois au milieu du salon, dans la fumée du réveillon, submergée par la musique qui cognait. Elle était déjà à sa place. Je la regarde observer, ses épaules tendues qui fendent son dos en deux omoplates saillantes sous un pull beige ajouré. Ses cheveux rassemblés en un chignon lâche d'où s'échappent des mèches folles que j'ai très envie de saisir comme prétexte pour l'effleurer.

J'ai des questions, j'ai des réponses aussi, mais briser ce silence et le ballet lent de sa ronde n'aurait aucun sens. De ses gestes délibérés se dégage une sérénité que je n'avais pas encore perçue, que je n'aurais pas, d'emblée, rattachée à la personne d'Anaïs Nollet. C'est un apaisement timide, qui ne demande qu'à être entretenu, rassuré, c'est un petit feu de bois au début d'une nuit d'été.

Déchirant l'air calfeutré, mon four émet une série de bips stridents. Anaïs sursaute, je me précipite pour éteindre la sonnerie, ouvre la porte et extrais le plat que j'avais enfourné bien avant qu'elle n'arrive. Une fois la céramique brûlante posée à l'abri sur le comptoir, je me retourne et elle est là, devant moi. Avec un sérieux de sage, ou alors de tout petit enfant, elle me dévisage, et tout en moi se met à trembler sans raison. Vite, dire quelque chose, renverser le sortilège que nous nous sommes lancé.

« Tu restes manger ? »

Anaïs hoche la tête sans détourner les yeux, son corps si proche du mien vibre d'une chaleur de fournaise, elle se tend vers moi dans un mouvement inexorable – non, je ne rêve pas –, elle vient nouer ses bras autour de mon cou et nos peaux électrisées se cherchent et s'aimantent. *Non, je ne rêve pas*, me dis-je encore quand nos lèvres se touchent dans le plus lent des baisers, il y a dans son souffle le souvenir d'une cigarette angoissée qu'elle a fumée avant d'arriver. Je la vois tirer sur le filtre comme sur une ligne de vie, ses mains mangées par les manches de son pull un peu trop grand. Nos lèvres se séparent et ses mains cherchent mon visage, se posent sur mes joues, et nos yeux se retrouvent. Le temps est suspendu, encore une fois en équilibre sur le fil d'un rasoir, j'ai le terrible pressentiment que la moindre perturbation dans l'atmosphère romprait la magie que nos corps sont en train de conjuguer. Avec une précaution infinie, je la serre contre moi et le nez dans son cou j'inspire tout ce qu'il y a, le savon, le tabac et le café, j'y retrouve tout ce que j'avais deviné à la première bouffée d'elle, il y a des mois. L'écho, la maladresse, le renoncement, la tendresse. J'y retrouve une envie d'elle dont je réprime le trouble comme on endigue les marées, l'instant est trop fragile pour être gâché comme ça.

Elle se détache de moi juste assez pour que son murmure me parvienne sans être étouffé :

« Je vais guérir. Je ne serai pas toujours comme ça. Il faut que tu me dises que ce n'est pas pour ça que je suis là, pas parce que je suis cassée. Je ne veux pas que tu sois mon sauveteur. »

Je souris quelque part entre son oreille et sa nuque, elle sent aussi le shampoing à la lavande et le feu de cheminée. Pour lui répondre, je nous éloigne à peine et la contemple droit dans les yeux. C'est peut-être les vingt centimètres qui nous séparent et le froid qui s'engouffre, c'est peut-être la force de mon regard, elle tremble un peu, effrayée mais déterminée. Anaïs, la courageuse.

« Je veux que tu guérisses. Je serai là, et toujours là quand ce sera fait, promis. »

On se rassure à la flamme de nos sourires échangés.

« Je ferais un bien mauvais sauveteur, de toute façon. Je t'ai dit que je ne sais pas nager ? »

Anaïs éclate d'un rire qui illumine tout autour de nous.

« Comment ça, tu sais pas nager ? Comment peut-on ne pas savoir nager ? »

Et le temps reprend son cours normal, les minutes durent à nouveau soixante secondes et pas le triple, la promesse du dîner se rappelle à nous, on se frôle dans l'espace restreint de ma petite cuisine sans savoir comment s'attarder, quels gestes sont encore trop intimes et lesquels nous font frissonner. C'est doux et piquant, c'est fort, sucré, c'est exactement ce que j'espérais et tellement plus à la fois.

Il y a quelques jours, ma mère m'a dit : « Vraiment, je ne comprends pas ce que tu as, mon fils. Tu la connais à peine, cette fille. » Avec cette phrase amère qui tournait en boucle dans ma tête, j'ai douté qu'il faille vraiment se connaître pour s'aimer vraiment, que ma tristesse soit moins légitime parce qu'elle se comptait en jours et pas en années. Était-ce Anaïs qui me plaisait, ou étais-je amoureux de l'idée d'aimer ? À quoi ça rimait, d'aimer sans se battre, de la laisser nous éloigner, de partir sans avoir chanté toutes les sérénades, sans avoir prié tous les dieux. Je m'en suis voulu d'avoir renoncé aussi facilement, était-ce du respect, ou de la lâcheté ?

De l'autre côté de la table, Anaïs se tient un peu plus droite que dans mon souvenir. Elle triture la nappe d'une main mal assurée, les mots se bousculent dans l'espace invisible entre nous, et plusieurs fois nos phrases se mélangent, nos rires s'échouent l'un contre l'autre. Elle commente les piles de livres qui s'élèvent du sol et débordent de mes bibliothèques, note l'absence de rideaux aux fenêtres, se lève pour chercher les vinyles quand elle remarque la platine. Elle applaudit, ravie, devant les quelques disques de vieilles chansons françaises, et me laisse faire quand je pose le diamant sur un trente-trois tours à la pochette en noir et blanc. L'air se charge d'électricité alors que retentissent les premiers accords.

Anaïs tend l'oreille, je lui tends la main, nos corps se retrouvent dans une danse maladroite qui me paralyse d'euphorie. C'est lent, c'est obsédant, c'est elle et moi dans un dialogue silencieux et lancinant.

I dreamt about you every night this week, how many secrets can you keep? Les ombres dans tes yeux qui déteignaient sur tes cernes mauves, qui pesaient sur tes épaules et dans chacun de tes gestes, comme j'aurais voulu comprendre chacune d'entre elles et les pourfendre une à une, je ferais un bien mauvais sauveteur, c'est certain, ça ne m'a pas empêché de m'être rêvé en chevalier blanc, en prince charmant, pour te libérer.

'cause there's this tune I found that makes me feel like you somehow, when I play it on repeat... Combien de fois ai-je écouté ces mots, pendant qu'en moi je gravais consciemment chaque détail, chaque souvenir de ton visage ?

Do I wanna know, if the feeling flows both ways? N'aurait-il pas été terrible que j'aie tout inventé, que j'aie pris mes désirs pour des réalités, que l'attraction ne soit pas partagée ? Ne serait-il pas sot de m'accrocher aux fragments d'un mensonge, d'une illusion, d'une folie douce ?

« *Been wondering if your heart's still open and if so, I wanna know what time it shuts* », murmure-t-elle alors dans mon oreille d'une voix presque cassée.

Il devient difficile de déglutir, tant ma gorge se serre quand elle passe ses doigts dans mes cheveux, quand ses yeux plongés dans les miens me mettent en apnée, et qu'ainsi sous son regard d'acier, je me liquéfie. *Crawling back to you...*

Emmêlés

J'hésite, embarrassée de ma timidité. Nos peaux qui crépitent, qui s'appellent, qui s'écoutent, dans une valse qui tangue et me fait tourner la tête. Le décor flou autour de nos deux entités encore séparées, pour combien de temps ? J'ai le trac, voilà, c'est le mot, d'entrer ou de me mettre en scène. Je ne sais plus vraiment comment on fait l'amour pour la première fois.

Nos souffles courent et nos lèvres se cherchent, se devinent dans une pénombre qui nous renferme l'un sur l'autre. La collision se fait au ralenti – à un moment nous étions deux et l'instant d'après, dans une retenue incroyable, nous sommes une seule et même énergie mal contenue, en quête de sens, de contact, le bout de tes doigts sur la peau de mon dos court-circuite tout, les lumières s'éteignent à tous les étages. Cramé. Grillé.

Qu'on se bouscule et qu'on se bouleverse et qu'on en vienne à bout de la métaphysique, rentrer dans le vif du sujet, rentrer l'un dans l'autre et ne plus jamais se démêler. Mon corps crie famine, mon corps meurtri, mon corps qui saigne qui se tord qui tremble, il n'en peut plus de toute cette violence, il supplie. Un peu de tendresse, un peu de chaleur. Soulevée dans tes bras, il n'y a plus de nord à perdre, il n'y a que toi à trouver.

Dans l'obscurité ta peau est transparente, phosphorescente, je peux tracer du bout des doigts les constellations qui se dessinent entre chacun de tes grains de beauté. Te regarder à la dérobée, ne pas oser, par peur que l'ardeur qui brûle dans mes yeux ne t'effraye. Emplir mes poumons de toi, combler tous les creux, les paupières fermées hermétiquement maintenant, retracer ton corps allongé de mémoire, je veux t'apprendre par cœur et puis te réciter chaque jour que le bon Dieu fait.

Serre-moi plus fort, renverse-moi, imprime-toi encore, scelle nos vérités et nos mensonges ensemble, mélange tout ce qui nous ressemble. Je voulais oublier maintenant je veux me souvenir, de chaque instant qui se déroule là sous mes yeux, sous ma peau tendue de désir, d'une soif de toi que je ne retiens plus. Qu'on se perde l'un dans l'autre parce que cette fois, je le sais, on saura se retrouver. M'abandonner aux conséquences, me rendre à l'évidence, je t'ai attendu tellement longtemps.

Ta voix cassée mélangée aux basses qui retentissent jusque dans les murs, t'aimer en rythme. Tes ongles qui creusent des tranchées dans mon dos et m'ancrent à toi dans la tempête, t'aimer en mer. *Le poids sur moi de nos corps enlacés, de ton âme égarée, qui me retient sur terre, t'aimer plus fort.* Le goût de toi sous ma langue affamée, le sel et l'eau, le miel et l'air, le soleil, t'aimer pour rire. *T'aimer désir,* t'aimer soupir, *t'aimer pour jouir.*

La porte

(après)

Main dans la main, nos cœurs battant à l'unisson d'une même appréhension, nous poussons la porte et nous engouffrons dans un couloir aux murs gaufrés de blanc, aseptisé. Ma tête résonne de tous les conseils, de tous les encouragements, de tous les avertissements aussi, que j'ai entendus ou devinés dans les regards et traduits dans ma langue, bien au chaud sous mes stigmates. À l'entrée, une femme d'une cinquantaine d'années m'accueille avec un sourire compatissant. Je me demande comment elle sait que c'est moi, et pas lui, et pas nous peut-être, est-ce que ça se voit sur ma tête ?

« Anaïs Nollet, j'ai rendez-vous à quinze heures. »

Ma voix s'étrangle, il est peut-être encore temps de faire demi-tour ? Je tourne la tête vers mon issue de secours, il me regarde et sourit. *Tu peux le faire.*

« Installez-vous dans la salle d'attente, c'est sur votre droite. »

J'agrippe tous mes effets personnels comme si c'était mon dernier voyage. Manteau, sac, écharpe, Hémon. Tout contre moi. La salle d'attente est vide à l'exception d'un homme d'âge mûr, au teint pâle et aux épaules tremblantes. Sa posture trahit sa terreur, la mienne en écho se contorsionne au fond de mon estomac. J'inspire profondément en m'asseyant après avoir chuchoté un « bonjour » qui reste sans réponse. Mes mains moites s'essuient sur mon jean, Hémon en attrape une et entrelace nos doigts en une maille serrée. *Tu peux le faire.*

Dans ma poche, mon téléphone dans lequel les quelques mots de Camille m'attendent, si le besoin s'en fait ressentir. Le son de sa voix résonne encore quelque part en moi, sa voix si fière de moi que les larmes me sont montées aux yeux et que j'ai parlé du nez pour les refouler. Je suis retournée dans les jardins où nous avions déambulé et je l'ai appelée, tremblante d'avoir osé, d'être obligée. Aux arbres désormais les bourgeons, sur les parterres des fleurs déjà écloses me regardaient d'un air intrigué. Le printemps avait débarqué en quelques jours, discret et flamboyant, parant la ville de vert et de joie. *Tu peux le faire.*

Hémon et moi avons choisi de prendre le temps de trouver un équilibre qui n'appartiendrait qu'à nous, de s'habituer l'un à l'autre, aux défauts comme aux qualités, aux réveils silencieux qui sentent le tabac froid et aux tirades de Shakespeare déclamées sous la douche. À la vie, en somme. Pourtant, il n'a pas fallu dix minutes à Mme Conti pour sentir ce qui se tramait sous son nez. Elle m'a offert son plus beau sourire, a dit d'une voix serrée par l'émotion qu'il fallait être idiot pour ne pas nous y être mis plus tôt. À l'amour.

Elle a fait un signe de croix discret et embrassé la médaille qu'elle porte toujours autour de son cou ridé, ses lèvres ont remué en silence pour dessiner le prénom de son mari regretté. J'ai baissé les yeux, gênée. Hémon a planté un baiser sur sa joue et lui a murmuré quelque chose en italien, des larmes au coin de ses yeux blessés, elle lui a répondu dans cette langue qui chante et que je ne comprends pas. Plus tard, Hémon m'a fait la traduction : *Prends soin d'elle.*

La porte s'ouvre et une femme aux cheveux d'un brun très foncé et très frisés apparaît, appelle un nom. Le monsieur tremblant se lève et disparaît, happé par la lumière solaire qui s'échappe de la pièce derrière la docteure. La porte se referme, la salle d'attente reprend sa teinte un peu jaune et maintenant mes pensées peuvent rebondir sur les murs, elles enflent comme des ballons, elles me montent à la tête. Hémon chantonne faux sous sa barbe au rythme de la radio d'ambiance qui s'échappe d'un haut-parleur dissimulé dans un coin du plafond. Les vitres qui donnent sur la rue sont aimablement dépolies, décourageant les trop curieux qui tenteraient de reconnaître les visages des patients. Qui de l'épicier ou de la directrice d'école n'a plus le cerveau tout à fait à l'endroit, lequel des voisins a besoin d'une ordonnance de pilules multicolores pour ne pas sombrer dans la folie ?

Mille à l'heure, deux mille à l'heure, bientôt tout va disjoncter, mon cœur va exploser, je vais tomber raide là, je serai connue comme la nana fragile dont le palpitant a lâché pour une histoire de porte fermée. Le mmh mmh mmh plat de Hémon à côté de moi ronronne, rassurant. Si je tourne la tête, je sais que son sourire me cueillera au passage, m'empêchera de tomber, de me dérober, de renoncer.

Incapable de fermer l'œil de la nuit, je me suis levée au petit matin sur la pointe des pieds, j'ai slalomé entre nos vêtements échoués sur le plancher et j'ai trouvé à tâtons le chemin vers sa cuisine bariolée. Une fois mon café passé, je me suis faufilée sur le balcon, pieds nus et frissonnante, pour enchaîner les cigarettes angoissées. Au milieu d'une exhalaison de fumée bleue, j'ai senti son grand corps à lui, encore enveloppé de sommeil – et d'une couverture –, m'entourer, sa joue contre ma joue, un baiser. Pas un bruit, une présence. L'odeur du café et de l'air froid nous emplissait. J'ai appris que l'amour, parfois, c'est être seul à deux.

Je n'ai même pas eu besoin de demander, je n'aurais d'ailleurs jamais osé. Quand j'ai raccroché le téléphone et que j'ai entrepris de noter la date et l'heure du rendez-vous, Hémon a regardé dans son agenda en remontant ses lunettes sur son nez. Il a attendu que j'aie fini d'écrire pour m'emprunter mon stylo. Il a noté le bloc de Post-it bleu hôpital qui me faisait office de planning, il a haussé un sourcil narquois et le lendemain, un paquet soigneusement emballé m'attendait sur la table du petit salon, sous la verrière que je vais finir par déserter pour de bon. Un bel agenda fermé d'un lien, et un Post-it bleu hôpital où, de son élégante écriture penchée de professeur excentrique, il avait écrit : « Il est temps de faire des projets. »

Si je disais que je n'avais pas pleuré, je mentirais.

Dans le silence profond qui entourait chacun de nos gestes ce matin, quand je laçais mes baskets et qu'il nouait son écharpe, il y avait tout ce qu'on n'avait pas besoin de se dire et tout ce qu'on avait déjà dit, dans des conversations à bâtons rompus qui duraient jusqu'aux petites heures de la nuit. Toutes les questions auxquelles ni lui ni moi n'avions de réponses, pas cette fois. Il y avait aussi l'étrange certitude, celle qui tient au corps comme un bon riz au lait, que nous reviendrions de ce rendez-vous profondément différents. Lui aussi, qui restera de l'autre côté de la porte, qui attendra, patient, pendant des mois et peut-être des années s'il en a le courage, que j'arrête de boiter, il sera changé.

La porte s'ouvre à nouveau, je suis incapable de dire combien de temps s'est écoulé depuis que la lumière solaire a mangé le monsieur pâle.

« Madame Nollet ? »

Je sursaute parce que personne ne m'a jamais appelée *madame*, je perçois plus que je n'entends Hémon secoué d'un petit rire étouffé. Je me lève, mes genoux en guimauve à la framboise, mes mains de nouveau moites comme des éponges. Soutenue par son regard vert – *Tu peux le faire* –, je me dirige vers la docteure qui me tend sa main à elle, sèche et ferme, bienveillante. Son sourire me détend, j'entre dans le bureau et Hémon disparaît derrière la porte. Je n'ai pas le temps de me retourner, de me raccrocher à lui une dernière fois.

La lumière dévorante s'explique par le plafond en verre qui inonde tout de ses rayons de soleil si clairs, si beaux en ce matin de printemps. La docteure, qui ne porte pas de blouse blanche, me fait signe de m'asseoir. Le fauteuil est confortable, pourtant je croise et décroise les jambes avec nervosité. Elle prend place en face de moi, de l'autre côté du bureau jonché de dossiers, de stylos et de photos d'enfants frisés aux yeux gris-bleu-vert. Elle me sourit à nouveau, croise les mains sur le plateau, et de sa voix chaude elle dit :

« Alors, qu'est-ce qui vous amène ? »

Je prends une profonde inspiration. Et une deuxième.

Et puis je me lance. Et puis je m'envole.

Références et remerciements

Pendant l'écriture et la correction de ce livre, j'ai écouté en boucle : « Five Minutes » de Her, « Partis pour rester » de Francis Cabrel (et toutes ses autres chansons d'ailleurs), « Les filles de l'aurore » de William Sheller, tout ce qu'ont chanté Clara Luciani, Pomme, Brigitte, Juliette Armanet, Camille, la bande originale de *Dirty Dancing*, celle de *Alabama Monroe*, Johnny Cash, Lou Reed et Norah Jones.

Au fil de ces pages se trouvent forcément des morceaux de ma pop culture personnelle, et je tiens à rendre aux artistes qui me précèdent ce qui leur appartient. Je salue donc Céline Dion, Victor Hugo, Jean Anouilh, Anna Gavalda, *Star Wars*, Diglee, *Le Soldat Rose*, Camille et Brigitte (encore elles !), pour des mots qui peuplent les miens désormais.

Je remercie :

Julie Finidori, agente extraordinaire et bien plus encore, d'avoir trouvé un toit à ce texte, d'avoir habilement géré mes balbutiements de jeune autrice souvent paniquée, de m'accompagner dans l'aventure d'écrire.

Éléonore Delair, éditrice hors-pair, pour son œil acéré, ses réflexions toujours pertinentes, sa patience et ce titre.

Éline, qui a lu cette histoire pendant que je l'écrivais à l'automne 2017, et qui a fait en sorte que je n'ose jamais baisser les bras. Anaïs, qui en plus a subi chaque version avec un enthousiasme inépuisable : elle est mon amie prodigieuse.

Charlotte Faraday, première professionnelle de la littérature à avoir posé les yeux sur ce texte, et qui m'a donné confiance en son potentiel de devenir un jour un vrai livre.

Guillain le Vilain, dessinateur de lianes et semeur de piments, qui m'a encrée dans une cave et m'a dit : « Limoges est une ville où l'on va pour mourir », plantant sans le savoir la graine d'une idée. Tout le reste n'est que fiction.

Claudine Tritant, professeure de français, qui en quatrième, après un devoir d'invention, m'a dit que je ferais bien de continuer à écrire. Je suis une élève obéissante, et voilà où ça nous mène.

Martin Winckler, à qui j'ai confié, tremblante, mon rêve d'écrivaine lors d'une dédicace et qui m'a alors encouragée à écrire les histoires de demain.

Ma famille, qui soutient sans réserve mon activité de saltimbanque – et plus particulièrement mon papa et ma marraine qui ont lu ce roman quand il n'était encore qu'un paquet de feuilles maladroitement reliées.

Mon groupe d'écriture en ligne, composé de personnes talentueuses qui m'ont donné des conseils et écoutée pester pendant la dernière ligne droite d'édition.

Laetitia, amie des prêts de livres, avec qui discuter de fiction et de politique, et de fiction politique.

Mathieu, grâce à qui je peux imaginer des hommes qu'on a envie d'aimer.

Eleven, chat, muse, philosophe : quand les mots ne viennent pas correctement, son stoïcisme nonchalant me rappelle que faire la sieste est toujours une bonne idée.

Cette histoire, dans une version antérieure et sous un autre titre, a été publiée gratuitement sur mon blog en mars 2020, et donc merci aussi à toutes les personnes qui l'ont lue à cette époque. Si vous êtes de celles-là, j'espère que cette version finale vous plaît aussi.

Cet ouvrage a été imprimé en France par
CPI Brodard & Taupin
Avenue Rhin et Danube
72200 La Flèche (France)

pour le compte des Éditions Fayard
en septembre 2021

Photocomposition Belle Page

PAPIER À BASE DE
FIBRES CERTIFIÉES

Fayard s'engage pour
l'environnement en réduisant
l'empreinte carbone de ses livres.
Celle de cet exemplaire est de :
1,400 kg éq. CO_2
Rendez-vous sur
www.fayard-durable.fr

N° d'édition : 68-1046-7/01 - N° d'impression : 3044686